Geisterbär

Zum Buch

Fin McLochlainn, U.S. Forest Ranger, erhält einen Hilferuf von seiner Großmutter Caitlin. Ihr Bruder Kwa'teen ist bei einem schamanischen Ritus verschwunden. Fin fährt gemeinsam mit seiner Freundin Jey Hawkes, Sheriff von Alpine County, nach Juneau in Alaska, dann allein an die Küste des kanadischen Regenwaldes. Um den Schamanen wieder zu finden, muss er aber weiter hinaus reisen, als Menschen begreifen können.
Während ihr Sheriff fort ist, sehen sich die Einwohner von Alpine County – Menschen, Wer-Tiere und andere übernatürliche Wesen – mit einer Werwolf-Bande konfrontiert, die es auf das Bergwerk im Silver Peak abgesehen hat. Deputy Adele Sheeran muss ins Tal des Todes, um das Schlimmste zu verhindern.

Folgeband zu *Wolf Creek*

Zum Autor

Alauda Roth, seit 2004 als Autorin tätig, seit 2017 freischaffend. Diverse Veröffentlichungen von Kurzgeschichten und Lyrik in Magazinen und Anthologien, mehrere Bücher im Eigenverlag Edition Andrann und bei BoD. Lebt mit Pferden und Katzen im südlichen Niederösterreich.

Alauda Roth

Geisterbär

Roman

*Bibliografische Information der Deutschen Nationalbibliothek:
Die Deutsche Nationalbibliothek verzeichnet diese Publikation in
der Deutschen Nationalbibliografie; detaillierte bibliografische
Daten sind im Internet über http://dnb.dnb.de abrufbar.*

© *2017 Alauda Roth, Kirchschlag in der Buckligen Welt*

*Umschlagsbild: Paul Kane, Medicine Mask Dance, 1848, Royal
Ontario Museum, Toronto, Kanada*

Herstellung und Verlag: BoD – Books on Demand, Norderstedt

ISBN: 978-3-7431766-5-2

For years and years I struggled
just to love my life. And then

the butterfly
rose, weightless, in the wind.
«Don't love your life
too much», it said,

and vanished
into the world.

(Mary Oliver)

Prolog

Einst warf der Große Geist ein Samenkorn in die Weite der Welt. Dort schwebte es und tanzte auf seinen zierlichen Fäden. Doch da war nichts. Keine Erde, um sich niederzulassen, kein Wasser, um zu trinken, kein Licht, um zu wachsen.

Da flog Rabe in den Himmel und schrie und die Sonne war geboren. Da hob Wolf den Kopf und heulte und der Mond war geboren. Da erhob sich Orca aus dem Meer und sein Rücken wurde zu steinerne Gipfeln und seine Falten zu fruchtbaren Täler.

Da beugte sich Sternenfrau hernieder und von ihren Armen floss Wasser und schuf den Fluss der Gänse und den Fluss der Lachse.

Das Samenkorn fand Boden zu wurzeln, Wasser zu trinken und Licht zu wachsen. So kamen die Bäume und die Gräser, die Blumen und die Kräuter, ihnen folgten die Tiere des Himmels und der Erde und des Wassers.

Einst lebte bei den T'aaku Kwáan ein Junge, dessen Haar heller, dessen Haut blasser und dessen Augen lichter waren als jene der anderen Jungen, denn seine Vorfahren waren Eismänner. Seine Eltern starben, genommen vom Nebeldämon, der auf Füssen läuft, die wie Hämmer klingen und mit einer Stimme heult, die rote Spuren hinterlässt: von Wigwam zu Wigwam, von Träumer zu Träumer.

Der Junge lebte von dem, was die Alten übrigließen, schlief hier und da, hatte nur ein räudiges Bärenfell als

Decke und wurde bald Geisterbär geheißen. Die Krieger mieden ihn und die Dorfkinder beschimpften ihn. Aber nie wurde er wütend und mit den Jahren wuchs er zu einem stattlichen Mann heran, größer und stärker selbst als der Krieger, der einen Wal erlegt hatte. Doch keiner wollte mit ihm das Kanu teilen oder ihn den Sonnentanz lehren.

So legte sich Geisterbär das Fell um und wanderte zu den Gipfeln und in die Täler, fischte in den Flüssen, schlief in den Höhlen und wurde zu einem Bären-Mann. Nachts wachte er am Dorfrand und beschützte die Menschen vor dem Nebeldämon. Tagsüber ging er zurück in seinen Wald, legte sich zu den Moosen und vergaß die Menschenstimmen. Er schlief und wachte, schlief und wachte. Niemand dankte Geisterbär für seine unermüdliche Obacht.

Nur Wolf war sein Freund und Rabe sein Lehrer und sein Herz wurde schwer. Allein aß er im Frühjahr die ersten Gräser, allein im Sommer die blauen Beeren und allein im Herbst die glitzernden Lachse. Er träumte einsam und wenn ein Schwarzbär in seine Träume trat, wurde sein Fell genauso hell wie das von Geisterbär.

Mit dem Winter kam die lange Nacht und Sternenfrau stieg leichten Fußes die Hügel herab und bemerkte Geisterbär. Sie bewunderte seinen Mut und seine Geduld, sie lauschte seinem Gesang. Und Sternenfrau blieb bei Geisterbär.

Als das Eis aufbrach und die Gänse zu den schnellen Wassern zurückkehrten, nahm Sternenfrau ihn mit in ihr Reich, hinter die leuchtenden Schleier der Nacht, und ließ den Menschen nur sein Abbild.

Märchen der Gispwudwada, erzählt von Victoria Swam

1

»Geh weg!« Jey zog sich die Decke über den Kopf.
Fin zupfte am Bettzeug. »Auf mit dir. Wenn ich dich nicht regelmäßig über den Berg zerre, wirst du fett.«
»Blöder Kerl.« Sie warf ein Kopfkissen nach ihm. »Außerdem werde ich nicht dick. Das liegt nicht in meiner Natur.«
»Na, ich weiß nicht«, sagte Fin und kniff sie in die Hüfte. »Das ist schon recht rundlich, Miss.«
»Und hat dich bisher nicht gestört.«
»Komm schon. Ich will nicht allein meine Runde laufen. Es macht mehr Spaß, wenn du mitläufst und die ganze Zeit jammerst.«
Sie setzte sich auf und angelte ein T-Shirt vom Sessel neben dem Bett. »Nimm doch Garm mit, der Hund kann Auslauf brauchen. Ich habe genug damit zu tun die Pferde zu bewegen. Tante Henri hat mich noch nicht vom Arbeitsplan der Ranch gestrichen, auch wenn ich nicht mehr drüben wohne.«
»Wir laufen eine kleine Runde und ich helfe dir dann mit den Pferden. Deal?«
Sie nickte und folgte ihm in die Küche, rutschte auf einen Barhocker und wartete, dass er ihr Kaffee und ein Omelett hinstellte. Während sie frühstückten, glichen sie ihren Dienstkalender des Sheriff Office mit seinem der Ranger Station auf ihren Smartphones ab. Als relativ kleine Polizeieinheit hatten sie in Alpine County vielfältige Aufgaben und ein Gebiet zu betreuen, das aus den

Bergen, Flüssen und Wäldern dreier Nationalparks bestand und nur sehr dünn besiedelt war. Jeder geplante Einsatz musste eingetragen sein, da in den unwegsamen Canyons der Sierra Nevada immer wieder einmal Unglücksfälle geschahen und manchmal auch Menschen verschwanden.

»Hat Leo schon einen Termin für die Prüfung?«, fragte Jey.

»Nächste Woche. Wird aber sicher kein Problem für ihn. Dein Deputy ist ein talentierter Pilot, der Airbus liegt ihm. Er kann im Anschluss gleich unseren Helikopter aus South Lake Tahoe mitbringen, dann ist die 10-Tages-Inspektion fertig.«

»Dein Chef in Sparks ist auch einverstanden? Wird es keinen Interessenkonflikt geben, wenn jemand außer dir den Helikopter des U.S. Forest Service benutzt?«

»Der Airbus wird von Alpine County bezahlt. Sollte sich eine Anforderung zwischen den Rangern und dem Rettungsteam überschneiden, dann werden wir eine Lösung finden. Ich habe inzwischen auch ein paar Kumpels bei Reno Tahoe Helicopters.«

»Werdet ihr Leos neue Funktion in die SAR-Richtlinien einarbeiten?«

»Ja, das macht Adele. Sie hat sich des Papierkrams angenommen. Ich hoffe, das ist okay für dich.«

Jey nickte. »Natürlich. Das gehört zu ihren Aufgaben. Wir koordinieren die Rettungseinsätze ja auch.«

Fin schenkte sich Kaffee nach. »Gut, das wird Erland freuen, er hatte schon Bedenken, dass wir das dem Bürgermeisterbüro überlassen. Und dann hätte er mit Louise darüber diskutieren müssen.«

Jey lächelte. »Ich frage mich, ob er es schon bereut hat, meine Tante fix eingestellt zu haben.«

»Ich glaube nicht«, meinte Fin, »Louise hat so eine liebenswürdige Art, er merkt gar nicht, wenn sie ihn gängelt. Sie hat übrigens gestern einen Sack mit Zwiebeln gebracht, ich habe sie in die Vorratslade gelegt.«

»Nicht doch, Fin! Die sind nicht zum Kochen gedacht! Das sind asiatische Lilien, die für unser Höhenklima geeignet sind. Ich möchte einige direkt vor der Terrasse anpflanzen und Louise hat mir die Sorte Mapira besorgt, die hat ein Purpurrot, das schon fast Schwarz ist, eine wunderbare Farbe, du wirst sehen.«

Fin zuckte mit den Achseln und schwieg. Jey holte die Papiertüte und verstaute sie im Abstellraum, verschwand dann im Bad. Das Radio brachte einen neuen Song von Rag'n'Bone Man, Fin drehte die Musik lauter und sang mit: »*'Cause I'm only human after all.*«

Vorgestern abends hatte er bei der Probe mit Winnies Band glatt eine Strophe übersprungen, so etwas war ihm noch nie passiert. Er hatte seinen Fehler mit einer flapsigen Bemerkung überspielt. Am Heimweg hatte er über den Aussetzer nachgedacht – bei einem Gig nicht so schlimm, konnte das bei einem Flugeinsatz eine Katastrophe bedeuten, die heftigen Fallwinde an den Berghängen der Sierra Nevada verziehen nicht den kleinsten Pilotenfehler.

Kurz nach seinem Nahtoderlebnis am Silver Peak im Dezember, hatte er das erste Mal diesen Alptraum gehabt, der seitdem in unregelmäßigen Abständen immer wieder kehrte und ihn jetzt auch im wachen Zustand beeinträchtigte, sein Selbstverständnis erschütterte.

Er wusste, dass er mit Jey darüber sprechen sollte, aber er fand keinen passenden Einstieg. Noch immer war er sich nicht im Klaren darüber, ob seine Vision im Bergwerk ein Drogenerlebnis gewesen oder ob er tatsächlich ins Jenseits abgeglitten war. Jey und er wohnten erst seit drei Wochen zusammen, sie würde bald eine seiner quälenden Nächte bemerken – dann würde der richtige Moment sein.

Jey trällerte im Bad, sie probte den Song, den Fin gerade mit Winnie komponierte; sie wollten beim Sheriffs Barbecue im Juni ein paar eigene Lieder spielen.

Die Nachrichten im Radio brachten Wirtschaftsnews, den letzten Beitrag hörte Fin wieder bewusst mit: »Das Technologieunternehmen LT Global verfügt über ein neues Forschungslabor für DNA-Chip-Technologie. Das 18 Millionen Dollar teure Labor im Forschungszentrum in Vancouver wurde am Montag von Governor Judith Guichon und LT-Konzernchef Lucius Tusk eröffnet. In seiner Eröffnungsrede sagte Andre Masters, CEO von LT Canada, dass das Unternehmen damit entscheidend zur Entwicklung der nächsten Generation von Biosensoren beitrage und man in diesem Bereich ein grosses Potential sehe, da Biosensoren eine Schlüsseltechnologie nicht nur für die Detektion, sondern auch für die Beeinflussung von biologischen Systemen sei. Lucius Tusk leiste damit einen Beitrag zu einer effizienteren Welt.«

Jey kam aus dem Bad, sie hatte sich eine Trainingshose angezogen. »Wer ist Tusk?«, fragte sie.

»Ach, nur irgend so ein neuer Start-Up-Millionär, ein Zuckerberg der Biotechnologie.«

Fins Smartphone läutete, er hob ab und brauchte ein paar Augenblicke, bevor er begriff, wer da ins Telefon weinte. Still lauschte er den Worten und sagte schließlich: »Die Verbindung ist ganz schlecht, ruf mich bitte noch einmal an, wenn du besseren Empfang hast.«

Jey sah ihn fragend an.

»Das war Caitlin«, sagte Fin.

»Was wollte sie denn?«

»Sie ist gerade in British Columbia. Mein Großonkel Kwa'teen ist bei einem Pow Wow verschwunden«, sagte er ungläubig.

Jey legte ihm eine Hand auf den Arm. »Haben die Mounties schon eine Spur?«

Er sah sie verständnislos an, dann schüttelte er den Kopf. »Nein, du verstehst das falsch. Sein Körper ist noch da, aber sein Geist ist weg.«

2

Das Ding bestand aus rostigen Beilegscheiben und fleckigen Messingzahnrädern, von Draht in runder Form gehalten Ein lautes Ticken übertönte das Summen ihres Bildschirms.

»Was soll ich denn damit?« Adele sah zu J.T. hoch, der vor ihrem Schreibtisch im Sheriff Office stand.

»Ich hab's extra für dich gebaut«, sagte ihr Bruder.

»Noch einmal: Was soll ich damit?« Sie hielt die golfballgroße Uhr mit zwei Fingern hoch wie eine tote Ratte.

»Für deinen Schreibtisch, is doch 'n nettes Teil.«

Adele konnte seinen Stolz nicht verstehen. »Ich habe eine Zeitanzeige am Computer, am Smartphone und eine Armbanduhr.«

J.T. zog eine Schnute. »Wollte dir doch nur was schenken. Weilst mir mit 'm Formular geholfen hast.«

»Wenn du mir was schenken willst, dann etwas, das ich mir wirklich wünsche.«

»Ich weiß eh, was da wünscht, 'ne weitere komische Tasche, aber so 'n Zeug is unnütz. Bist 'ne echt hübsche Frau, brauchst keinen solchen Schickschnack. Was willst denn auch damit?«

»Mich schick machen, nach South Lake Tahoe oder Sacramento fahren.«

»Und dann? Typen aufreißen? Die kommen eh als Touris her. Gibst halt 'nem schicken Kerl 'nen Strafzettel und er kann's abarbeiten.«

Adele seufzte und fuhr sich mit den Fingern durch ihr kurzes, braunes Haar. »Du kannst das einfach nicht verstehen. Wie auch? Du bist in Alpine aufgewachsen, warst immer hier. Kennst sonst nichts. Aber ich hatte mal ein anderes Leben, hatte Freundinnen und war drauf und dran, eine kreative Karriere zu beginnen. Und was bin ich jetzt? Deputy.«

J.T. nahm ihr die Uhr aus den Fingern und stopfte sie in die Innentasche seiner abgewetzten Jacke. »Jetzt hör auf. Das is doch nimmer wichtig, is mehr als zwanzig Jahre her.«

»Ich muss jetzt auf Patrouille.« Adele stand auf, nahm ihre Ausrüstung und ließ ihn stehen.

Während sie den Streifenwagen ausparkte, ärgerte sich Adele über ihren jüngeren Bruder. Nie hätte jemand Sheriff Hawkes wegen ihres Handschuh-Ticks blöd angesprochen. Außer natürlich Fin, aber das war eine andere Geschichte. Adele wurde immer wieder wegen ihrer vielen Handtaschen belächelt. Dabei hatte sie nur günstige Modelle aus dem Ausverkauf, ihr absolutes Wunschobjekt würde sie sich nie leisten können.

Vor dem Wolf Creek ließ sie Leo zusteigen, Peter winkte ihnen nach.

»Sind Ursela und Joe noch unterwegs?«, fragte Adele.

»Ja, Peter erwartet sie erst morgen Abend zurück.«

»Gehen wir am Samstag Mountain-Biken?«

Leo strich sich eine blonde Strähne zurück, über den Winter hatte er sich die Haare länger wachsen lassen. »Sorry, keine Zeit. Ich muss für die Prüfung lernen.«

Adele murmelte. »Wird sich schon einmal ergeben.«

Ein paar Minuten fuhren sie schweigend, dann fragte Leo: »Wart ihr mit eurem neuen Wolf schon jagen?«

Adele warf ihm einen erstaunten Blick zu, bisher hatte sich Leo noch nie für ihre nächtlichen Ausflüge interessiert.

»Peter, Joe und J.T. vielleicht, die pflegen ihr Jagdritual, aber mir ist das zu blutig. Ich bin a-typisch für einen Werwolf, bei Vollmond laufe ich lieber zum Emigrant Lake«, antwortete sie. »Warum willst du das wissen?«

Leo runzelte die Stirn. »Ich habe Tony letztens mit Joe gesehen und hatte den Eindruck, dass sie sich heimlich treffen.«

Sie hatten den Lexington Canyon erreicht und Adele wendete den Ford Explorer vor der Landesgrenze zu Mono County. »Tony weiß nichts von den Verhältnissen in Alpine. Bisher wurde er noch nicht eingeweiht.«

Leo blickte beim Beifahrerfenster zum Colorado Hill hinauf und fragte: »Was hältst du von ihm?«

»Er sieht aus wie ein Filmstar, ist gebildet und weit herumgekommen, zumindest was er so erzählt. Ich kann gut verstehen, dass die Frauen auf ihn abfahren. Trotzdem ist er mir unsympathisch. Ich kann dir nicht sagen, woran das liegt.«

Leo nickte, sagte aber nichts weiter und Adele vermutete, dass er Tony als Konkurrent ansah. Letztens hatte sie von Peter gehört, dass er lieber ihren sportlichen Partner als Verehrer für seine Tochter gesehen hätte als den charmanten Zuzügler.

Bei der Rückfahrt über den Alpine Highway hielten sie beim Carson River Resort und wechselten ein paar Worte mit Nancy, der Managerin, die ihnen erzählte, dass vor zehn Minuten eine Gruppe Biker zwischen den Holzhütten gekurvt wären und ein paar ihrer Gäste belästigt hätten. Leo versprach, sich die Männer näher anzusehen und rief bei Peter an, um zu erfahren, ob die Gruppe in Markleeville durchgekommen war.

»Peter hat nichts gehört«, sagte Leo.

»Dann müssen sie vor dem Ort abgebogen sein. Poor Boy Road in die Berge?«

»Nein, das glaube ich nicht. Nancy hat die Motorräder als Chopper beschrieben, die kurvige Schotterpiste tun sich die nicht damit an. Eher der Markleeville Campground.«

»Okay, sehen wir uns dort um. Melde den Einsatz.«

Leo nickte und, während Adele den Streifenwagen startete, berichtete er über Funk dem Sheriff Office.

Der Campingplatz war für Anfang Mai bereits gut besucht. Obwohl das Wasser des Millberry Creek durch die Schneeschmelze noch eiskalt war, wateten einige Hartgesottene im Fluss. Adele hielt auf der Camp Marklee Road, sie stiegen aus und gingen zwischen den Wohnmobilen durch, grüßten die Camper. Alles schien ruhig. Im Schatten zweier Gelb-Kiefern mühte sich ein älteres Ehepaar damit ab, ihr Vorzelt zu spannen und Leo bot ihnen an zu helfen. Während er die Zeltheringe einschlug, marschierte Adele weiter das Flussufer entlang, ermahnte einen am Wasser spielenden Jungen auf die Strömung zu achten und entdeckte hinter einer Buschgruppe die Biker.

Die drei Männer lehnten an ihren Custom Choppern, rauchten und beobachteten das Treiben auf dem Platz. Auch wenn sie keinen Anlass für eine polizeiliche Kontrolle boten, beschloss Adele sie zu überprüfen. Einer drehte sich um und holte eine unetikettierte Flasche aus der Satteltasche seiner Maschine. Am Rücken seiner Lederjacke prangte ein Logo: ein Wolfskopf mit roten Augen, aufgerissenem Maul mit überlangen Reißzähnen und Stachelhelm. Darunter zwei gekreuzte Pickel und über dem Kopf der Schriftzug *Motorhead Miners*.

Adele überlegte, ob die Typen den Namen der Hard-Rock-Band falsch geschrieben oder in Zeiten des Copyrights absichtlich abgewandelt hatten, denn auch Leute, die auf Konventionen pfiffen, pochten hartnäckig auf ihre Rechte, wenn es um Geld ging.

Als der Typ die Flasche zurücksteckte, machte sie mit ihrem Smartphone rasch ein Foto von dem Logo und schritt dann auf die Männer zu. »Morgen. Schon so früh im Jahr mit Bikes in den Bergen unterwegs, Leute? Kann noch Schnee geben auf Ebbetts Pass. Lohnt sich, auf den Wetterbericht zu achten.«

Der Älteste des Trios musterte sie von oben bis unten, als würde er Ausverkaufsware begutachten. »Gibt's ein Problem, Mädel?«

»Noch nicht und ich hoffe, das bleibt auch so. Wo soll es denn hingehen?«

»Fragst du das die anderen hier auch?«

»Wenn mir etwas seltsam vorkommt schon.«

»Wir sind also seltsam?«

»Ihr seid nicht gerade auf geländegängigen Fahrzeugen unterwegs, das ist in unserer Gegend seltsam«, erwiderte Adele.

Die beiden anderen rauchten schweigend weiter, beachteten Adele nicht und überließen das Gespräch dem Grauhaarigen. »Warum kümmert dich das, Mädel?«

»Weil ich keine Lust habe, ein paar Flachlandbiker von einer Felswand zu kratzen, nur weil sie sich mit der Strecke vertan haben.«

»Bist sozusagen ein faules Weibsstück?« Er lachte kehlig und kratzte sich am Hintern.

Adele wurde ungeduldig und ärgerte sich darüber. »Mister, es ist für uns alle besser, wenn ihr am Highway 88 Richtung Nevada abbiegt«, sagte sie.

»Was willst denn tun, wenn nicht? Fährst dann deine Krallen aus?«

»Gut, somit wissen wir jetzt alle woran wir sind. Also noch einmal, nehmt den 88 – besser, unsere Rudel begegnen sich nicht in der Nacht.«

Alle drei fingen zu grölen an.

»Sollen wir uns vor einer Fähe wie dir fürchten?«, fragte der Grauhaarige.

Adele fühlte, wie sie rot wurde, hakte ihre Daumen in den Gürtel und suchte vergeblich eine schlagfertige Antwort. Warum kann ich nicht mehr wie Jey sein?, dachte sie.

»Du stehst mir im Weg, Mädel.« Er fasste ihren Oberarm und zog sie zur Seite. Adele versuchte seine Hand abzuschütteln. Schritte knirschten hinter ihr. Der Biker lockerte seinen Griff und trat zurück.

Leo knurrte: »Gibt es ein Problem?«

»Nein, Deputy, ich wollte nur etwas vom Sonnenschein abbekommen.« Er grinste und schob seine Sonnenbrille hoch, bemerkte Leos gelb verwandelte Augen. »Ehrlich, Deputy, wir legen nur eine kleine Fahrpause ein, wir sind gleich raus aus eurem County.«

Leo verschränkte die Arme und wartete, bis die drei Männer ihre Chopper gestartet und den Campingplatz verlassen hatten.

»Ich funke Angie an, er ist auf Streife in Mesa Vista, er soll nachsehen, wohin sie fahren.« Leo griff zum Funkgerät an seiner Jacke und wechselte ein paar Sätze mit seinem Kollegen.

»Souverän sein ist anders«, sagte Adele leise.

»Du hast ihnen deutlich gesagt, dass dieses Revier besetzt ist.« Leo klopfte ihr auf die Schulter.

Sie runzelte die Stirn. »Das sind nicht nur drei. Das war nur eine Vorhut. Kundschafter. Die Typen verfolgen einen Plan. Wir müssen das Rudel warnen.«

3

Ein Lichtstrahl fräste sich über das Bettzeug. Träge blinzelte Fin durch die offene Schlafzimmertür zur Küchenzeile hin. Jey war vom Nachtdienst nach Hause gekommen. Die Kaffeemaschine begann zu blubbern. Sie bemerkte, dass er wach war und kam zu ihm.

»Morgen, mein Hübscher.« Sie wuschelte sein Haar.

»Behandelst du mich gerade wie deinen Kater?«

Jey grinste, er schlang die Arme um ihren Körper und rollte sich auf sie. »Und jetzt?«

»Das ist ein tätlicher Angriff auf einen Officer, ich werde dich verhaften.« Sie küsste ihn und strampelte sich aus dem Bett. Dann legte sie ihren Waffengürtel ab und hielt ihm die Hand hin. »Komm hoch.«

Beim Kaffeetrinken fragte sie: »Hast du dich schon entschieden, wann du nach Alaska fliegst?«

»Ich weiß im Moment nicht, ob ich das überhaupt machen soll.«

Jey sah ihn erstaunt an. »Möchtest du nicht helfen?«

»Ich wüsste nicht wie. Es kümmern sich bereits Medizinleute um Kwa'teen und Granny hat genug Verwandte, die ihr besser beistehen können als ich.«

»Meinst du das ernst? Das sieht dir gar nicht ähnlich.«

Fin holte sich einen Nusskuchen aus dem Kühlschrank. In der Nacht war ihm klargeworden, dass er sich Juneau nicht stellen wollte, zumindest nicht, solange dieser Alptraum ihn noch so im Griff hatte. Das letzte Mal war er beim Begräbnis seines Großvaters dort gewesen. Seine Urne war neben dem Grab von Fins Eltern beerdigt worden. Das hatte bittere Erinnerungen wachgerufen. »Ich möchte abwarten, bis Caitlin mir genau schildern kann, was eigentlich los ist.«

»Finley McLochlainn, was immer dich gerade umtreibt, du wirst es später bereuen. Und das will ich nicht. Also – du wirst packen, einen Flug buchen und zu deiner Oma fliegen. Das ist eine polizeiliche Anordnung.« Sie hatte die Hände auf die Hüften gestemmt und er verschluckte sich fast an seinem Frühstück. Ihr Gesichtsausdruck ließ keinen Widerspruch zu und er gab nach.

»Ist schon gut, Miss. Ich will mir nicht deinen Zorn zuziehen. Aber ich muss mit meinem Chef sprechen und du musst mitkommen.«

Ein paar Minuten trank Jey still ihren Kaffee, dann griff sie zu ihrem Smartphone und wählte. »Guten Morgen, Erland. Entschuldige die frühe Störung, aber ich brauche umgehend eine Entscheidung von dir... - Ja... - Fin hat einen familiären Notfall und muss ein paar Tage fort. Ich möchte ihn begleiten, ist das okay für dich? ...- Nein, sind alle im Dienst... - Gut. Ja, mache ich. Danke.« Sie tippte in ihrem Kalender herum. »Warum zuerst Juneau?«

»Um Caitlin zu treffen. Sie muss ein paar Sachen für Kwa'teen holen und sie hat nicht gesagt, bei welchem Stamm das Pow Wow abgehalten wurde. Das Küstengebiet der Tsimshian Nation ist groß, lauter Fjorde und Inseln. Dort müssen wir sowieso mit dem Boot oder dem Wasserflugzeug hin.« Fin holte sich eine Cargo-Hose und ein Polo-Shirt. »Caitlin befindet sich noch auf der Rückfahrt und der Mobilempfang ist streckenweise ziemlich schlecht.«

Jey klickte auf dem Laptop herum, den sie sich teilten. »Um neun geht ein Flug von Reno, Zwischenstopp in Seattle und gegen drei sind wir in Juneau. Wenn wir rasch packen und gleich losfahren, erwischen wir den Abflug. Soll ich das buchen?«

Fin nickte und holte zwei Reisetaschen vom Dachboden. Nachdem sie ihre Sachen verstaut und Jey die Uniform gegen Jeans und Pullover getauscht hatte, holte sie ihren Colt Trooper aus dem Gürtelholster und legte den Revolver in den Waffentresor im Garderobenschrank zu Fins SIG Sauer.

Fin schmunzelte. »Ein Sheriff ohne Schießeisen?«

»Das ist mir zu aufwendig mit dem ganzen Papierkram.« Jey zog eine Lade unter dem Tresor auf und nahm ein Jagdmesser heraus.

»Wow, das ist aber ein schönes Stück.« Fin hielt die Hand auf und Jey reichte ihm das Messer. Der Griff bestand aus einem Holz, dessen Maserung wie braunroter Marmor aussah, und die Klinge zeigte die typische wellenförmige Reflexion von Damaszenerstahl. »Ist das Wüsten-Eisenholz?«

Jey nickte. »Von meinem Grandpa. Hat er mir an meinem ersten Tag als Deputy geschenkt. Tom war nie ein Fan von Anwälten und dass ich Jus studiert habe, hat er zwar nie kritisiert, aber er hätte mich lieber in einem anderen Job gesehen. Als ich bei der Staatsanwaltschaft in Sacramento gekündigt und am Butte-College die Polizeiausbildung gemacht habe, war er richtig zufrieden.« Wie immer, wenn sie von ihren Großeltern erzählte, die vor fünf Jahren tödlich verunglückt waren, schlich sich ein wehmütiger Ton in ihre Stimme. »Er war neben Russell der Einzige, der nie in Frage gestellt hat, ob auch eine Frau den Sheriff-Job in Alpine machen kann.«

Sie nahm ihm das Messer aus der Hand und steckte es in die Gürtelscheide. »Ich kann mich noch gut an deinen Ausdruck erinnern, als du das erste Mal in mein Büro gekommen bist.«

»Ich war nur überrascht, Miss.«

»Beschönige nicht«, sie boxte ihn spielerisch in die Seite. »Du warst geradezu vor den Kopf gestoßen. In deinem Gesicht stand in Großbuchstaben: *Oh nein, ein Weib mit Stern.*«

»War das so offensichtlich?«

Jey lachte und warf ihren Zopf zurück. »Gerade dein freimütiges Wesen macht dich liebenswert.«

»Wie liebenswert denn?« Er grinste anzüglich und streichelte ihren Hals.

Sie zippte die Reisetasche zu. »Nicht so sehr, als dass wir den Flug verpassen. Raus mit dir.« Sie scheuchte ihn zur Haustür.

Nachdem sie das Gepäck im Kofferraum des alten, zweifarbigen Ford Bronco verstaut hatten, fragte Fin: »Willst du fahren?«

Jey gähnte. »Nein.«

Zuerst hielten sie gleich nebenan vor dem wuchtigen Wohnhaus der Hawkes-Ranch, um Anna von ihrer Reise zu berichten. Die Haushälterin versprach, Henri Bescheid zu geben. Bevor sie weiterfuhren, kraulte Jey ihrem Rottweiler Garm den Kopf und sagte: »Du passt gut auf das Haus und die Ladys hier auf, nicht wahr, mein Großer?« Der Hunde wedelte und rieb seine Schnauze an ihren Beinen. Jey tätschelte ihm den mächtigen Kopf. »Ich pass schon auf mich auf, mach dir keine Sorgen.«

»Du weißt schon, dass du mit einem Hund redest?«, feixte Fin.

Jey überhörte seinen Kommentar und kletterte in den Ford. Als nächstes hielten sie beim Sheriff Office, das im Seitenteil des Gerichtsgebäudes untergebracht war. Von den sechs Mitarbeitern fehlte nur Ned, der auf einer Fortbildung zu IT-Sicherheit war, und Ms. Lindstroem, die normalerweise den Telefondienst übernahm, heute saß Angie auf ihrem Platz.

Jey informierte die Deputys über ihre Abreise und synchronisierte ihren Smartphone-Kalender mit dem Intranet des Büros. »Seht euch bitte die neue Diensteinteilung an. Ich weiß, es ist kurzfristig, aber ihr bekommt dafür alle einen zusätzlichen Urlaubstag im Herbst.«

Sie gab ihrem Stellvertreter Winnie den Schlüssel für ihr Büro. »Achtet bitte darauf, ob diese Biker-Gang noch einmal auftaucht. Sagt auch den Ortsvorstehern in Kirkwood und Bear Valley, dass sie die Augen offenhalten sollen. Wir sind wahrscheinlich streckenweise nicht mobil erreichbar.«

Winnie spielte mit dem Schlüssel und sagte: »Keine Sorge, Sheriff, wir machen das. Was soll schon in den paar Tagen passieren?«

Leo tippte Fin auf den Arm. »Wie sieht es mit dem Ranger-Dienst aus?«

»Übernehmen die Kollegen aus Pioneer und Carson City. Ist mit Bill schon abgesprochen«, antwortete Fin. »Sie wären euch aber dankbar, wenn ihr bei den Patrouillen die ausgefüllten Formulare aus den Boxen der Trail-Routen holt und ins Besucherzentrum bringt.«

Leo versprach, sich darum zu kümmern.

Je näher sie dem Reno-Tahoe International Airport kamen, desto stiller wurde Jey und verstummte ganz, als sie in der Boeing 737 der Southwest Airlines saßen. Fin hielt den ganzen Flug über ihre Hand.

Während sie in Seattle auf den Anschlussflug warteten, döste Jey an seine Schulter gelehnt und Fin las bei seinem Sitznachbarn mit, der gerade auf seinem Tablet durch News scrollte: »Insider berichten von einem Kooperationsangebot des kalifornischen Technologiekonzerns Gilead Sciences an LT Global. Manche Investoren sehen darin bereits eine sich anbahnende Übernahme. Die LT-Aktie sprang am Vormittag vorbörslich um gut ein Drittel auf 33,70 Dollar hoch. Die seit 2014 an der Technologiebörse Nasdaq notierte Firma war zum Schlusskurs vom Freitag gut 10,5 Milliarden Dollar wert – Gilead müsste also bereit sein, einen erheblichen Aufpreis zu zahlen. Andrew Masters, General Manager von LT Canada, dementiert allerdings eine mögliche Zusammenarbeit.«

Ihr Anschlussflug hob pünktlich ab und wieder hielt Fin die meiste Zeit Jeys Hand. Als das Flugzeug zum Landeanflug auf den Juneau International Airport ansetzte, blickte Fin auf die Küstenlinie hinunter. Deutlich waren die weißen Schaumkronen zu erkennen, mit denen die Wellen des Pazifiks gegen den Nadelwald von Auke Cape brandeten. Er kehrte an den Ort der Schmerzen zurück.

4

Rindenstücke segelten herunter. Über ihr hämmerte ein Specht engagiert gegen den Kieferstamm. Mit einem Schmunzeln putzte sich Louise die Späne von ihrem Cardigan und holte das Angebotsschild herein. Heute vormittags war das Geschäft in der Kunstgalerie gut gelaufen, nach der Mittagspause würde Miss Jorgenson, die neue Lehrerin der Grundschule, den Verkauf übernehmen und Louise wollte Erland bei den Amtsstunden im Verwaltungssitz unterstützen.

Die Lehrerin half auch in der Bibliothek aus und nahm am Literaturkreis teil, sie brachte sich so eifrig ein, dass Louise sich schon manchmal überflüssig vorkam.

Beim Weg in die Water Street holte sie sich in Ali's Cafe ein Sandwich, einen Apfelstrudel und einen Tea-to-go. Vor dem Verwaltungssitz, einem einfachen, ebenerdigen Gebäude mit umlaufenden Vordach, parkten zwei Chopper mit auffälliger Flammenlackierung und einem Totenkopf als Tankdeckel. Ein Typ mit Ziegenbart und verspiegelten Sonnenbrillen lungerte im Gang auf der Wartebank, säuberte mit einem Taschenmesser seine Nägel. Louise grüßte ihn, doch er sah nicht von seinen Fingern auf. Sie blieb vor ihm stehen und fixierte ihn.

»Was?« Er spuckte auf den Boden.

»Guten Tag, Mister. Kann ich Ihnen helfen?«

»Wart nur aufn Boss.«

Louise holte ein Papiertaschentuch aus ihrer Umhängetasche und legte es aufgefaltet neben ihn hin. »Falls Sie noch einmal der Hals kratzt.«

Sie lächelte ihm zu und ging in das Bürgermeisterbüro. Vor Erlands Schreibtisch lehnte ein Mann im Besuchersessel, die Beine weit ausgestreckt, die Hände auf dem Bauch gefaltet. Er war in eine schwarze Lederkluft gezwängt und trug nietenbeschlagene Cowboystiefel. Sein grauer Schnauzbart war in lange Spitzen gezwirbelt.

»Mister Burke, das ist Miss Hooper«, stellte Erland sie vor. »Louise, würden sie bitte unser Gespräch protokollieren.«

Sie nickte, stellte ihre Sachen weg und fuhr ihren Laptop hoch. Nachdem sie sich in das Alpine County Intranet eingeloggt hatte, sagte sie: »Bin soweit, Erland.«

»Mister Burke hat soeben den mündlichen Antrag eingebracht, die Besitzrechte am Graichen-Hof samt den zugehörigen Schürfrechten am Silver Peak anzukaufen.«

»Oder zu pachten, wie es der Gemeinde lieber ist«, ergänzte Burke.

»Gut, nehmen wir so auf. Sie sollten wissen, dass der Hof in einer Wilderness Area liegt. Das bedeutet Zutritt nur zu Pferd oder zu Fuß und keinerlei Wohnrechte. Das stand nur der Graichen-Familie zu, der Hof ist aber jetzt verlassen. Und außerdem…«

Burke unterbrach ihn: »Wie ich hörte, ist heute Abend Gemeindeversammlung, da können Sie das gleich besprechen, Herr Bürgermeister. Wenn Sie möchten, komme ich gerne dazu, um ihre Erläuterung zu unterstützen.«

Louise schaute zwischen den beiden Männern hin und her, der drohende Unterton in Burkes Stimme war kaum zu überhören. Mit unbeteiligtem Gesicht verschränkte Erland die Hände, lehnte sich zurück und sagte: »Mister Burke, das wird nicht nötig sein.«

»Sie entscheiden das also gleich jetzt?«

»Hier gibt es nichts zu entscheiden, denn in den Statuten von Alpine County ist festgelegt, dass keine Verkäufe von Gemeindegebiet an Privatpersonen erfolgen.«

»Das glaube ich nicht«, erwiderte Burke.

»Es ist mir völlig egal, was Sie glauben. 96 Prozent von Alpine gehört bereits der Gemeinde, diesen Anteil werden wir nicht verringern.«

Burke presste die Lippen aufeinander, beugte sich vor und zischte: »Ein Pachtvertrag wäre doch nicht gegen die Statuten, er würde die Besitzverhältnisse nicht beeinflussen. Denken Sie gut nach, bevor Sie antworten, Ihnen ist doch mittlerweile klar, mit wem Sie hier sprechen?«

Louise stockte mit dem Tippen und Burke fauchte sie an: »Notier das nur, Faltenrock.«

Sie blickte auf ihre Marlene-Hose hinunter, begriff zu spät, dass er auf ihr Alter anspielte und sie beleidigen wollte. Erland sagte: »Mister Burke, ich weiß ganz genau wer Sie und ihre Motorhead Miners sind. Wir mögen in der Sierra leben, aber wir sind nicht hinterm Berg. Rufen Sie ihre Wölfe zusammen und verschwinden Sie, dieses Revier ist besetzt und wir haben nicht vor es Ihnen zu überlassen.« Er stand auf, öffnete die Tür. »Guten Tag, Mister Burke.«

In diesem Moment strahlte der Bürgermeister eine Autorität aus, die ihn um einiges größer erscheinen ließ als er war. Nach seiner Wahl vor vier Monaten hatte sich Louise nicht vorstellen können, wie Erland das Werk seines verstorbenen Cousins Russell fortführen sollte, er hatte sich aber als würdiger Nachfolger erwiesen.

Schade, dass er keine Kinder hat, dachte Louise, der Familie Baker liegt das standhafte Wesen anscheinend im Blut. Sie schloss das Protokoll und druckte eine Kopie des Gesprächs für den Gemeinderat aus. Während sie verspätet ihr Mittagessen verspeiste, telefonierte Erland mit dem Sheriff Office.

»Deputy Winnemuca, Erland Baker hier. Ich hatte gerade unangemeldeten Besuch vom Anführer der Gang, die Deputy Sheeran gestern gemeldet hat. Berichten Sie mir bitte alles, was sich bisher ereignet hat.«

Konzentriert hörte Erland zu, dann legte er auf und spielte nachdenklich mit einem Stift von seinem Schreibtisch. Schließlich sah er sie an, ein harter Zug hatte sich um seinen Mund gebildet. »Louise, bitte organisieren Sie eine außerordentliche Gemeindeversammlung, am besten gleich heute Abend nach der regulären, auch wenn das kurzfristig ist. Bitte informieren Sie persönlich alle Familien, die von uns Andersmenschen wissen oder selber welche sind. Deputy Lex und Peter Burkhauser sollen Ihnen helfen, ich rufe die beiden gleich an. Wir sind in einer brenzligen Situation.«

5

»Gehen wir ein Stück laufen?« Jey holte ihre Sneakers aus der Tasche und setzte sich auf das Queen Size Bett mit der rotgeblümten Zierdecke.
»Du willst laufen gehen?«
»Ja, wir sind den ganzen Tag herumgesessen. Entweder ich bewege mich oder ich schlafe auf der Stelle ein.«
»Okay, Miss. Mir ist es recht.«
»Aber nicht auf den Berg, zum Meer hin.«
Fin verzog das Gesicht, trotzdem stimmte er zu. Es schien ihm besser, als im Hotel herumzusitzen. Für das kleine Haus, in das seine Großmutter nach Olivers Begräbnis gezogen war, hatte er keine Schlüssel und sie traf erst in der Nacht ein.
Vor dem Best Western Country Lane Inn deutete er nach rechts und sie liefen den Glacier Highway entlang. Nach vier Kilometern erreichten sie die Auke Bay und kauften sich eine Himbeer-Soda im Hot Bite. Jey spazierte ein Stück auf den Bootssteg von Andrew's Marina hinaus, die einem Wald nackter, weißer Stämme glich, und betrachtete die Yachten. »Die schneebedeckten Berge und daneben das Meer, das ist eindrucksvoll. Ich kann gar nicht verstehen, was du an unserem Alpine County so anziehend findest.«
»Ich mag Berge, Wälder und Seen. Das Meer ist nicht so mein Ding. Stärkeren Seegang vertrage ich schlecht.«
»Im Ernst? Du fürchtest dich vor dem Meer?«
»Seekrankheit ist keine Angst, Miss.«

»Du magst also das Meer nicht? Warum warst du dann im Schwimmteam deiner High-School?«

»Irgendeinen Sport musste ich machen und ich wollte nichts tun, das ein hohes Verletzungsrisiko birgt. Das wäre bei meiner Veranlagung zu auffällig gewesen. Schwimmen war schon okay. Wir haben immer in einer Halle trainiert. Oder im Auke Lake, wenn es warm genug war.«

»Was hast du gegen den Ozean?«

»Der Pazifik und ich – wir haben eine Rechnung offen. Er hat mir etwas genommen und nichts dafür zurückgegeben. Das nehme ich ihm übel.«

Sie hängte sich bei ihm ein. »Ja, ja, Mister Ich-kann-alles. Suchst du gerade eine Ausrede?«

Nachdem sie das Ende des Stegs erreicht hatten, zeigte er auf die Halbinsel am Horizont. »Das ist Auke Cape und die Landspitze heißt Indian Point. Bei Einsetzen der Ebbe treffen sich dort zwei Strömungen, die jeden unvorsichtigen Schwimmer aufs offene Meer hinausziehen.«

Jey kniff die Augen zusammen und ihr Blick folgte seiner ausgestreckten Hand. Fin fuhr fort: »Es ist meine erste Kindheitserinnerung. Ein Tag, so wie heute. Noch kühl, aber sonnig und windstill. Ich war fünf Jahre alt und mit meiner Mum spazieren gewesen. Ein Kanute hat mich allein zwischen Meer und Waldrand stehen gesehen und das JPD verständigt. Ich wollte nicht mit den Polizisten mitgehen, ich wollte auf meine Mum warten. Ich habe immer wieder erzählt, sie hätte sich in eine Robbe verwandelt, um mir ein Seepferdchen zu bringen, das hatte ich mir zum Geburtstag gewünscht. Granny hatte doch immer die Geschichte von den Meerfrauen erzählt und ich glaubte ganz fest, dass meine Mum auch eine Meerfrau ist. Die Polizisten haben mich dann fortgetragen und am nächsten Tag hat Caitlin mich aus dem Kinderheim geholt und nach Whitehorse mitgenommen. Meine Mum haben sie erst zwei Wochen später gefunden.«

Jey hatte die Finger ihrer Hand mit seinen verschränkt, streichelte mit der anderen seinen Handrücken. Fin sprach leise weiter: »Sie haben es nie vor mir ausgesprochen, aber ich weiß, dass es kein Unfall war. Sie ist ganz gezielt ins Wasser gegangen.«

Einige Minuten verbrachten sie still und Fin rechnete ihr hoch an, dass sie nicht versuchte Worte für etwas zu finden, für das es keine Worte gab. Eine Seemöwe ließ sich kreischend auf einem Anlegepfosten nieder, eine zweite folgte und versuchte den Platz darauf für sich zu erobern. Der Geruch nach Fisch, Algen und Guano verursachte ihm Übelkeit. Jey drückte sachte seine Finger. »Es wird kalt. Lass uns gehen.«

Sie zog ihre Handschuhe über und Fin erinnerte sich plötzlich an seinen Cousin Beaver. Seine gute Laune kehrte zurück, er küsste sie auf die Wange. »Komm, schnell, laufen wir zum Hotel.«

Vor dem Best Western sagte er: »Warte hier. Wir machen noch einen kleinen Ausflug. Eine Überraschung.«

Jey zog die Brauen hoch, blieb aber stehen, während Fin in die Rezeption eilte. Er ging an den Lederfauteuils vorbei zum Tresen und fragte: »Hat das Hotel ein Fahrzeug, das ich mir für eine Stunde leihen kann?«

Der Portier blickte nur kurz von seiner Tastatur auf. »Wo wollen Sie denn hin?«

»Nur ein Stück den Berg hinauf, zu einem Verwandten.«

»Können Sie mit einer Enduro umgehen?«

Fin nickte. Der Portier öffnete eine Lade neben sich und holte einen Zündschlüssel heraus. »Sie können meine alte Ténéré nehmen, die könnte mal wieder Bewegung vertragen. Ist technisch in Ordnung, nur ziemlich abgewetzt. Steht hinterm Haus.«

Die Einzylinder-Maschine sprang sofort an und Fin fuhr um den Häuserblock, bremste vor Jey, die in der Einfahrt wartete. Fin deutete auf den Helm.

»Echt jetzt?«, fragte Jey.

»Gar nicht abenteuerlustig?«, fragte Fin zurück. »Oder vertraust du mir nicht?«

»Natürlich vertraue ich dir, sonst würde ich nicht zu dir in den Helikopter steigen.« Jey setzte den Helm auf, stieg auf den Sozius und rückte ganz nah an ihn heran. »Ich fürchte eher, dass mir ohne Parka kalt sein wird.«

»Unser Ziel ist nicht weit draußen. Die Yamaha ist keine Rennmaschine, wir fahren ganz gemütlich.«

Sie knatterten die Mendenhall Loop Road entlang, vorbei an der Gletscherzunge, die den Mendenhall Lake speiste und die Montana Creek Road hinauf, der dichte Nadelwald verdeckte die meiste Zeit den Blick auf die Berge. Kurz nach dem Juneau Gun Club endete die Straße und wurde zu einem Wanderweg. Fin parkte und sie stiegen von der Enduro, ein kaum sichtbarer Pfad führte seitlich vom Parkplatz in den Wald. Intensiver Kiefernadelduft erfüllte die Luft, ein Grauhörnchen huschte über den Boden, kletterte behände einen Stamm hinauf und beobachtete sie von einem Ast aus. Fin nahm Jey an der Hand und zog sie mit bis zu einer grün angestrichenen Hütte.

»Wer wohnt hier?« Sie sah sich um.

»Keine Wohnung, ein Handwerker. Insidertipp.«

Neben dem Eingang war ein kleines Messingschild mit eingravierten Händen darauf. Fin trat ohne zu klopfen ein, der Mann am Arbeitstisch begrüßte ihn herzlich, obwohl sie sich lange nicht mehr gesehen hatten. Sie wechselten ein paar Sätze, dann sagte Fin: »Jey, das ist mein Cousin Beaver. Er ist der beste Handschuhmacher von Alaska Panhandle. Such dir etwas aus, für deinen Geburtstag.«

»Woher weißt du…« Sie stockte. »Peter, das Tratschmaul.«

Er grinste: »Falsch geraten, es war Louise.«

»Für meine Tante gilt das gleiche, da passen die beiden wunderbar zusammen. Sie wissen, dass ich meinen Geburtstag ignoriere.«

»Nicht mit mir, Miss. Ich lass mir doch nicht nehmen, dich jedes Jahr daran zu erinnern, dass du wieder älter geworden bist.«

»Für dich gilt aber dann das Gleiche.«

»Ich werde nur reifer, nicht älter.«

Beaver zog Jey zu einem geschnitzten Holzschrank, der aus lauter Laden bestand. »Kommen Sie, Lady, ich befreie sie von ihm. So frech war er schon immer, er wurde nur deshalb nicht öfter verprügelt, weil er schon mit vierzehn alle um einen halben Kopf überragt hat.«

Eine Weile probierte Jey verschiedene Modelle, dann entschied sie sich für ein rotbraunes Paar aus Bergziegenleder, dessen Farbe fast ihrem Haar entsprach.

Beaver schlug Fin zum Abschied auf die Schulter. »Du Lackel hast so eine herzeigbare Frau gar nicht verdient.«

Fin fühlte Besitzerstolz und schämte sich gleichzeitig dafür. »Wenn du einmal gesehen hättest, wie gut sie mit einem Gewehr umgehen kann, wärst du noch neidischer. Mach's gut, Beaver.«

Nachdem er das Motorrad zurückgestellt hatte, aßen sie im Valley Restaurant neben dem Hotel und kehrten noch vor Sonnenuntergang in ihr Zimmer zurück. Es war das zuletzt gelegene im ersten Stock und der überdachte Außengang wirkte wie ein Balkon. Fin holte zwei Stühle aus dem Wohnraum und verwendete einen Sitzhocker aus dem Bad als Tisch. Während er rauchte, zog Jey eine Bierdose und einen Flachmann aus ihrer Reisetasche, kam mit beiden zu ihm ins Freie.

Auch wenn sie nur auf den Parkplatz, den Glacier Highway und ein paar Flachdächer von Geschäften sehen konnten, mochte Fin den Ausblick; die Sitka-Fichten über der Straße verdeckten jegliche Sicht auf das Meer, selbst der Geruch der jodhaltigen Luft wurde durch die ätherischen Öle der Nadelbäume gemildert.

Er riss die Dose auf und trank einen Schluck, Jey goss sich zwei Fingerbreit Whiskey in ein Zahnputzglas. Es begann zu regnen. »Das ist das übliche Wetter in Juneau«, sagte Fin. »Mehr Regen- als Sonnentage. Nichts für Schwermütige. Aber gut für die Pflanzen im Nationalpark.«

»Als du ein Teenager warst, sind deine Großeltern mit dir von Whitehorse wieder hierhergezogen. War das schwierig für dich?«

»Ja, aber nicht nur wegen meiner Mum. Für die weißen Kids an der High-School war ich ein Halbblut, für die Taku People dagegen ein Weißer, der nur wegen Caitlin und Kwa'teen geduldet wurde. Die Menschen hier wollen es sich nicht eingestehen, aber die Geschichte der Besiedlung und Landnahme ist nicht vergessen und nicht versöhnt, nur übertüncht. Auch wenn die Menschen der Tlingit Nation inzwischen viele Rechte und ein neues Selbstbewusstsein haben.«

»Dann bist du wegen des sonnigen Wetters zur Ausbildung nach Fort Sam? Texas ist beim Rassenthema doch noch extremer. Das muss ein ziemlicher Kulturschock gewesen sein.«

»Ganz und gar nicht. Die Army ist ein Schmelztiegel von Hautfarben und Dialekten. Niemand ist ein Außenseiter und alle sind Außenseiter. Während der Grundausbildung war ich auch nur selten außerhalb des Stützpunktes.«

»War es für deine Leute ein Problem, dass du dich zum Militärdienst gemeldet hast?«, wollte Jey wissen.

»Eigentlich nicht. Wenn man kein Geld fürs College hat, ist es ein passabler Weg zu einer höheren Ausbildung. Mein Sportlehrer hätte mich aber lieber bei den Marines gesehen und mein Großvater wollte zuerst, dass ich nach Kanada zu den Mounties gehe.«

»Dann wäre er jetzt sicher zufrieden, dass du schlussendlich ein Protection Ranger geworden bist, nicht wahr?« Sie schenkte sich ein zweites Glas aus dem Flachmann ein und trank in kleinen Schlucken, dann fischte sie sich eine Zigarette aus seiner Packung und er zündete sie ihr an. Fin ließ sein Feuerzeug kreisen. »Auch für dich ein schlechter Tag heute, oder?«

»Wegen dem Whiskey? Aber nein. Ich mag manchmal einen trinken, zur Feier des Tages, als Sheriff kann ich mir das nur nicht allzu oft erlauben. Aber hier sind wir unter uns.«

Fin schaute sie zweifelnd an und streichelte ihre Wange. »Deine Mutter hat dich auch verlassen.«

Sie sog an der Zigarette, blies langsam Rauch hervor und sagte: »Kristina hat alles getan, um ihre Jedida zu beschützen, sie hat ihr Leben dafür gegeben. So habe ich zu ihnen gefunden.« Wie immer, wenn Jey sich ihrem anderen Sein näherte, changierte ihre Stimme, dunkel und hell gleichzeitig, wie polares Leuchten in der arktischen Nacht. »Kristina wäre eine wunderbare Mutter geworden. Aber ich hatte auch so eine behütete Kindheit, Grandma Annette war sehr liebevoll.«

Nachdem sie ausgetrunken hatte, kam sie um den Tisch herum, setzte sich auf seinen Schoss und sang ihm leise sein neues Lied ins Ohr, in dem Fin ein Gedicht von Mary Oliver vertont hatte.

> *One or two things are all you need*
> *to travel over the blue pond, over the deep*
> *roughage of the trees and through the stiff*
> *flowers of lightning –*
> *some deep memory of pleasure*
> *some cutting knowledge of pain*

Ein paar Herzschläge saßen sie still, dann schob sie sein Polo-Shirt über den Hosenbund. »Darf ich jetzt mein Geburtstagsgeschenk auspacken?«

»Ist alles bereit für dich, Miss.« Fin fasste sie um die Hüften, hob sie hoch und trug sie ins Zimmer.

6

Scheinwerfer strichen über den Asphalt, mehrere Autos rollten vom Parkplatz. Peter und Louise vertraten sich vor dem Verwaltungssitz die Beine, die zweite Versammlung würde in einer halben Stunde beginnen.

Louise richtete ihren Schal. »Wer hilft dir denn im Restaurant aus?«

»Anna kocht und Frederiks Neffe macht die Bar«, antwortete Peter gedankenverloren und sah einem Dodge nach.

»Dann hast du nachher noch Zeit?«

Er drehte sich zu ihr hin und schmunzelte: »Was schwebt dir denn vor?«

»Ein Glas Wein bei Kerzenlicht? Ein paar Seiten Steinbeck lesen?« Sie hakte sich bei ihm unter. »Hauptsache nur wir zwei. Was sagst du?«

»Soll ich …« Peter stockte und Louise folgte seinem Blick. Eine Gestalt stand zwischen dem alten Kühlraum und einem Truck.

»So begegnet man sich wieder«, sagte eine Stimme aus dem Dunkel.

»Es ist mir keinesfalls eine Freude«, erwiderte Peter. »Ich habe mich schon gefragt, wann du bei mir auftauchst, Burke.«

»Anscheinend rechtzeitig, bevor du dich dem Faltenrock an den Hals wirfst. Meine Tochter würde sich im Grab umdrehen, wenn sie eines hätte.«

Peters Stimme bekam einen Tonfall, wie ihn Louise noch nie bei ihm gehört hatte. »Deine Tochter würde noch leben, hätte ich früher Vernunft angenommen. Wer hat sie denn dorthin geschickt?«

Burke trat aus dem Schatten und musterte Louise von unten bis oben. »In der Nacht gehst als Vierziger durch, für mich aber noch immer zu alt. Verzieh dich, das ist ein Männergespräch.«

Bevor Louise reagieren konnte, nahm Peter ihre Hand und stellte sich zwischen sie und den Biker. »Sie geht nirgends hin. Und entweder du mäßigst deine Worte oder du bist still.«

»Aufmüpfig warst du schon immer, hat mich oft amüsiert, aber so bestimmt kenne ich dich gar nicht. Eine neue Qualität. Steht dir aber nicht, Freund.«

Peter knurrte: »Ich bin schon lange nicht mehr dein Freund, alter Mann. Das hier ist mein Revier, du bist ein unerwünschter Besucher. Verschwinde mit deinem Pack.«

Burke schlug sich auf den Schenkel, lachte so heftig, dass er husten musste und sagte: »Und was, wenn nicht? Beißt du dann? Holst deine Handvoll Getreue? Hast du schon überrissen, wie viele von meinen Jungs inzwischen in den Wäldern von Alpine sind?«

Louise spürte wie Peter sich in ihrer Hand festkrallte, legte ihre Finger auf seinen Unterarm. Er lockerte seinen Griff und hatte sich wieder unter Kontrolle.

Burke verfolgte sein Mienenspiel. »Guter Bursche, bloß keinen Aufstand vor den netten Leuten hier. Vielleicht willst du ja auf ein Bier vorbeikommen, ich wohne gerade am Markleeville Campground. Mein Trailer ist nicht zu übersehen. Wir plaudern über die guten, alten Zeiten und vielleicht vergesse ich für ein Weilchen, dass mir mein bester Legionär meine Kleine gestohlen hat.«

»Gibt es hier ein Problem?« Leo war lautlos hinter Louise aufgetaucht und stellte sich neben Peter. Seine große Gestalt warf einen Schatten auf den Biker-Boss.

»Sieh da, ein Deputy. Aufmerksames kleines Dorf. Das Auge des Gesetzes wacht.« Burke klopfte sich wieder auf den Schenkel. Im Augenwinkel sah Louise drei weitere Motorheads, die an der Ecke zum Highway ihre Maschinen parkten.

Leo verschränkte die Arme. »Mister Burke, hier findet eine Versammlung der Gemeinde statt. Blockieren Sie mit ihren Leuten nicht die Zu- oder Abfahrt.«

»Bin schon fort, Leo. So heißt du doch? Meine Jungs haben von dir erzählt. So jemanden wie dich könnte ich gut als Bodyguard brauchen. Möchtest du es dir nicht verbessern? Geld und Weiber, soviel du möchtest.«

»Für Sie noch immer Deputy Leonidas Lex. Und nein, Mister, ich würde das nicht als Verbesserung sehen. Außerdem bin ich dem Sheriff verpflichtet.«

»Ah ja, euer Sheriff. Ich habe schon einiges über diese Frau gehört. Kann mir nur nicht vorstellen, dass das alles stimmt. Schade, dass sie gerade jetzt verreisen musste.«

Leos Augen begannen gelb zu funkeln, Burke starrte ihn interessiert an, dann trollte er sich.

Neben Peter, Erland und Adele waren Werwölfe sowohl aus Kirkwood, als auch aus Bear Valley gekommen, dazu ein Dutzend Wilde Männer aus Peaceful Pines, zwei Medizinmänner aus Mesa Vista und viele aus Louises Zirkel der Weißen Frauen. Auch einige Menschen, die mit der übernatürlichen Gemeinschaft vertraut waren, befanden sich im Sitzungssaal. Anstelle der üblichen Frontalanordnung hatten sie die Sessel im Kreis aufgestellt.

Von dieser Versammlung würde es kein Protokoll geben, Louise konnte ungestört zuhören. Zuerst erzählte Under Sheriff Winnemucca von Vorfällen mit den Bikern, dann berichtete Erland vom Antrag des Rudelführers zu den Schürfrechten und gab die Sitzungsführung an Peter ab. Auch wenn Erland als Bürgermeister Alpine County vorstand, wurde mit dieser Aktion zuerst einmal Peter in seiner Rolle als Alpha des Alpine-Rudels herausgefordert.

»An sich verlangen unsere Regeln, dass eine Kampfansage an den Anführer überbracht wird«, erläuterte Peter. »Im Anschluss werden Ort und Zeit durch Adjutanten ausgehandelt. Allerdings bin ich mir nicht sicher, ob sich Burke an die Regeln halten wird. Die Motorhead Miners sind nicht gerade eine bürgerlich verankerte Gemeinschaft.«

»Sind sie Kriminelle?«, wollte Henri wissen.

Peter fuhr sich mit der Hand durch die graumelierten Haare. »Ja und nein. Sie handeln weder mit Drogen, noch mit Waffen. Wie ihr Name sagt, leben sie vom Bergbau in dem Sinne, dass sie im Sommer in die Rockys ziehen und Edelsteinminen ausbeuten, deren Funde sie im Winter aufbereiten lassen und auf der Edelsteinmesse in Denver verkaufen. Allerdings sind die Minen fast immer widerrechtliche Übernahmen und die Arbeiter, genauso wie die Frauen, die ihnen die Steine herrichten, zwangsverpflichtete Illegale. Daneben betreiben sie noch ein paar Bordelle im Großraum von Las Vegas, dort ist auch ihr Winterquartier.«

»Du warst einmal Mitglied? Weißt du Interna, die uns helfen können?«, fragte Erland.

»Ja, ich war einmal Mitglied, ich war mit Burkes Tochter verheiratet. Aber das ist über zehn Jahre her. Von den Bikern, die ich heute gesehen habe, kenne ich keinen einzigen, also weiß ich nicht, ob das hilfreich ist.«

Erland wiegte den Kopf. »Burke wird sich kaum einem Alpha-Kampf stellen. Du bist zu stark für ihn, das weiß er auch. Wie kann er in dem Alter überhaupt noch eine so große Gruppe führen?«

»Wenn er so ist wie früher, dann bekommt er mit Erpressung oder Ähnlichem seinen Willen.« Peter dachte ein paar Sekunden nach. »Er hat persönliche Kämpfe meistens vermieden und bei Forderungen einen nahen Verwandten als Stellvertreter aufgestellt, bei dem er sich sicher war, dass der als Sieger hervorgehen würde. Meistens hat sein Bruder diese Aufgabe übernommen, er ist aber schon vor ein paar Jahren gestorben und seine Söhne sind abgewandert, haben ihre eigenen Rudel. Ich denke, Burke wird eine feindliche Übernahme von Alpine County versuchen.«

Ein Murmeln erfüllte den Raum und Louise erschrak. Peter fuhr fort: »Zuerst wird er versuchen die Pachtrechte für die Mine zu erpressen, dann eine Siedlung gründen und für seine Leute Bürgerrechte einfordern, dazu muss er das Alpine-Rudel unterwerfen oder vernichten. Hat er dann genug seiner Untergebenen hier, kann er auch die anderen Übernatürlichen in Schach halten, er übernimmt den Verwaltungssitz, ruft Neuwahlen aus und bringt die Bürger von Alpine dazu einen neuen Sheriff aus seinen Reihen zu wählen. Ich weiß nicht, wie viele Mitglieder seine Gang im Moment hat, aber es sind genug, um die rund tausend menschlichen Einwohner unseres Bezirks unter Druck zu setzen.«

Erland nickte. »Hat er das einmal geschafft, hat er eine legale Basis und keiner kann ihn mit gesetzlichen Mitteln vertreiben.«

»So ähnlich, wie wir es jetzt auch machen«, sagte Louise. »Aber nicht so langsam und rücksichtsvoll.«

»Was soll ma tun?«, fragte J.T.

»Momentan noch nicht viel«, antwortete Peter. »Den ersten Antrag hat der Bürgermeister ihm abgelehnt. Warten wir, was Burkes nächster Schachzug ist, danach müssen wir unser weiteres Vorgehen richten. Ich würde gerne vermeiden, dass es zu einer offenen Konfrontation kommt. Aber das liegt nicht in erster Linie an mir.«

Adele murmelte: »Sheriff Hawkes ist einen Tag weg und wir stecken im Schlamassel. Das ist doch kein Zufall? Sollen wir sie anrufen?«

Peter schüttelte den Kopf: »Noch nicht. Jey ist unser Joker. Wenn wir sehen, dass es zu einem Flächenbrand kommt, rufen wir sie zu Hilfe.«

Winnie stand auf. »Ich werde zusätzliche Patrouillen durch Freiwillige ansetzen und die Kollegen der umliegenden Countys bitten, die Augen offen zu halten. Bear Valleys Bürgerwehr ist bereits informiert, Kirkwood wird gerade verstärkt und in Mesa Vista werde ich meine Leute vorbereiten. Wir können uns schon einmal Mittel besorgen, um gegen Werwölfe gewappnet zu sein.«

»Das kann ich nicht annehmen«, sagte Peter. »Das ist zuerst einmal unser Kampf.«

»Kann schon sein, aber am Ende geht uns alle an. Burke bedroht nicht nur deine Position als Alpha, er bedroht unsere ganze Gemeinschaft.«

Winnie blickte zu den beiden Medizinmännern hin, die Billigung signalisierten, und hielt Peter die Hand hin. »Das hier sind unsere Berge, wir gehören zusammen. Die Washoe People stehen zu euch, ganz gleich wer da kommt.«

Peter drückte ihm die Hand, doch Louise bemerkte den Zweifel in seinem Ausdruck; das Letzte, was er wollte war, dass Menschen in einer Auseinandersetzung von Werwolf-Rudeln verletzt oder getötet wurden.

7

Die aufgeregten Stimmen folgten ihr bis vor das Gerichtsgebäude, in kleinen Gruppen diskutierten die Menschen vor dem Verwaltungssitz. Adele betrat das Sheriff Office, wo Angie gerade seinen Dienst beendete. »Kaffee ist frisch und ein paar Schoko-Croissants sind auch noch da.«

Adele lächelte, er kannte ihre Schwäche für die fettigen Snacks. Nachdem sie allein war, stellte sie zuerst die Überarbeitung der Search&Rescue-Richtlinie fertig, dann überflog sie die Tagesberichte und machte ein Update ihres Facebook-Accounts, scrollte dabei auch durch die launigen Kommentare von Ned und Leo zu ihrem Tag im Büro.

Kurz vor elf öffnete sie die untere Schublade ihres Schreibtisches und holte *The Longest Ride* unter ein paar leeren Kartonmappen heraus. Auch wenn Jey immer mit den Augen rollte, wenn Adele einen dieser Romane aus der Tasche zog, es war das Einzige, das ihr die langweiligen Nachtschichten erträglich machte. Zu Sheriff Stones Zeiten hatten abwechselnd zwei Freiwillige den Journaldienst im Sheriff Office übernommen, aber seit einer der beiden weggezogen war und sich niemand anderer in Markleeville dafür gefunden hatte, musste immer wieder einmal auch ein Deputy oder der Sheriff Bereitschaftsdienst schieben. Wenigstens hatte Erland ihnen allen im Jänner eine ordentliche Gehaltserhöhung genehmigt.

Sie öffnete das Buch beim Lesezeichen und vertiefte sich gerade in die Szene, in der Ira die Briefe seiner Ruth herausholt, damit Sophie sie ihm vorliest, als das Telefon schrillte.

Adele zuckte zusammen, dann langte sie nach dem Headset und drückt den Annahmeknopf. Eine Stimme redete aufgeregt auf sie ein, sie konnte die Frau aber kaum verstehen. Hämmernde Heavy-Metal-Bässe übertönte die Worte.

»Können Sie bitte die Musik leiser machen? Ich verstehe Sie kaum.«

Die Stimme brüllte: »Deswegen rufe ich ja an. Machen Sie was dagegen. Das ist doch unerträglich.«

»Wo sind Sie denn?«

»Turtle Rock«, schrie die Frau. »Turtle Rock Campground.« Dann brach die Verbindung ab.

Seufzend stand Adele auf, leitete das Telefon auf ihre Smartphone-Nummer um, holte ihre Jacke und einen Autoschlüssel.

Ein paar Minuten später stoppte sie an der Einfahrt zum Campingplatz, um zwei Wohnwagen vorbeizulassen, die mitten in der Nacht den Platz verließen. Obwohl sie die Fenster geschlossen hatte, hörte Adele die kreischenden Gitarrenklänge. Sie folgte dem geschlungenen Fahrweg zwischen den Kiefern und sah auf einer kleinen Lichtung ein Feuer, umstellt von Zelten und Motorrädern, wie eine modernere Version einer Wagenburg. Sie hielt am Rand und stolperte nach dem Aussteigen fast über eine Kabelrolle, die eine Reihe von Boxen und die Soundanlage versorgte.

Aus dem Wohnmobil neben ihrem Streifenwagen sah sie Gesichter hinter den Vorhängen hervorlugen. Na toll, jetzt kann ich mir vor Publikum etwas einfallen lassen, dachte Adele.

Vorsichtig stieg sie über den Stromverteiler und zog das Hauptkabel aus der Steckdose. Die plötzliche Stille war fast bedrückend und nur von kurzer Dauer. Die Biker grölten und warfen frittierte Hühnerflügel in ihre Richtung. Adele trat in ihre Mitte. »Jetzt macht einmal halblang, Jungs. Es ist bald Mitternacht und hier wollen ein paar Familien schlafen.«

Ein schlaksiger Biker mit Ziegenbart und Piercings stemmte sich hoch, richtete seine Lederhose und schlenderte auf Adele zu. »Wir feiern doch nur ein wenig, Ma'am. Wo doch bald die grünen Steinchen aus dem Silberberg für uns rollen.«

»Ihr seid hier aber nicht allein und es gibt eine Platzordnung. Haltet euch doch bitte daran.«

Er grinste. »Na, wenn du so schön bittest, Ma'am.«

In diesem Moment zerdrückte jemand eine Dose, Adele schaute hinter sich und der Ziegenbart zupfte ihr Hut und Marke vom Körper.

»Du kannst so schön bitten, das möchte ich noch einmal hören.« Er hielt die beiden Teile hoch wie erlegte Kaninchen und drehte sich im Kreis, die anderen grölten Beifall. Adele griff zum Holster, ihre Hand fuhr ins Leere. Sie fluchte, als ihr einfiel, dass die Waffe noch immer zum Reinigen neben der Kaffeemaschine lag.

Ein pickeliger Junge mit tätowierten Armen warf ihr eine neonorange Spritzpistole vor die Füße. Die Männer lachten noch lauter und Adele fühlte Brennen aufsteigen, versuchte sich zu kontrollieren. Drängte ihre Klauen und Zähne zurück, doch die Wölfin wütete und wollte reißen. Sie drehte sich um, zählte beim Atmen und marschierte zu ihrem Streifenwagen zurück. Dort stützte sie sich auf die Motorhaube, schloss die Augen und summierte Bruchzahlen, bis sie sich beruhigt hatte. Vor

Menschen zu wandeln war absolut tabu und sie fühlte die Blicke hinter den Vorhängen.

Inzwischen hatte einer der Biker die Kabelrolle wieder angesteckt und die Bässe dröhnten neuerlich über die Trailer. Adele schreckte auf. Ein weiteres Wohnmobil verließ den Campingplatz.

Sie setzte sich in den Streifenwagen und steckte die Kopfhörer an ihr Smartphone, tippte dann im Telefonbuch und wählte. »Ms. Fuerte? Hallo, hier spricht Deputy Sheeran. Ist Angie in der Nähe? Gut. Bitte sagen Sie ihm, dass ich ihn am Turtle Rock mit seiner Ruger Long Rifle brauche. Er soll Silbermunition laden. Ja, genau.«

Sie hatte einen strategischen Rückzug machen müssen, aber sie hatte nicht vor das hinzunehmen.

8

Fin wachte in blutigen Laken auf und Jey war fort. Ein metallischer Geruch erfüllte den Raum. Langsam erinnerte er sich an die letzte Nacht. Sie waren bis kurz nach Mitternacht wach gewesen, dann war er eingeschlafen und in den Alptraum gezogen worden. Den gleichen, der ihn seit Wochen immer wieder plagte, nur intensiver.

Rote Kratzspuren zogen sich über das Leintuch. Bestürzt begriff er, dass er sich unbewusst gewandelt haben musste. Seit er ein Kind war, hatte er ihn immer als Freund gesehen, als machtvolles Spiegelbild seiner selbst. Aber jetzt hatte er die Kontrolle über den Bären verloren und fühlte, welche Furcht ihm sein Alter Ego auf einmal bereitete.

Er schloss die Augen und lauschte: ein Rasenmäher brummte draußen, Flaschen schepperten in Kisten auf einem Laster vorbei, im Nebenzimmer hatte jemand den Fernseher eingeschalten, im Bad rauschte Wasser. Im Bad seines Zimmers rauschte Wasser. Fin richtete sich auf und schob das verklebte Bettzeug von sich. Rotbraune Flecken überzogen seinen Bauch und seine Schenkel. Langsam kam er hoch und tapste mit bloßen Füßen ins Badezimmer. Kurz zögerte er, die Tür aufzuschieben, wappnete sich und trat ein. Jey spähte hinter der Duschwand hervor und winkte ihn zu sich. Sie schien guter Stimmung zu sein und Fin atmete auf.

Als er aber zu ihr in die Wanne stieg, sah er die Kratzspuren auf ihrer Schulter und wich zurück.

»Jetzt komm schon«, sie fasste ihn am Oberarm und schob ihn unter die Brause, drehte das Wasser heißer. »Das geht schwerer ab, als ich dachte.« Sie schrubbte ihn mit einem Schwamm über Bauch und Arme. Noch immer brachte Fin kein Wort heraus, starrte schockiert geradeaus.

»Du heilst fast so schnell wie die Werwölfe, ist kaum mehr etwas zu sehen.« Sie begutachtete ihn, drehte ihn um und bearbeitete seinen Rücken. Die Wärme löste Fins Anspannung, er nahm Jey den Schwamm aus der Hand und sah ihr in die Augen. »Du bist verletzt.«

»Nicht der Rede wert«, sagte sie beiläufig und spülte sich Seifenreste von den Händen. Bevor er etwas erwidern konnte, stieg sie aus der Wanne und schlang sich ein Handtuch um den Kopf.

Fin wusch sich Gesicht und Haare, folgte Jey und sagte: »Lass mich deine Schulter ansehen.«

»Ach, das ist doch nichts, nur ein paar Scharten.« Sie kramte in ihrer Kosmetiktasche, zog eine jodhaltige Creme heraus und hielt sie ihm nach hinten. »Schmier das bitte drauf.«

Schweigend folgte er und verteilte das Desinfektionsmittel. Dann wickelte er das Handtuch von ihrem Kopf, frisierte vorsichtig ihre nassen Strähnen und flocht ihr einen Zopf, damit ihr Haar nicht in der braunen Salbe kleben blieb.

Jey drehte sich um, lächelte und sagte: »Danke. Jetzt müssen wir draußen saubermachen, damit die Putzfrau keinen Schreikrampf bekommt.«

Sie schlüpfte in eine Trainingshose und ein Top, wollte das Bad verlassen, aber Fin hielt sie am Arm zurück. »Wir müssen über heute Nacht reden.«

»Aber nicht jetzt. Mach nicht so ein Gesicht, das meiste Blut im Bett ist von dir. Ich habe nur ein paar Kratzer, weil ich verhindern wollte, dass du dich noch mehr selber verletzt.« Sie streichelte seine Schulter. »Keine Sorge, du bist nicht auf mich losgegangen. Du hast gegen den Albdruck gekämpft.«

»Aber ich habe mich dabei gewandelt, das darf nicht sein. Das macht mich gefährlich. Du hast zwar übernatürliche Gaben, aber dein Körper ist ganz und gar menschlich. Zerbrechlich. Du musst das ernst nehmen.«

Jey zog die Mundwinkel nach unten. »Ich weiß, dass das ernst ist. Aber hör auf mit den Selbstvorwürfen, Fin. Der menschliche Körper hält schon ein bisschen was aus.«

»Ich will, dass du zurück nach Reno fliegst. Ich fahre allein zu Caitlin.«

Jey schüttelte heftig den Kopf. »Auf gar keinen Fall. Wir werden gemeinsam einen Weg finden, der dir hilft. Dort wo deine Verstimmung angefangen hat, gibt es auch Heilung. Aber nicht jetzt.«

Ungeduld wogte durch Fin. »Du hast nicht immer recht, Miss.«

Er hatte lauter gesprochen, als er wollte. Zuerst setzte sie zu einem Widerspruch an, dann sah sie auf seine geballten Fäuste und schwieg.

9

Kurz flackerten die Neonröhren. Die Kaffeemaschine zischte und gab den Geist auf. Adele warf den Nicholas Sparks Roman in die Lade und versetzte dem Gerät einen leichten Schlag, aber nichts rührte sich. Bevor sie J.T.s Nummer wählen konnte, der die alte Kiste auch bei ihrem letzten Versagen wiederbelebt hatte, ging die Tür auf und Peter kam herein. Mit wirrem Haar, unrasiert und Ringen unter den Augen, wirkte er um Jahre älter.

Adele holte ihm ein Glas Wasser. »Schon so früh auf? Hast du Schlafstörungen?«

Er winkte ab. »War in der Nacht etwas Besonderes los? Meldungen?«

Adele fragte sich, ob Peter darauf anspielte, dass sie Angies Hilfe gebraucht hatte, um ihre Sachen zurückzuholen und fühlte, wie sie rot wurde. »Warum fragst du denn?«

»Wegen Ursela und Joe«, antwortete Peter und lehnte sich gegen ihren Schreibtisch. »Sie sind noch nicht zurückgekommen und ich bekomme nur die Mailbox.«

»Wann wollten sie denn wieder hier sein?«

»So genau haben sie das nicht gesagt, aber ich habe mit gestern Abend gerechnet.«

»Na, vielleicht ist ihnen noch etwas eingefallen, du kennst doch Joe. Wenn er einmal rauskommt, möchte er möglichst viel erledigen«, sagte sie leichthin.

Peter strich sich über den Nacken. »Mehr Sorgen macht mir eigentlich, dass auch Tony nicht zu sehen ist. So ganz blicke ich bei dem Jungen nicht durch. Der ist zu gut, um wahrhaftig zu sein.«

»Tony? Meinst du, er ist mitgefahren? Ich dachte, sie wollten in ein paar Ausstellungen und auf einen Einkaufsbummel. Das machen sie sonst doch immer nur zu zweit?«

»Nein, sicher bin ich nicht. Nur habe ich ihn seitdem nicht gesehen und er schleicht doch ständig in meiner Bar herum. Dabei hat er allen erzählt, dass er an seiner Dissertation schreibt und hierhergekommen ist, um das zügig durchzubringen. Dafür hat er beim letzten Vollmond gefehlt, obwohl er weiß, dass er als Gast nur mit uns jagen darf.«

»Vielleicht hat er sich jetzt wirklich zum Schreiben zurückgezogen. Was machst du jetzt wegen Ursela?«

»Eine Abgängigkeitsanzeige? Was ist mit Mobilortung?«

Adele schüttelte den Kopf. »Ohne bestimmten Grund? Sie ist erwachsen und gesund, es gibt keinen Anhaltspunkt für eine Straftat oder einen Unfall. Sie könnte einfach ihren Ausflug verlängert haben. Da brauchen wir schon mehr.«

Peter runzelte die Stirn und Adele beeilte sich zu sagen: »Hör mal, ich werde in der Law Enforcement-Datenbank der umliegenden Bezirke suchen, ob es eine Meldung gibt, die dazu passen könnte. Und wenn sie bis morgen nicht auftauchen oder zumindest anrufen, dann lassen wir Ursela suchen, okay?«

»Gut. Du meldest dich sofort, wenn du etwas erfährst?«

Adele bejahte und Peter verließ grußlos das Büro. Ihre Erleichterung hielt nur kurz, sie fragte sich, ob Angie herumerzählen würde, dass er als ihr Retter auftreten musste, dann schalt sie sich dämlich. Sie würde selber den Einsatz und dessen Verlauf berichten müssen. Angie war ein schweigsamer Mann, er würde den Vorfall für sich behalten.

Noch immer wunderte sie sich über die Anspielung des Ziegenbartes. Wenige in Alpine wussten vom Fund der Edelsteinhöhle am Silver Peak und weder Peter noch Erland hatten die Herkunft der Smaragde und Turmaline beim Händler genauer eingegrenzt.

Adele überflog erfolglos die Einträge in der Polizeidatenbank, trug Ort und Zeit des Einsatzes am Turtle Rock in den elektronischen Kalender ein, öffnete ein Berichtsformular und schloss es, nach einem Blick auf die Uhr, wieder. Sie beendete das Programm und holte ihre Handtasche aus der Garderobe. In ein paar Minuten würde der Tagdienst beginnen. Gerade als ihr Bildschirm dunkel wurde, schrillte das Telefon.

Adele war versucht es zu ignorieren, hob aber dann doch ab: Es war ein Kollege aus Gardnerville, im benachbarten Douglas County, der ihr berichtete, dass ein Pick-Up aus Alpine schon den dritten Tag am gleichen Platz vor dem Woodett's Diner parken würde und ob sie sich darum kümmern könne. Er gab ihr das Kennzeichen durch. Die hätten das auch selber abklären können, dachte sie.

Ms. Lindstroem kam gutgelaunt herein und Adele winkte ihr im Vorbeigehen zu. »Halterabfrage aus Gardnerville. Liegt bei Winnie.« Sie wartete nicht auf eine Antwort und huschte hinaus.

10

Nebelschwaden zogen über Juneau, dämpften alle Geräusche, verblassten alle Farben. Ein Geruch von Flechten und Moosen strömte aus den nassen Bäumen herüber, durchzogen von den Dünsten aus der Fritteuse des Imbissladens gegenüber, der gerade seinen Betrieb aufgenommen hatte. Fin schloss das Fenster und zog sich an. Jey hatte bereits die Überzüge und das Leintuch abgestreift und begutachtete Matratze und Federbett.

»Ist nicht so schlimm. Ich hole uns Frühstück und versuche Bettzeug aufzutreiben. Sollte inzwischen die Putzfrau kommen, wimmle sie ab, okay?«

Fin nickte, langte nach seinem Smartphone und wählte Caitlins Nummer, erreichte aber nur die Mailbox. Jey schloss die Tür hinter sich und Fin ging ins Bad zurück, um sich zu rasieren. Seine Großmutter schätzte glattrasierte Gesichter. Einmal hatte er sich als Teenager einen Bart stehen lassen und sich tagelang ihre Klagen anhören müssen, wenn er sie umarmte.

Er legte das Telefon auf das Waschbecken und schäumte sich das Kinn ein; dachte beim Rasieren darüber nach, wie er Jey davon überzeugen konnte abzureisen. Fin teilte ihren Optimismus nicht, er hatte sich noch nie so unsicher gefühlt und der Gedanke, dass er sie schlimm verletzen könnte, löste Panik in ihm aus. Vor allem, da sie schon einmal von einem Lebenspartner fast getötet worden war.

Er spülte sich Seifenschaum und Bartstoppel ab, trocknete sein Gesicht und krümmte sich. Bilder überfluteten ihn, Wesen und Dinge, für die er keine Worte fand, ein schrecklicher Schmerz stach durch seinen Kopf. Seine Hände verkrampften sich um den Waschtisch und er brach das Smartphone entzwei, ließ es zu Boden fallen. Im Spiegel sah er seine hellgrünen Augen zu braunen Tieraugen werden, spürte wie sich Krallen durch seine Finger schoben. Er schlug die geballte Faust in den Spiegel. »Was willst du?«, brüllte er sein Abbild an. »Was willst du bloß?«

Der Schmerz ließ nach. Fin ließ den Kopf hängen, Blut tropfte ins Waschbecken. Er hielt seine verletzte Hand unter das fließende Wasser, wickelte ein Waschtuch herum. In diesem Zustand wollte er nicht hierbleiben. Vielleicht konnte ihm ein Taku-Medizinmann helfen, wieder Eins mit sich zu werden.

Nachdem er sich Schuhe und Pullover angezogen hatte, kramte er in der Schreibtischschublade, holte einen Block mit dem Schriftzug des Hotels heraus und kritzelte ein paar Sätze darauf. Ein Blutstropfen fiel auf das Papier, saugte sich in die Holzfasern, bildete eine rote Lilienblüte.

Jeys Lachen erklang am Gang, sie unterhielt sich mit einer anderen Frau. Fin packte seine Lederjacke, sprang beim hinteren Fenster hinaus und lief davon.

Im Taxi merkte er, dass er weder seinen Schlüsselbund noch seine Kreditkarte eingesteckt hatte. Wenigstens fand er ein paar Geldscheine, die er gestern abgehoben hatte, da Beaver nur Bargeld nahm. Fin starrte beim Autofenster hinaus. Im Radio spielte *Hurt*, ein alter Johnny Cash Song: *»Everyone I know, goes away in the end.«*

Eine halbe Stunde später stieg er in Thane aus dem Taxi und sofort öffnete sich die Eingangstür des hellblau lasierten Holzhauses, zu dem Fin den Fahrer gelotst hatte. Fin lief die Treppen zur Veranda hoch, umarmte seine Großmutter, hob sie hoch und küsste sie auf die Wangen.

Caitlin lachte und gleichzeitig liefen ihr Tränen aus den Augenwinkeln. »Finley, mein Junge. Wie bin ich froh, dass du da bist.«

Fin setzte sie ab und Caitlin musterte ihn. »Du bist schon wieder größer geworden.«

»Nein, Granny, ich wachse nicht mehr. Du bist geschrumpft, du wirst bald ein Indianerpüppchen sein.«

»Frecher Bub.« Sie nahm seine Hand, tätschelte sie und zog ihn ins Haus. »Hast du kein Gepäck?«

»Ist noch beim Flughafen, aber ich brauche nicht viel, es sind ja auch noch ein paar Sachen von mir im Gästezimmer. Wenn du sie nicht weggeworfen hast.«

»Aber wo denkst du denn hin? Das Zimmer ist nur für dich da«, sagte Caitlin. »Komm, komm. Ich habe frischen Kaffee und Schokokuchen. Du schaust hungrig aus.«

Sie setzten sich in der winzigen Küche, die aussah wie eine Puppenstube, an den gedeckten Tisch und sie schnitt ihm ein Viertel des Kuchenblocks in Scheiben.

Fin wehrte ab. »Granny, bitte.«

»Aber was, du bist groß und sportlich, das geht schon.« Sie sprühte noch etwas Obers dazu und Fin verdrehte die Augen. »Wie geht es dir denn in Kalifornien, mein Junge? Bist du zufrieden?«

Fin stach einen großen Bissen ab und kaute mit Genuss. »Ja, bin ich. Ich wohne in einem schönen Haus, der Ranger-Job ist verantwortungsvoll. Ich kann vieles selber entscheiden und die Leute in Alpine sind überaus liberal und freundlich.«

Caitlin klatschte in die Hände. »Fein, das ist fein. In Nebraska war es ja schrecklich für dich. Ich habe dir gleich gesagt, dass die Westküste besser ist.«

»Du hast aber dabei nicht an Kalifornien gedacht.«

»Stimmt, habe ich nicht. Ich habe gehofft, dass du wieder zu uns in den Norden kommst, aber ich verstehe schon, dass du damit Probleme hast. Die Sierra Nevada ist schon in Ordnung, ein gutes Land, nur halt ein wenig trocken.«

»Dafür sonnig. In Alpine gibt es einstweilen noch genug Wasser und Umweltschutz steht bei der Verwaltung ganz weit oben. Sie leben von ihrer Natur. Haben gerade erst den Kampf gegen einen Investor um Wasserrechte gewonnen. Du müsstest einmal die Bergseen sehen, tiefblau und klar. Es gibt haufenweise Flusskrebse und Forellen.«

Caitlin goss ihm Kaffee nach und lächelte verschmitzt. »Schön, wie du redest. Jetzt weiß ich, dass du dich endlich wo zu Hause fühlst.«

»Genug von mir. Bitte erzähl mir, was mit Kwa'teen passiert ist.«

Schlagartig entstand eine steile Falte zwischen ihren Brauen und Tränen standen in ihren Augen; Fin nahm ihre Hand. Mit der anderen tupfte sich Caitlin Obers von den Lippen und wischte sich die Nase, hielt das Taschentuch die ganze Zeit umklammert, während sie erzählte: »Ich wollte zuerst gar nicht mit. Die Zeltlager sind nichts mehr für meine alten Knochen, ich brauche schon meine Kaltschaummatratze. Und meine Ruhe. Bei den Pow Wow ist immer bis in den frühen Morgen was los. Aber ich hatte auch Victoria schon so lange nicht mehr gesehen. In unserem Alter kann jeder Besuch der letzte sein.«

Fin wollte widersprechen, aber sie drückte seine Finger und fuhr fort: »Nein, nein, sag nichts, ich weiß, dass ich eine alte Frau bin und ich fühle mich keinen Tag jünger als meine 78. Also – wir haben fünf Tage das übliche Ramasuri mit den Touristen gemacht: Sitka-Flechten, Mokassin-Nähen, Totem-Schnitzen und die abendliche Folklore um das Feuer. Die letzten zwei Tage gehören üblicherweise nur den Clans und sie hatten ein gemeinsames Kanuritual angesetzt. Mitten in der Zeremonie, gerade als die Taucher zurück waren, kippte Kwa'teen einfach um. Zuerst haben wir an einen Schwächeanfall gedacht, aber er wurde stocksteif und reagierte auf nichts mehr. Sie haben verschiedene Trommelrituale versucht, aber bisher ohne Erfolg. Victoria meint, ein Geistwesen habe ihn zu einer Seelenreise verleitet und in seine Hütte gelockt, halte ihn dort gefangen.«

Caitlin schniefte und wischte sich wieder die Nase.

»Er ist also in Lax Kw'alaams? Fahren wir morgen zu ihm?«

»Nein, er ist auf Finlayson Island und ich warte noch auf ein paar Kräuter aus unserem Wald und eine Salbe, die mir Victoria aufgeschrieben hat. Ihr Sohn passt auf meinen Bruder auf, momentan scheint er nicht in Lebensgefahr zu sein. Wir beide, mein Junge, nehmen die Fähre am Sonntag.«

Fin runzelte die Stirn. »Finlayson Island. Seltsamer Zufall. Wieso denn die Fähre? Ein Wasserflugzeug wäre doch schneller.«

Caitlin knüllte ihr Taschentuch. »Du weißt, was ich vom Fliegen halte. Und noch so eine Autofahrt wie gestern hält mein Rücken nicht aus. Die Fähre ist bequem und ich habe einen Sammelpass für Seemeilen. Da gibt es Rabatte. Du schiffst zum halben Preis.«

Fin nickte, ohne seine Kreditkarte konnte er nicht anspruchsvoll sein. Die Flugangst seiner Großmutter erinnerte ihn unglücklich an Jey und kurz war er versucht sie anzurufen.

Am Nachmittag musste er mit Caitlin alle näheren und ferneren Verwandten besuchen, sich ausfragen lassen und unzählige Bilder von kleinen Kindern ansehen. Ansonsten nicht gerade Fins bevorzugte Tour, war er heute für all die banalen und normalen Dinge empfänglich. Er aß jedes Gebäck und jedes Sandwich, das man ihm anbot, trank kannenweise Tee und war bei ihrer Rückkehr in Caitlins Haus so müde, dass er kaum noch einen klaren Gedanken fassen konnte. Sie saßen noch eine Weile gemeinsam auf dem Sofa, sahen auf CBS die Late Show mit Stephen Colbert und Caitlin nickte ein.

Nachdem Fin ihr ein Taschentuch aus den Fingern gezupft und sie zugedeckt hatte, ging er in das schmale Zimmer, das er bei seinen seltenen Aufenthalten in Thane bewohnte. Bevor er sich niederlegte, verriegelte er die Fensterläden, sperrte die Tür ab und schob die Kommode davor. Dann fesselte er mit einem Kletterseil einen seiner Arme an den Bettpfosten.

11

Ihr Pixie wehrte sich gegen den Kamm und Adele fluchte. Sie griff nach dem Haarwachs, bearbeitete so lange ihre Strähnen, bis eine anständigen Frisur daraus wurde. Der freie Tag nach dem Nachtdienst war viel zu schnell vorbei gewesen und sie hatte schlecht geschlafen, der zunehmende Mond ließ sie unruhig werden. Der Gedanke an die vielen fremden Wölfe in Alpine sowieso. Sie hängte sich ihre Kuriertasche um und radelte zum Sheriff Office, die kühle Morgenluft verblies die Nachtschwere.

Beschwingt stieß sie die Türe auf, als sie Winnies Gesichtsausdruck sah, war ihre gute Laune aber gleich wieder dahin. Sie verdrückte sich in die Garderobe und ließ sich extra Zeit mit dem Umziehen. Erst als Angie, der kurz nach ihr gekommen war, in der Uniform steckte, ging sie hinter ihm ins Büro zurück.

Winnie telefoniert und Adele schaute sich nach einem Kaffee um, aber die Maschine hatte wohl endgültig die Schrottreife erreicht. Dafür hatte Ms. Lindstroem drei Thermoskannen hingestellt und Adele dankte im Stillen der guten Seele. Bevor sie sich einen Becher nehmen konnte, rief Winnie nach ihnen.

»Was war denn das vorgestern Nacht für eine Sache? Adele, du vergisst deine Waffe und lässt dir die Marke abnehmen, und du, Angie, kommst ohne Dienstausweis, aber dafür mit einem Gewehr dazu? Ist euch das Thema

Vorschriften kurz einmal entfallen? Oder nehmen wir es nicht mehr so genau?«

Adele kaute auf ihrer Unterlippe herum und sah im Augenwinkel, dass Angie ganz ungerührt dastand und keinerlei Anstalten machte, sich zu rechtfertigen. Winnie schaute sie beide herausfordernd an und wieder regte sich die Wölfin in ihr.

»Aber nicht im Ernst?«, sagte Winnie und Adele schaute ertappt zu Boden. Angie blieb stumm.

»Na gut«, Winnie seufzte, »ich verstehe, dass es eine schwierige Situation war. Wir haben gerade einen Ausnahmezustand und da ist es besonders wichtig, dass wir uns an die Regeln halten? Das nächste Mal macht ihr eine Meldung bei mir und ich entscheide das weitere Vorgehen.«

Angie nickte und ging zu seinem Schreibtisch. Adele wollte ihm folgen, aber Winnie winkte sie zurück. »Setz dich, das ist nicht alles.«

Verdammt, was denn noch?, dachte Adele, kam seiner Aufforderung aber nach.

Winnie schob ihr eine Notiz hin, das Autokennzeichen, das ihr die Deputys aus Gardnerville durchgegeben hatten.

»Und?«

»Das hast du notiert?«

»Ja, was ist damit?«

»Und Peter hat gesagt, dass er Joe und Ursela vermisst?«

»Ja, ich habe ihm aber...« In diesem Moment fiel bei Adele der Cent. »Ist das Joes Pick-Up?«

Winnie nickte. »Warum hast du das nicht gleich abgeklärt? Der Zettel ist bis gestern Abend zwischen den Ausdrucken der Monatsstatistik geklebt. Du hättest wenigstens etwas dazuschreiben und ihn mir an den

Bildschirm heften können, dann hätte ich sofort gesehen, dass etwas dringend ist.«

Adele sagte leise: »Ich habe doch Ms. Lindstroem gesagt…«

»Du weißt, dass sie auf dem linken Ohr einen Tinnitus hat. Oder hat sie etwa *Ja, Adele* geantwortet?«

»Ich weiß es nicht, verdammt noch einmal, ich war müde, aufgebracht und wollte nur nach Hause, okay?«

»Nein, nicht okay, ich kenne dich so nicht. Was ist los mit dir? Hast du privaten Ärger?«

Adele schüttelte den Kopf. Wie sollte Winnie verstehen, dass es nicht um einen bestimmten Anlass ging, sondern einfach um alles hier? Sie schwieg und starrte auf die Schreibtischunterlage.

Winnie seufzte. »Du nimmst einen Streifenwagen und fährst mit Leo nach Gardnerville. Seht nach warum Joes Pick-Up seit Tagen dort steht und fragt die Anrainer, ob sie etwas gesehen haben. Die Vermisstenmeldung habe ich bereits rausgegeben.«

Zuerst wollte Adele widersprechen, biss sich aber dann auf die Zunge. Vielleicht war es besser ein paar Stunden aus der Schusslinie zu sein. Wortlos stapfte sie hinaus, packte ihre Ausrüstung, dieses Mal mit Pistole, und holte sich einen Autoschlüssel. Kurz überlegte sie, nahm dann ihre Kuriertasche mit. Ein Abstecher in die Mall nach Carson City im Anschluss würde die Fahrt nicht ganz zweckfrei machen.

Neben dem Ford Explorer wartete J.T. mit einem Rucksack in der Hand. »Nimm mich mit.«

»Das ist eine Dienstfahrt. Kann ich nicht.«

»Ach geh. Sonst is auch nich so genau.«

Adele schlug die Fahrertür hinter sich zu. »Jetzt aber schon.«

Ihr Bruder ließ nicht locker. »Is ja nur wegen Joe, ich mach ma Sorgen.«

»Nerv mich nicht, J.T.« Sie startete den Streifenwagen und fuhr davon.

Sie hielten vor Woodett's Diner in Gardnerville, stiegen aus und sahen sich um. Joes Auto parkte unter einen Baum auf der Straßenseite des Parkplatzes. Windschutzscheibe und Motorhaube waren über und über mit Vogelkot bekleckert.

Adele lugte in das Auto hinein. »Meinst du, sie waren hier essen?«

»Nein, Ursela hätte das El Aguila vorgezogen. Ich glaube eher, sie haben wegen des Outer Limits hier gehalten. Ursela wollte sich ein neues Snowboard kaufen, sie hat mich dazu um Rat gefragt.«

»So gut seid ihr inzwischen?«

Leo zog die Brauen hoch. »Was willst du damit sagen?«

»Ach nichts. Vergiss es.« Sie tastete die Radkästen ab und holte den Autoschlüssel vom linken Hinterreifen.

Plötzlich pfiff das Funkgerät und Ms. Lindstroem rief nach Leo. Aus dem Rauschen heraus hörte Adele wie sie von einer Massenschlägerei am Turtle Rock berichtete und den Streifenwagen als Unterstützung anforderte.

Leo bestätigte und sagte zu Adele: »Ich fahre zurück und du fragst hier weiter.«

»Ihr werdet mich auch brauchen, das hier ist doch nicht so dringend.«

»Nein, das ist dringend, weil Winnie es angeordnet hat und Peter dein Alpha ist. Außerdem ist Ursela unsere Freundin«, schnauzte Leo.

Adele verzog das Gesicht. »Wenn du meinst.«

»Und ob ich das meine. Gib mir dein Zeug.«

Sie nahm den Waffengurt, die Marke und das Funkgerät ab, drückte es ihm in die Hand, warf die Uniformjacke auf die Rückbank und zog einen der SAR-Team Parkas über, von denen sie immer welche im Kofferraum hatten. »Hose und Hemd darf ich hoffentlich anbehalten?«

»Mach schon. Der Einsatz ist eilig.« Er hängte ihr die Kuriertasche um den Hals, schlug die Fahrertür zu und fuhr mit quietschenden Reifen und Einsatzlicht davon.

Kurz nachdem Leo verschwunden war, bog ein Streifenwagen der Gardnerville Sheriff Station auf dem Parkplatz ein. Adele kannten den vierschrötigen Mann im Wagen von einigen grenzüberschreitenden Einsätzen. Der Deputy schmunzelte über ihren Aufzug, berichtete ihr dann über die bisherigen Ermittlungen und dass keiner der Angestellten in den umliegenden Geschäften etwas Ungewöhnliches bemerkt hätte.

»Wir haben auch die Verkehrskameras ausgewertet. Keine Spur. Ich kann mir nur vorstellen, dass die abgängige Person hier direkt in ein anderes Auto umgestiegen ist, zu Fuß war sie nicht unterwegs«, sagte er zum Abschluss.

Er ließ sich von ihr die Übernahme des Fahrzeuges bestätigen. Sie schrieb ihm ihre Mobilnummer auf, falls noch eine Meldung über die Datenbank käme.

»Die alte Kiste hat vielleicht nur den Geist aufgegeben, starten Sie einmal an«, sagte er.

Nach einigem Stottern kam der Motor des Jeep Comanche auf Touren, Adele hielt den Daumen hoch, der Deputy tippte an seinen Hut und verabschiedete sich.

Adele bog auf die Hauptstraße ein, kurz vor der Abzweigung zum Highway 88 in Richtung Kalifornien piepste ihr Smartphone und sie wählte die Kurznachricht an – der Deputy hatte ihr tatsächlich noch eine Mitteilung geschickt: Highway Patrol meldet Sichtung der vermissten Frau, Auswertung Radarkontrolle von Mittwoch, Freeway 580, Fahrtrichtung Reno, schwarzer SUV, Avis-Leihwagen. Ein Foto mit Kennzeichen war beigefügt. Sie überlegte, ob sie weiterforschen sollte.

Adele fuhr ab und hielt vor dem Starbucks neben dem Highway, ihr knurrte der Magen. Sie ging in den Coffee Shop und holte sich von der Theke einen großen Latte Macciato mit Vanille-Shot, ein Speck-Croissant und eine Bananenschnitte. Wenigstens einen Vorteil des Werwolf-Daseins, dachte sie.

Während sie aß, versuchte sie ihre Unlust zu ergründen. Fühlte sie sich zurückgesetzt? Zuerst war Jey Under Sheriff geworden, obwohl viel kürzer im Polizeidienst als Adele. Dann hatte Jey Sheriff Stones Posten übernommen und Winnie eingesetzt, dessen rechthaberische Art sie heute so gereizt hatte. In beiden Fällen verstand Adele die Gründe und nahm es nicht wirklich übel. Stellvertreter zu sein bedeutete, eine Menge zusätzliche Pflichten und nicht viel mehr Rechte zu haben, schon gar nicht eine bessere Bezahlung.

War ihr der Job zu langweilig? Seit sie im Search and Rescue-Team war konnte sie sich nicht über vielfältige Einsätze beschweren. Auch durfte sie an der Webpage und dem Facebook-Account des Sheriff Office mitarbeiten, organisierte die Schulungstage und die Arbeitstreffen mit Kollegen andere Countys. Vor kurzem hatte Cal-Star angefragt, ob sie in deren Organisation wechseln wollte, sie hatte sofort abgelehnt, Rettungsdienst allein wäre ihr zu einseitig gewesen. Nur die Hundestaffel hätte sie interessiert, aber nachdem sie in Alpine so eine Einheit nicht benötigten, da sie genug andersmenschliche Schnüffler hatten, fehlte ihr dafür die Erfahrung. Außerdem wusste sie, dass normale Hunde ein gewisses Problem mit Werwölfen hatten.

Vielleicht hatte Winnie doch recht und es war ein privates Problem? Adele versuchte ehrlich zu sich zu sein und seufzte; ihr privates Problem war gleichzeitig ein berufliches. Es war 1,90 groß, blond und zehn Jahre jünger als sie.

Ihr restlicher Kaffee war inzwischen kalt, sie rührte im Becher herum und beschloss, zumindest bei Avis nach dem Mieter des SUV zu fragen. Sie wollte sich nicht darauf verlassen, dass einer der lokalen Polizisten nachforschte, für die hatte so ein Fall hatte kaum Top-Priorität. Vielleicht könnte sie mit einer Führerscheinnummer einen Namen und eine Telefonnummer ausfindig machen. Sie betrachtete noch einmal das Foto und murmelte: »Wo seid ihr bloß?«

12

Das Knirschen versetzte ihn zurück zum Clean-Coast-Day: Einmal im Jahr rückten alle Schüler aus, bewaffnet mit Stöcken und Beutel, um die Grünstreifen entlang des Glacier Highways zu reinigen; eine beliebte Strecke bei den Touristen, dafür im Herbst übersät mit leeren Plastikflaschen, Styroporverpackungen, Pappbechern und weniger appetitlichem Abfall. Treffpunkt war immer Fisherman's Bend, dann zogen sie die Küstenstraße entlang bis zum Shrine-of-Saint-Therese, einer Kapelle erbaut aus kindskopfgroßen Kieselsteinen vom Pazifikufer. Alle Schüler bekleidet mit gelborangen Warnwesten, leuchtende Orgelpfeifen vor grünem Hintergrund. Seine Finger tasteten nach einem Plastikstück und er war gerade versucht, es in den Beutel zu stecken, als er ganz aufwachte. Das Bruchstück war real, aber nicht die Sammelaktion.

Fin rollte sich aus dem Bett hoch, schob die Überreste des Kletterseils, Holz- und Glassplitter, geblümte Stoffstreifen, die einmal ein Vorhang waren, und Flockenfüllung des Polsters von sich. Zumindest hatte er seinen Zorn nur am Bett und dem Fenster, unter dem es stand, ausgelassen, der Rest des Zimmers wirkte unversehrt und auch die Kommode stand dort, wo er sie gestern hingeschoben hatte. Er zog die ruinierte Trainingshose aus, stopfte allen Müll und das blutbefleckte Leintuch in den Deckenüberzug und warf es beim Fenster hinaus.

Nachdem er die Fensterläden wieder verriegelt hatte, kramte er eine alte Jogginghose und ein Polo mit JPD-Logo aus der Kommode und schlich ins Bad. Er hörte Caitlin in der Küche summen und schloss die Tür zu seinem Zimmer ab, bevor er zu ihr ging. Mit einer Ausrede verabschiedete er sich bereits nach einem Kaffee, schaffte den Sack vor dem Fenster weg und rannte ein Stück die Straße Richtung Juneau entlang, um einen klaren Kopf zu bekommen. Noch nie hatte er den Alptraum zwei Nächte hintereinander gehabt.

Nach dem Industriegebiet, am Beginn der Franklin Street, hielt er kurz inne, ein gelbes Schild mit der Aufschrift *Whale Watching* ragte in den Gehsteig hinein, ein Stück daneben, an der Stützmauer zum bewaldeten Hang, ein roter Kiosk mit *City & Glacier Tour* beschildert. Davor verteilte ein Taku-Junge Flugzettel.

»Goox sá yéi yatee yéil.kháa?«, fragte Fin ihn.

»Alter, ich versteh kein Wort«, gab der zur Antwort.

»Ich bräuchte eine Auskunft, wo ich den lokalen Medizinmann finden kann«, versuchte es Fin noch einmal. Ohne weiteren Kommentar deutete der Teenager zum Geschäft über der Straße – Taku Smokeries & Store.

Fin dankte ihm, lief hinüber, stieß sich fast den Kopf an der riesigen Kunststoffkrabbe, die über dem Eingang aufgehängt war, und fragte die ältere Frau hinter dem Tresen das Gleiche.

»Kommen Sie von der Millennium?« Sie deutete auf das weiß-blaue Rundfahrtschiff an der Anlegestelle, dessen Rumpf durch die Auslage zu sehen war. Fin schüttelte den Kopf.

»Na gut, zu einen Kilo Räucherfisch gibt es einen guten Tipp kostenlos.«

Fin verdrehte die Augen, kaufte ihr aber das Sortiments-Paket ab und sie legte eine Visitenkarte aus einer Lade dazu. Er kehrte direkt nach Thane zurück.

Caitlin schlug die Hände zusammen, als sie das Fischpaket sah. »Wieso hast du denn so viel genommen?«

»Lokale Wirtschaftsförderung Du kannst es doch einfrieren. Oder gegen die Kräuter tauschen. Kann ich dein Mobiltelefon borgen?«

Sie deutete auf die Anrichte und betrachtete mit gespitzten Lippen das Meeres-Potpourri, begann die Stücke auszusortieren, während Fin sich in sein Zimmer setzte und die Nummer von der Visitenkarte wählte: Karim Lewis, M.D. – Schamanische Psychotherapie und Seelenpflege. Nach dreimaligen Läuten meldete sich eine tiefe Stimme am anderen Ende und nachdem Fin um ein Gespräch gebeten hatte, erhielt er gleich für den frühen Nachmittag einen Termin.

Wieder verschwieg er Caitlin den Grund seiner Wanderung, sie winkte ihm vom Garten aus zu, als er die Laufschuhe zuschnürte und den Bergweg hinaufmarschierte. Karim Lewis hatte seine Praxis am Ende der Thane Road, direkt am Strand, daher bog Fin zur Straße ab, sobald er das hellblaue Haus seiner Großmutter nicht mehr sah, und trottete den Betonstreifen entlang.

Entgegen seiner Stimme war der Schamane ein dünner, hochgewachsener Mann, deutlich jünger als Fin, der versuchte mit einer Hornbrille und einer Cordhose gesetzter zu wirken. Von den nach Kiefernholz duftenden Bohlenwänden abgesehen, glich die Blockhütte einer modernen Arztpraxis. Nur ein überdimensionaler Traumfänger, eine Rassel in Form eines Raben und ein Webteppich mit traditionellen Taku-Symbolen deuteten auf die indigene Abstammung des Therapeuten hin.

Fin nahm in einem grünen Ledersessel Platz, Lewis stand von seinem Schreibtisch auf und setzte sich neben ihn. Er klappte sein Tablet auf, wischte eine Weile darauf herum und sagte, ohne aufzusehen: »Zuerst möchte ich mir einen Überblick verschaffen, eine kleine Plauderei als Einstieg sozusagen. Bitte erzählen Sie mir etwas über sich und ihre Familie, Mister…«

»Finley McLochlainn yóo xhat duwasáakw«, sagte Fin.

Der Therapeut wirkte überrascht. »Sie sprechen Tlingit?«

»Ich war als Kind oft die ganzen Sommerferien über beim Xóot Hit. Bei meinem Großonkel.«

»Beim Braunbär-Clan? Da haben Sie mir etwas voraus. Komisch, nicht wahr? Sie, ein Weißer, sprechen die lokale indigene Sprache, die mir kaum mehr geläufig ist. Sie kommen aus Juneau?«

»Juneau ist als mein Geburtsort eingetragen, aber ich bin auf Finlayson Island zur Welt gekommen.«

Der Therapeut sah von seinem Touchpad auf. »Das ist doch eine unbewohnte Insel im Gebiet der Tsimshian-Nation?«

»Der Stamm der Giluts'aaw hat dort manchmal ein Sommerlager. Meine Mutter war damals beim Orca-Clan zu Besuch.«

»Sie sprechen auch Sm'algyax?«

»Nur wenig. Aber die meisten von ihnen haben in der Schule Englisch und auch Französisch gelernt.«

»Sie auch?«

»Ja. Mein Großvater Oliver O'Brian war Kanadier. Ich habe meine Kindheit in Whitehorse verbracht.«

»Ach ja, Caitlin Jacks Mann. Ich kannte ihn. In der Rente hat er als freiwilliger Helfer im Tongass National Forest gearbeitet, nicht wahr? Dann waren Sie in Juneau auf der High-School?«

Fin nickte.

»Und danach?«

»Army-College in Texas und im Anschluss elf Jahre Militärdienst«, antwortete Fin.

»Sie waren Soldat? In Kampfgebieten?«

»Ja, fünf Jahre im Irak und fünf Jahre in Afghanistan. Im Medical Corps, zuerst Notfallsanitäter, dann Heeresflieger.«

»Sie waren immer wieder in lebensgefährlichen Situationen. Mussten Sie Waffen einsetzen?«

»Im Irak waren wir entsprechend der Genfer Konvention noch unbewaffnet, aber in Afghanistan hat sich das geändert, da Sanitätsmannschaften dort genauso beschossen wurden wie Kampfeinheiten. Ich musste ein paar Mal meine Pistole einsetzen.«

»Das muss für jemanden wie Sie, der ausgebildet wurde Leben zu retten, doch ein Widerspruch gewesen sein. Wie haben Sie das empfunden?«

Fin richtete sich auf. »Als notwendig.«

»Notwendig?«

»Ja. Schutz der Verletzten und des Rettungsteams. Ich war nie ein Angreifer, mit Verteidigung habe ich kein moralisches Problem.«

Der Blick des Therapeuten war zweifelnd. »Oberflächlich gesehen mag das stimmen. Warum kommen Sie denn jetzt zu mir?«

»Ich habe seit einer Weile einen immer wiederkehrenden Alptraum.«

»Immer derselbe?«, warf der Mann ein.

»Der Ablauf ist immer gleich, aber Farben, Geräusche und Gerüche nehmen zu.«

»Auch Gerüche? Das ist interessant – und ungewöhnlich.«

Fin sagte: »Ich habe einen guten Geruchssinn, das kommt vielleicht daher.«

»Das hat damit nichts zu tun«, erklärte der Therapeut. »Es ist deswegen markant, weil der Geruchssinn nicht wie die anderen Sinne funktioniert. Er ist direkt mit dem limbischen System verknüpft, dem Emotions- und Triebzentrum. Die anderen Sinne werden in der Verarbeitung vom Gehirn bewertet und gefiltert, wir nehmen die Eindrücke nur unvollständig war. Nicht so beim Geruch. Deshalb sind olfaktorische Reize äußerst ungewöhnlich in einem Traum. Normalerweise kann es nur ein Geruch sein, den sie während des Träumens aus ihrer Umgebung wahrnehmen.«

Fin schüttelte den Kopf und der Therapeut sprach weiter: »Nicht so dagegen bei einer Erinnerung, die mit starken Emotionen verknüpft ist. Da kann der Geruchseindruck direkt daran gebunden sein. Könnte ihr Traum eine überdeckte Erinnerung sein, die jetzt hervorbricht? Erzählen Sie ihn mir einmal.«

»Das kann ich mir nicht vorstellen. Also – ich bin an einem Fluss und ein Monster taucht daraus hervor. Es sieht aus wie eine Kreuzung aus einem Alligator, einem Komedo-Waran und einem Löwen. Ich will gegen das Ding kämpfen, aber ich kann mich nicht bewegen, dann zerstückelt es mich.«

»Das wäre tatsächlich eine seltsame Erinnerung. Klingt mehr nach einer Symbolisierung. Sie empfinden große Angst dabei, nicht wahr?«

»Nein, eher Zorn und Verwunderung, ich kann nicht glauben, dass das gerade mir passiert. Die Angst kommt erst nach dem Aufwachen, wenn ich sehe, wie ich im Schlaf gewütet habe. Zuletzt habe ich meine Freundin hineingezogen und verletzt.«

Der Therapeut wirkte ungeduldig. »Schildern sie wirklich einen Traum? Oder leben sie eine Bestrafungsfantasie aus, die Sie sich nicht eingestehen wollen? Zur Verarbeitung eines Kriegstraumas? Soll ihre Freundin mitmachen?«

»Das hat nichts mit ihr zu tun.« Fin runzelte die Stirn. »Sie hat mir keine Vorwürfe gemacht, im Gegenteil, sie hat sich bemüht, mich zu beruhigen und alles zu richten.«

»Eine Frau in so einer Situation glaubt, wenn sie tut, was der Mann verlangt, dann wird er ihr nicht wieder wehtun. Sie gibt fast immer sich selbst die Schuld am gewalttätigen Verhalten ihres Partners.«

»Sie missverstehen das. Das war nicht ich, der sie verletzt hat, das war ein Versehen, das war … äh … der Andere.« Fin wartete, ob Lewis seine Anspielung verstand, ob er eingeweiht war in die übernatürliche Welt.

Der junge Mann nahm seine Brille ab und putzte sie, während er redete: »Wissen Sie, eine Begegnung mit etwas, was vorher unbewusst war, ist so, als würde man auf etwas außerhalb seiner selbst treffen, obwohl das im eigenen Bewusstsein passiert. Sie sind auf etwas gestoßen, das vorher kein Teil ihres Selbst gewesen ist, daher kommt es ihnen fremd vor. Das bleibt aber nicht so, das Gefundene wird integriert, interpretiert und umgestaltet. Bei diesem Prozess kann ich Ihnen helfen.«

Fin war enttäuscht. »Leider drängt die Zeit.«

»Auf so einem Weg gibt es keine schnelle Lösung.«

»Vielleicht aber vorerst so etwas wie ein Pflaster? Ich muss dringend ein paar Tage nach Prince Rupert Island. Danach können wir länger reden.«

Der Therapeut dachte nach. »Ich denke, da kann ich etwas machen. Kommen Sie morgen noch einmal zu mir. Ich leite Sie auf eine Innenreise, die können Sie dann auch allein durchführen, das kann Ihnen so viel Stabilität geben, dass sie eine Weile mit sich im Reinen sind. Aber das ist keine Dauerlösung, mit Ihrem Background brauchen Sie auf alle Fälle eine längere Therapie.«

Fin nickte, das sollte genügen, alles weiter Nötige konnte ein richtiger Medizinmann besser abwägen. Er musste unbedingt Kwa'teen erreichen.

13

Ein Sedan hupte und schnitt sie. Adele musste bremsen und fluchte. Der Verkehr auf dem Freeway nahm beständig zu, Freitag nachmittags zog es viele Leute nach Reno: zum Einkaufen, für ein Casino-Wochenende, manche auch für eine Blitzhochzeit. Als Adele den Washoe Lake überquerte, bemerkte sie den Schaden, den die anhaltende Trockenheit auch in Nevada anrichtete: Wo früher die Brücke über die Wasserfläche geführt hatte, klafften jetzt Risse im getrockneten Schlamm, darauf verrostende Dosen, verblichene Plastikflaschen und skelettierte Fischköpfe. Die Uferlinie hatte sich weit zurückgezogen. Dabei sollte der Schnee aus den Bergen, die sich ferne im restlichen See spiegelten, gerade genug Schmelzwasser liefern.

Bei Washoe City nahm sie die Ausfahrt, das Foto der mobilen Radarfalle war hier aufgenommen worden. Wo hatten sie hier hinwollen? Sicher nicht zum See oder in das Informationscenter der Washoe People in Douglas County. Dann fiel ihr Joes Sucht nach Zuckerzeug ein und sie folgte der Hinweistafel mit der Aufschrift *Chocolate Nugget Candy Factory*.

Das Geschäft war gut besucht, der überwältigende Geruch nach Vanille, Butter und Nusskrokant verursachte ihr sofort Kopfschmerzen. Adele schob sich bei einem Kupferkessel vorbei, der auf einem gusseisernen Dreibein stand, gefüllt mit Säcken voll Karamell-Popcorn, drängte sich durch Leute, die aus Holzbottichen bunt eingepacktes Zuckerwerk in Portionsbeutel schaufelten und blieb vor einer Theke mit Creamy Fudges stehen.

»Vanille-Walnuss und Schoko-Erdnuss sind gerade in Aktion«, sagte die Verkäuferin routiniert.

»Weder noch«, antwortete Adele und zeigte ihr das Foto auf ihrem Smartphone. »Können Sie sich an die Insassen dieses Autos erinnern? Könnten am Mittwoch hier gewesen sein.«

»Wissen Sie, wie viele Touristen mit Leihwagen hier halten? Ein Dutzend jeden Tag.«

»Könnte ich mir die Kameraaufzeichnung von dem Nachmittag ansehen?«

»Haben Sie einen Beschluss?«

Adele schüttelte den Kopf und die Verkäuferin bedauerte, Datenschutz gehe vor.

»Datenschutz«, murmelte Adele, als sie hinausging. »Als ob denen das bei ihren Kundenkarten wichtig wäre.« Dann musste sie also doch zu einer Avis-Filiale.

Sie drehte die Zündung des Jeeps, aber nichts rührte sich. Nicht einmal ein Schnarren. Nach mehreren Versuchen gab sie auf. Der Routenplaner auf ihrem Smartphone zeigte die nächste Werkstätte in 28 Meilen Distanz, da ihr das Auto aber nicht gehörte, würde das Papierkram nach sich ziehen. Seufzend wählte sie J.T.s Nummer.

Eine Stunde später bog Annas Toyota Corolla auf den Parkplatz und ihr Bruder hievte sich mit seinem Rucksack vom Beifahrersitz. Er warf Anna eine Kusshand zu und humpelte zu Adele, die auf der Ladefläche des Pick-Ups hockte und Kartoffelchips knabberte.

»Reparatur gegen Mitfahrt«, begrüßte er sie.

Adele schupfte ihm den Autoschlüssel zu und J.T. verschwand unter der geöffneten Motorhaube. Nach einer Viertelstunde setzte er sich hinters Lenkrad und startete den Motor, Adele blieb der Beifahrersitz.

»Is 'n Wackler. Geht ab, wenn er warm wird. Das Panzerband wird 'n paar Meilen halten, aber da muss ich 'n paar Kabel tauschen. Is schon ein alter Herr.« Er tätschelte das Lenkrad. »Hab dem Joe schon vor Wochen gesagt, dass er 'n Komplettservice braucht. Aber weißt eh wie er is – 'n Auto soll fahren und Schluss.«

»Könnten sie deshalb den Jeep in Gardnerville zurückgelassen haben?«

J.T. antwortete: »Schon möglich.«

»Peter meint, dass Tony nicht mehr in Markleeville ist, vielleicht hat Ursela ihn angerufen. Kannst du dir das vorstellen?«

Eine Weile schwieg ihr Bruder, schien etwas abzuwägen, dann sagte er: »Ich mag nich tratschen. Aber ich sorge mich auch. Das is gar nich den Joe sei Art. Er ist sonst hundertprozentig. Hätte sich schon längst gemeldet. Aber zuletzt is es nich mehr so mit ihm. Hat 'n Kopf in den Wolken.«

»Er hat sich verliebt?« Adele verstand, was er ihr sagen wollte. »Er hat sich in Tony verliebt?«

J.T. nickte traurig. »Nich nur verliebt. Die haben scho mehr miteinander. Ich habe ihm gesagt, er soll achtgeben, der Junge is nich echt. Merken wir doch?«

»Aber nur wir.«

»Nee, fast alle vom Rudel – und auch der Hund kann ihn nich riechen. Denke nich, dass Jey ihn hätte länger bleiben lassen, aber er is schlau, der Tony, er geht 'n Sheriff aus 'n Weg, genauso 'n Fin. Dafür wickelt er die Lindstroem um 'n kleinen Finger und selbst bei Henri wirkt sei Schmäh.«

»Aber Joe hat die rosa Brille auf. Und Ursela? Will Tony zweigleisig fahren?«

»Tut sicher nur so, weißt ja wie barsch viele Rudeln mit Homos sind. Ursela is oft beim Joe, weil er ihr was lernt, der Tony wird das halt ausnützen.«

»Meinst du, dass Ursela auch in den Typen verliebt ist?«

Ihr Bruder schüttelte heftig den Kopf. »Nich die Bohne. Is gar nich ihre Kragenweite.«

»Ach, J.T., man kann schlau sein und sich trotzdem in den Falschen verlieben. Joe ist auch gescheit und gebildet.«

»Bei ihm is was Anderes, er is einsam. Ich bin sei bester Kumpel, aber halt 'n Kumpel und nich fürs Herz, weißt?«

Adele nickte – und wie sie das wusste. Sie schwieg und sah beim Fenster hinaus. Wenn Joe nach der Panne seinen Lover angerufen hatte, warum hatte der sie mit einem Leihauto abgeholt? Und warum waren sie nicht nach Alpine zurückgekommen, sondern Richtung Reno weiter?

Als J.T. zum Tanken hielt, eilte Adele in den Shop und kaufte ein paar Kosmetikartikel. Sie fuhren den Freeway weiter nach Norden, bis zum Reno Tahoe International Airport, in dem sich eine Avis-Filiale befand. J.T. blieb im Auto, während Adele versuchte aus dem gestressten Filialleiter etwas herauszubekommen. Wie befürchtet, brachte ihr kalifornischer Polizeiausweis nichts.

»Lady, kommen Sie mit einem Beamten des RPD und einem Beschluss, dann bekommen Sie die Auskunft«, sagte der Mann und ließ sie stehen, um einen zahlenden Kunden zu bedienen.

»Mir forschen weiter, gell?«, sagte J.T. beim Fenster heraus. Adele schrieb eine SMS an Leo und nickte. »Wenn wir schon in Reno sind. Ich habe da eine Schulfreundin von der High-School. Aus unserem alten Rudel. Die ist gut vernetzt habe ich gehört. Ich muss mir nur ihre Telefonnummer besorgen. Suchen wir uns ein Hotel.«

J.T. steuerte weiter Richtung Sparks, fuhr unter dem Highway 80 auf die Victorian Avenue und hielt vor dem Safari Motel.

»Das sieht wie eine bessere Absteige aus«, motzte Adele.

Er zuckte mit den Schultern. »Is kein Stundenhotel. Nich so schön wie's Marriott, aber billig und sauber. Bin weg 'n dem da her.« Er deutete auf ein würfelförmiges, weißes Gebäude mit braun umrahmten Fenstern und zwei Rolltoren im Erdgeschoß. *Johnson Automotive* stand auf einem Schild. »Und da vorn is 'n Ersatzteil-Laden. Morgen schraub ich herum, damit wir nich auch auf 'nem Eck stranden.«

Nachdem sie ein Zimmer bezogen und Adele die Mobilnummer ihrer Freundin ausfindig gemacht hatte, rief sie vergeblich bei Mallory an, tippte dann J.T., der gerade Channel-Jumping betrieb, auf den Arm und sagte: »Wir sind an einer Bar vorbeigekommen. An der Kreuzung zur 20th. Da gehe ich jetzt hin.«

Sie packte ihre Kuriertasche und J.T. trottete ihr nach. In wenigen Minuten hatten sie *the Ellbow Room* erreicht und Adele stieß die schwarze Doppeltür auf. Ein Schwall warmfeuchter Luft, durchsetzt mit Biernebel, Fettgeruch und Schweißpartikel, strömte heraus. Genau richtig, dachte Adele.

Sie platzte sich auf einen der Barhocker an einem viereckigen Stehtisch, der Ledersitz knarzte laut. Schnell bemerkte sie, dass es keine Bedienung gab und holte sich beim Barkeeper eine Flasche Coors und zwei Jackys zum Preis von einem, bestellte Nevada Wedges und

Chicken Nuggets. J.T. nahm das gleiche Menü ohne den Jackys. Als sie sich wieder niederknarzte, bemerkte sie die kleine Bühne mit der Soundanlage. Akustische und E-Gitarren waren an der Wand neben dem Kasten der Klimaanlage dekoriert und auf der schwarz gestrichenen Bodenfläche standen eine Reihe Instrumente für einen Gig aufgebaut. METALBILLY TRUCKER prangte auf dem Schlagzeug. Viele Plakate im Gastraum wiesen auf diverse Live-Konzerte hin. Im Moment dudelte aber *Lily of the West* aus einer elektronischen Juke-Box, die von Stars&Stripes-Flaggen eingerahmt war. Adele wollte die Happy Hour nutzen und holte sich noch zwei Jackys von der Bar. J.T. mampfte ihre übriggelassenen Wedges und kritzelte an einer Ersatzteilliste herum.

Mit verstohlenen Blicken betrachtete sie die Männer, die an der Theke lehnten. Die Kerle mochten unterschiedliche Größen und Berufe haben, aber sie sahen trotzdem alle gleich aus: Jeans, Dockers, Ledergürtel mit auffälligen Schnallen, Hemden, die sich über Bierbäuchen spannten, schweißverklebte Haare und struppige Bärte. Aus der Juke-Box schmachtete Bette Middler *The Rose*, der Barkeeper drehte lauter und alle grölten mit: »*When the night has been too lonely, and the road has been too long...*« Adele hielt sich die Ohren zu. Hier jaulen die Typen zu Schnulzen, dachte sie, und daheim lassen sie sich ungewaschen ins Bett fallen und schnarchen ihre Frauen voll. Zum Glück hielt J.T. den Mund. Als es wieder ruhiger wurde, wollte sie sich noch einen Jacky holen, aber ihr Bruder beugte sich vor, legte ihr die Hand auf den Arm und sagte leise: »Lass es. Is genug für heute. Kriegst nur das Jammern und 'nen dicken Kopf.«

»Bist du jetzt mein Kindermädchen?«, schnauzte sie.

»Horch auf mich. Mein 's gut mit dir.«

Sie schmollte, blieb aber sitzen. »Was weißt du schon? Für dich ist das Leben einfach. Du hast alles was du brauchst.«

»Meinst, ich tu gern humpeln? Ich steh oft auf und die Hüfte tut so weh. Wird nich besser mit 'n älter sein«, sagte er noch immer leise. »Meinst, ich weiß nich, dass mich mancher auslacht? Schrauben-Hirni nennt? Mir haben alle so Sachen, die zwicken. Manche im Körper, manche im Herz.«

Adele malte mit den Fingern auf der Tischplatte und wollte ganz und gar nicht hören, dass auch andere Probleme hatten, wo ihr der drohende Vierziger gerade heftig an der alleinstehenden Leber zehrte. Im Augenwinkel bemerkte sie ein Paar Cowboy-Stiefel, die neben ihr stehen geblieben waren, mit lächerlich langen Spitzen, die auf sie zeigten. Sie sah hoch und brauchte ein paar Augenblicke bis sie den stämmigen Mann erkannte, der darin steckte.

»Hi, Marvin, hast du deine Schießleistung schon verbessert?«, feixte sie.

»Wäre nicht immer euer Sheriff und der Gebirgsjäger mit, würden wir besser dastehen. Die beiden fahren immer die Hälfte der Punkte ein. Na, schwamm drüber, kommen schon noch andere Gelegenheiten. Ich halt dich nicht lang auf, Adele, aber wir haben da doch eine Vermisstenmeldung aus Alpine in der Datenbank.«

Jetzt schaute auch J.T. neugierig von seinem Zettel auf. »Habt ihr sie gefunden? Wo sind's denn?«

Marvin schob die Daumen in den Gürtel. »Bin nicht direkt beteiligt, aber hab kurz vor Dienstschluss gesehen, dass der Fall in den Ordner mit den abgeschlossenen Akten gerückt ist. Kommst morgen zu mir aufs Revier, Adele, dann schau ich dir nach.«

14

Eine Spinne fiel auf seine Stirn, krabbelte eilig davon. Fin nieste und richtete sich auf. Sonnenlicht drang wie ein Laserstrahl durch eine Ritze. Fin schüttelte die Filzdecke aus, die ihm letzte Nacht als Unterlage gedient hatte, und faltete sie zusammen. Er entriegelte die Tür des Schuppens und schlich ins Haus. Im Dämmerlicht hatte er nicht sehen können, ob er wieder getobt hatte, aber der Schuppen war seit langem nicht mehr aufgeräumt worden, diente als Rumpelkammer, daher spielte es kaum eine Rolle. In der Küche füllte er die Kaffeemaschine und rührte Teig für Pancakes an. Als Caitlin hereinschaute brutzelte bereits der erste Fladen in der Pfanne.

»Heute lässt du dich bedienen, Granny«, sagte Fin gutgelaunt und sie lächelte.

Nach dem Frühstück holte Fin seine Laufschuhe und rannte so lange den Berg hinauf, bis seine Lunge brannte. Langsamer kletterte er bergab zum AJ Gastineau Schaubergwerk, einer alten Goldmine, und lief durch das Tal zurück nach Thane. Im Garten begann er gerade mit Sit-Ups, als ihn Caitlin am Ärmel zupfte. »Komm, mein Junge, machen wir aus deinem Training etwas Sinnvolles. Ich habe da einen Erdhaufen zum Abtragen, eine Dachrinne, die gesäubert gehört, und einige Holzscheite, an denen du deine Kraft auslassen kannst.«

Fin schmunzelte und ließ sich den ganzen Tag von seiner Großmutter einspannen. Am späten Nachmittag kam sie mit einer Keksdose und einer Kanne Tee ins Freie und rief ihn zu sich. Sie setzten sich auf eine Bank, die am Stamm eines Lebensbaumes lehnte.

»Du hast dein Zimmer versperrt. Ich wollte Staubsaugen.«

»Ja«, sagte Fin mit dem Mund voller Kekse. »Ich habe versehentlich eine Fensterscheibe ruiniert. Es könnten noch wo Scherben sein.«

Seine Großmutter trank still ihren Tee und deutete auf einen Weißkopfseeadler, der im Wipfel einer Hemlock-Tanne thronte. »Es werden wieder weniger«, seufzte sie. »So viele Jahre haben wir uns bemüht, jetzt plant die Stadt genau durch eines der wichtigsten Brutgebiete eine Trasse für Versorgungsleitungen. Wegen dem neuen Firmenkomplex.«

Fin hörte nur halb zu. »Ich muss noch einmal fort, zur Nightly News bin ich wieder da.« Er lief los, bevor Caitlin etwas fragen konnte.

In seiner Praxis wartet Karim Lewis bereits auf Fin. Der Therapeut hatte sein Tablet aufgestellt, die Videoschleife eines Lagerfeuers lief auf dem Bildschirm, dazu unpassend Meeresrauschen und Kreischen von Seevögeln, zwischendrin Walgesang.

»Zur meditativen Einstimmung«, sagte Lewis, bemerkte aber Fins Gesichtsausdruck und drehte die Geräusche leiser. Er deutete auf den Webteppich, auf dem dieses Mal ein kleines Kissen lag. »Legen Sie sich bitte hin. Wollen Sie eine Decke?«

Fin schüttelte den Kopf und streckte sich, am Rücken liegend, aus.

»Bitte schließen Sie die Augen und konzentrieren Sie sich auf meine Stimme.« Fin folgte und der Therapeut begann zu sprechen: »Konzentrier dich auf deinen

Atemfluss, fülle deine Lungen, ziehe deinen Atem bis in die Zehen. Visualisiere nun, wie dich goldenes Licht vollkommen einhüllt. Es wird immer heller und strahlender. Das Licht wird nun auch körperlich spürbar. Beginne nun, alle störenden Einflüsse auszuatmen, ziehe mit jedem Atemzug das Licht in dich hinein. Atme all deine Ängste aus, löse deine Verspannungen, fülle dich mit Licht.«

Leises Trommeln ertönte, langsam, im Rhythmus des Herzschlages.

»Befreie dich nun von seelischen und körperlichen Schmerzen und atme reines Licht ein. Lade dich mit dem leuchtenden Prana auf.«

Das Trommeln wurde intensiver.

»Lasse Wut und Ärger los. Atme alles aus, was dich an dir selber stört, fülle Seele und Körper mit Licht.«

Fin versuchte den Suggestionen zu folgen, spürte Wärme aufsteigen, doch plötzlich fühlte er, wie sich seine Haare aufstellten, ein schrilles Kratzen in ihm durchbrach die Meditation.

»Atme noch einmal das Licht ein, verankere die Licht-Energie in dir. Nun leite sie zu den dunklen Stellen in dir, erhelle die Dämmerung.«

Ein Bild drängte sich Fin auf – eine funkelnde, geflügelte Gestalt nach der ein Maul schnappte, starrend von Haizähnen, in denen Fleischreste hingen, ein Wesen aus Krallen und Stacheln und Schuppen.

»Ich kann nicht weiter«, sagte Fin gepresst.

»Hören Sie nicht auf. Widerstand ist ein gutes Zeichen, Sie stoßen gerade zum Kern Ihres Problems vor. Sie müssen sich den inneren Bildern stellen, sich von ihnen distanzieren und loslassen, dann finden Sie Ruhe.«

Der Therapeut drehte das Meeresrauschen lauter, die Rufe der Möwen drangen wie Messerstiche in Fins

Kopf. Das Bild einer Frau in einem geblümten Kleid, die Schritt für Schritt von Wellen aufgefressen wurde, überlappte sich mit einem schwarzen Fluss, über dem ein Meteor verglühte und den Himmel in Brand setzte. Schweiß brannte in Fins Augen, rann in sein Haar. Er zwang sich gleichmäßig zu atmen, rang um Fassung, versuchte sich zu halten – und verlor. Alles um ihn tauchte in Feuer.

Kampf und Schmerz. Zerreißen. Kein Gedanke. Wut. Kein Gedanke. Grausame Wut. Verlust. Sich-Verlieren. Nicht-Begreifen. Zorn, grenzenloser Zorn. Töne. Melodie. Eine Stimme. Eine Stimme, die er kennt; die den Zorn besänftigt; die singt: »*Splinter of my soul cut through your skin and burrow within, burrow within.*« Der kühle Mond. Jey. Das Lied der Wölfe.

Fin schüttelte das Fell ab und weinte. Er weinte all die Tränen, die in ihm warteten, seit er ein kleiner Junge war, der Windröschen in das Grab seiner Mutter wirft.

Er setzte sich auf. Der Ledersessel neben dem aufgeschlitzten Teppich war leer, das Tablet lag mit zersprungenem Bildschirm am Boden. Draußen schimpften Menschen. Caitlins Stimme beruhigte die Leute vor der Praxis, er hörte sie sprechen, verstand aber ihre Worte nicht, nur den Tonfall. Dann kam sie zu ihm herein, nahm ihn in die Arme, wiegte und streichelte ihn. Das Blut an seinen Händen trocknete. Schließlich hatte er keine Tränen mehr.

15

Wind wehte Wüstenstaub über die Stadt, die Sonne stand als milchige Scheibe hinter Dunstschleiern. Adele hustete und füllte eine leere Limonadenflasche mit Wasser, steckte sie in ihre Kuriertasche. Sie kippte den Rest des Kaffees aus dem Styroporbecher in den Ausguss und verließ das Zimmer. Ihr Bruder kam gerade mit einem Karton über die Straße, in dem Ersatzteile klimperten.

»Bleibst du im Overall?«

»Klar, will dann schrauben.«

Adele verzog den Mund, sagte aber nichts und setzte sich auf den Fahrersitz. Vor dem Reno Police Department musste sie ein paar Mal um den Block fahren, bevor ein Stellplatz frei wurde.

Marvin wartete bereits am Eingang und führte sie in sein Büro. Nachdem er die Fallnummer eingetippt hatte, drehte er den Bildschirm herum und öffnete den Datensatz. »Schau her, eure Vermisste ist einfach nur ein Turteltäubchen. Wahrscheinlich hatte der Dad von Miss Burkhauser ein Problem mit dem Verlobten und die beiden haben deshalb den schnellen Weg gewählt und sind jetzt schon auf Honeymoon.«

Fassungslos las Adele die Kopie einer Urkunde von The-Church-of-Jesus-Christ-of-Latter-day-Saints mit den Namen Anthony Smythe und Ursela Burkhauser darauf, mit Joe als Trauzeugen.

»Wir haben es schon nach Alpine gemeldet«, sagte Marvin und schob den Bildschirm zurück. »So einen guten Ausgang würde ich mir für alle Abgängigkeitsanzeigen wünschen. Ende gut, alles gut.«

»Da is was faul«, warf J.T. ein.

Marvin musterte ihn abfällig. »Was auch immer die Familie dazu denkt, das ist keine Polizeisache mehr. Das müsst ihr untereinander ausmachen.«

»In welchem Hotel war denn die Zeremonie?«, wollte Adele wissen.

»Im Atlantis Casino Resort Spa. Gute Wahl. Da gibt es alles auf einmal. Spiel und Spaß. Ein junges Paar braucht das Hotel gar nicht zu verlassen.« Er zwinkerte und grinste.

J.T. wollte noch etwas sagen, aber Adele packte ihn am Arm und verabschiedete sich von Marvin. Beim Weg hinaus raunte er: »Das glaubst doch nich? Niemals is das recht. Der Joe is so in den Tony verknallt, der gibt doch so 'ner Hochzeit nich sein Segen drauf. Noch dazu mit 'nem Prediger. Der Joe kann doch die nich leiden.«

»Vielleicht war Tony doch Urselas Kragenweite?«, gab Adele zu bedenken.

»Nie und nimmer. Kannst ma glauben. Bin jetzt nich so 'n Frauenkenner, aber so viel schnall ich schon.« J.T. war laut geworden, ein Uniformierter sah zu ihnen hinüber. Adele schob ihren Bruder ins Auto.

»Schon gut. Ich glaube ja auch nicht, dass da alles richtig gelaufen ist. Das würde Ursela ihrem Vater nicht antun, dafür hängt sie viel zu sehr an Peter.«

»Fahr ma zum Atlantis?«

»Nein, das macht keinen Sinn. Die geben uns genauso wenig Auskunft wie der Typ bei Avis. Wir fahren jetzt zurück ins Motel und ich schaue, ob ich Mallory doch noch erreiche. Ich muss auch Winnie Bescheid geben, dass wir noch einen Tag hierbleiben.«

Adele verabredete sich mit Mallory am Sierra Safari Zoo, einem Ausflugsziel nördlich von Reno und fuhr mit dem Taxi, da J.T. gerade begonnen hatte ein paar Kabel im Motorraum des Jeeps auszutauschen.

Eine Weile wartete sie vor dem roten Hauptgebäude, bemitleidete die Zebras und Pampashasen in ihren schmalen Zwingern aus Maschendraht und ausgedörrtem Boden, die gelangweilt ins Nirgendwo starrten.

Schließlich rief sie Mallory noch einmal an, ihre Freundin entschuldigte sich und sagte, sie würde es heute nicht mehr schaffen, ein schwieriger Kunde sei dazwischengekommen, und lud Adele für den nächsten Tag in den Wildcreek Golf Club ein.

Zurück im Motel betrachtete Adele ihre Klamotten, die gar nicht geeignet für einen sonntäglichen Ausflug auf den Golfplatz waren, und rief J.T. zu, dass er den Wagen provisorisch startklar machen sollte.

»Ich muss ins Outlet at Sparks, ich brauche unbedingt frische Sachen zum Anziehen.«

»Dort vorn is 'ne Münzwäscherei«, J.T. deutete die Straße hinauf. »Borg dir einstweilen mein Sweater.«

»Ich denke nicht daran, mich in den Laden zu setzen und der Waschmaschine zu lauschen. Wenn ich schon weiter herumsuchen soll, dann ordentlich angezogen. Also pack dich zusammen. Wir können auch gleich Mittagessen.«

Nachdem ihr Bruder sich weigerte den Arbeitsoverall auszuziehen hielt Adele im Sparks Marina Park an einem Imbissstand. Sie holten sich Coke, frittierten Fisch und Pommes in Papiertüten, Adele wickelte noch ein Stück Zeitungspapier herum, das neben der Theke lag.

»Hast wo ein Clo gesehen?«, fragte J.T. nach dem Essen. Adele deute zu den Büschen hinter dem Kiosk, aber ihr Bruder machte ein böses Gesicht. »Du haltst mich auch für 'nen Tölpel, oder?«

Adele grinste und strich das Zeitungspapier glatt, während J.T. davonstapfte. Die fettgedruckte Einleitung sprang Adele ins Auge: »Es knirscht im globalen Machtgefüge. Staatsmänner und Konzernlenker sollen neue Strategien entwickeln, um die aktuellen Herausforderungen zu meistern.«

Darunter prangte ein Bild vom Weltwirtschaftstreffen in Davos, das im Jänner in der Schweiz stattgefunden hatte. Die körnigen Gesichter einer Gruppe, die vor einem blumengeschmückten Bauernhaus stand, wurden in der Bildunterschrift identifiziert: »Wikipedia-Gründer Jimmy Wales, US-Investor Joe Schöndorf, LT Global-Vorstand Lucius Tusk, Monsanto-Chef Hugh Grant, Verteidigungsministerin der Bundesrepublik Deutschland Ursula von der Leyen.«

Ein Stück war herausgerissen, dann setzte der Artikel fort: »...die digitale Transformation auch von Regierungen aktiv begleitet werden muss, debattiert eine Runde um den OECD-Generalsekretär Ángel Gurría. Dafür...«

Der Rest fehlte und Adele stopfte das schmierige Papier in den Mistkübel.

16

Der eintönige Ruf eines Goldregenpfeifers vor dem Haus weckte ihn. Er drehte sich um, Matratzenfedern knarzten. Ein Duft von Lavendel und Pelargonien stieg aus dem Bettzeug auf. Fin setzte sich auf, zog die Trainingshose hoch und taumelte auf nackten Füssen aus dem verdunkelten Schlafzimmer seiner Großmutter. Er fühlte sich, als hätte er am Vorabend ein Six-Pack Bier und eine Flasche Whiskey getrunken.

In der Küche versuchte sich Caitlin am Mittagessen. Sie wischte sich die Hände an der blauen Schürze ab, die sie über der Arbeitshose trug, kam zu ihm herüber und küsste ihn auf die Wangen. »Junge, was hast du dir denn dabei gedacht? Zu dem Kurpfuscher gehen. Warum hast du denn nicht mich gefragt? Ich hätte dir jemanden nennen können, der wie mein Bruder heilt. Alles was Kwa'teen weiß, hat er durch Zuhören und Zuschauen gelernt; er kennt alle heiligen Pflanzen, die im Regenwald wachsen; alle Trommelschläge der Meditation. Karim hat sein Wissen nur aus Büchern, er hat studiert, was Ärzte über die Menschen lehren, hat schamanische Praktiken bei einem Weißen in einem Sommersemester geübt und meint, er könne jetzt ein Medizinmann sein wie seine Vorfahren. Bei den Touristen schadet das ja nicht, aber bei dir, Finley, bei dir war das töricht.«

»Bist du fertig, Granny? Ich weiß jetzt auch, dass das ungeschickt war.« Er wagte kaum zu fragen. »Habe ich ihn schwer verletzt?«

Sie drückte seine Hände. »Zum Glück nicht. Er hat nur ein paar Kratzer und einen heftigen Schock. Aber es war knapp. Hättest du nicht dieses Lied dauernd wiederholt...« Sie neigte den Kopf und sah zu Boden. »Kwa'teen sagt immer: Wenn ihr mein Lied kennt, kennt ihr mich. Jeder hat ein Lied. Gott hat jedem ein Lied gegeben. So wissen wir, wer wir sind. Unser Lied sagt uns, wer wir sind.« Caitlin schaute ihn an. »War das dein Lied?«

Fin schüttelte den Kopf. »Das Lied gehört zu meinen Freunden in Alpine. *Become the Beast.*«

»Sind sie wie du? Hast du endlich Deinesgleichen gefunden?«

»Nein, sie sind Werwölfe. Aber sie sind so gut wie eine eigene Sippe, sie verstehen vieles an mir.«

»Das freut mich für dich. Im Land der Taku gibt es keine mehr. Vor zwölf Jahren ist der letzte Gestaltwandler gestorben.« Sie seufzte, zog ein Taschentuch aus der Schürzentasche und schnäuzte sich. »Du hast gut daran getan hier fortzugehen. Ich hätte dich nicht herbitten sollen. Das war dumm von mir. Es verursacht dir Seelenqual.«

»Ach, Granny, das hat nichts mit Juneau zu tun, auch wenn es hier schlimmer geworden ist. Ich habe vor fünf Monaten eine unbegleitete Seelenreise gemacht, als wir ein paar Drogendealer verhaftet haben. Einer hat in Panik eine Blendgranate in die Ware geworfen und ich habe eine Überdosis eingeatmet. Seitdem verfolgt mich ein Alptraum und der Bär will die Kontrolle.«

»Dann ist es gut, dass wir bald bei Victoria sind. Dort wird sich eine Lösung finden. Iss einmal etwas, ein leerer Magen macht alles noch schlimmer.« Sie schaufelte ihm einen Bohneneintopf in einen Suppenteller und legte eine dicke Scheibe Schwarzbrot dazu.

»Eigenwilliges Frühstück«, murmelte Fin, verspürte aber von dem Geruch nach gerösteten Zwiebel und Speck plötzlich großen Appetit.

Zufrieden sah Caitlin ihm beim Essen zu, trank ein Root-Bier aus der Flasche und löffelte langsam ihren Teller leer. Nachdem sie die Teller abgeräumt hatte, stellte sie einen aufgeschnittenen Nusskuchen hin.

»Seit wann kannst du backen?«, fragte Fin. »Oder wolltest du mich als Kind bloß spartanisch aufziehen?«

Sie deutete auf eine gefaltete Verpackung mit der Aufschrift *STELLA'S BAKERY*, wischte über das Tischtuch, kaute auf ihrer Unterlippe herum und rang um Worte.

»Besser, du bleibst im Haus, bis wir abreisen«, sagte sie schließlich. »Karim wird dich nicht anzeigen. Zum Glück hat er eine Amnesie von dem Schock. Aber die Nachbarn reden. Die Zeiten haben sich auch in Thane geändert. Sind *modern* geworden.« Sie schnaubte, zerpflückte das Taschentuch in ihren Fingern. »Die Jungen legen ganz viel Wert auf Identität, auf ihre Rechte als Natives, auf Kunsthandwerk – und auf lukrative Geschäfte. Unsere Märchen und Legenden wollen sie aber nicht mehr hören. Unser Erzählkreis wurde letzten Winter aufgelöst. Wie sollen wir ihnen aber dann noch das magische Denken beibringen?« Sie schüttelte traurig den Kopf. »Auf alle Fälle, mein Junge, ist es besser, du irritierst sie nicht mit deinem Anblick.«

Schon wieder, dachte er. Es war nicht das erste Mal, dass sich Fin hier unwillkommen vorkam, aber heute würde es das letzte Mal sein. Er hatte nicht vor, noch einmal nach Thane zurückzukommen.

Kurz nach drei betraten sie das Auke Bay Ferry Terminal. Die M/V Matanuska lag mit geöffneter Backbordklappe am Landesteg, langsam fuhren die Autos über die Laderampe, verschwanden im marineblauen Rumpf der Fähre. Ein bunter Trupp aus Touristen, Studenten, Pendlern und Natives drängte sich durch die Gänge zu den Kabinen oder in die Lounge. Leichter Regen hatte eingesetzt und Nebelfetzen trieben zum Mendenhall Gletscher hinauf. Caitlin hatte Fin genötigt einen gelben Regenmantel von Oliver anzuziehen, er schwitzte in dem Gummizeug.

In der Kabine hängte er den Mantel weg, setzte sich aufs Bett und wartete bis Caitlin sich eingerichtet und ein Nachmittagsschläfchen gehalten hatte.

»Komm, gehen wir ins Restaurant bevor die Touristen es belagern«, sagte sie, als sie aufgestanden war.

Im Anschluss an ihr frühes Abendessen zerrte der Chicken Burger an seinen Eingeweiden und er seufzte: »Meine seefahrenden Vorfahren wären gerade nicht sehr stolz auf mich.«

Caitlin drückte ihm eine Antihistamin-Tablette in die Hand, die Fin mit Zitronenlimo hinunterspülte. Nach einer halben Stunde war ihm besser zumute und er spazierte mit ihr zum Vordeck. Ein kurzes Sonnenfenster hatte eine Schar Touristen in Funktionskleidung am Bug versammelt, deren Fotoapparate und Smartphones im Stakkato klickten, ein Wettstreit um die besten Bilder von den Fjorden bei Sonnenuntergang, manche beobachteten die Wellen, in der Hoffnung Buckelwale zu sehen. Noch zu früh im Jahr, dachte Fin. Er drängte sich mit Caitlin im Schlepptau an ein paar Iglu-Zelten vorbei, die von Studenten auf dem Vordeck als kostenloser Schlafplatz aufgebaut worden waren, und suchte einen menschenleeren Platz an der seitlichen Reling, lehnte sich mit dem Rücken zum Meer an, schaute zur Brücke hinauf.

Fin zündete sich eine Zigarette an, seine Großmutter holte ihr eigenes Päckchen Tabak aus ihrer Jackentasche. Sie zog Selbstgedrehte vor, meinte, die Filter seien umweltschädlich und es würden viel zu viele Kippen einfach im Freien weggeworfen werden. Nachdem sie sich in ihr obligates Taschentuch geschnäuzt hatte, räusperte sie sich und sagte: »Familiendramen werfen lange Schatten. Man kann sich bemühen, den Verlust zu mildern, aber Narben bleiben auf der Seele.«

Fin rauchte schweigend weiter, Caitlin fuhr fort: »Leider warst du zu klein, um dich an ihn zu erinnern, er war nämlich ein feiner Mann, dein Dad. Immer gutgelaunt und höflich. Gebildet, weißt du, das war ganz selten unter den Pipelinearbeitern. Er hat sich für die Kultur der Tlingit interessiert, die Sprache gelernt, wenn auch nur mühevoll. So haben Anóosh und er sich auch kennengelernt.«

Sie sprach mehr zu sich selbst, als zu ihm. »Oliver war anfangs nicht so begeistert, er fürchtete, dass Ryan nach seiner Dienstverpflichtung wieder nach Großbritannien zurückgehen würde. Nachdem der seinem Mädchen aber dann einen Heiratsantrag gemacht und ein Haus in Juneau gekauft hat, war dein Opa zufrieden. Er hat seinen Schwiegersohn geschätzt, weißt du. Als Hochzeitsreise haben deine Eltern eine Tour durch Alaska gemacht. Eine Kindergärtnerin und ein Ölingenieur allein in der Wildnis. Sie haben das romantisch gefunden. Die beiden haben sich total verirrt und mussten zwei Nächte im Freien kampieren. Anóosh hat darüber nur gelacht und gemeint, du wurdest unter dem Schutz der Aurora Borealis gezeugt.«

Noch immer schwieg Fin, vermied es, Caitlin anzusehen.

»Verstehst du, mein Junge? Du darfst deiner Mama nicht mehr böse sein. Sie war noch jung und hatte durch die Explosion etwas verloren, das ihr in dieser Welt keiner mehr ersetzen konnte, und die Vorstellung, ihr restliches Leben in der Dämmerung zu verbringen, hat sie einfach nicht ertragen.«

»Aber ich war doch auch da«, sagte Fin trotzig.

»Ja, das warst du, und ich sage nicht, dass sie bei Sinnen war, aber du wurdest mit jedem Tag mehr ein Abbild deines Vaters. Sie hätte dich heranwachsen sehen, du hättest ihm immer mehr geähnelt und hättest sie verlassen, denn Söhne müssen in die Welt hinaus. Und dann hätte sie ihn noch einmal verloren. Manche Menschen erfahren eine Liebe, die über das gewöhnliche Maß hinausgeht. So ist es meiner Anóosh mit Ryan ergangen und das war am Ende ihr Verderben.«

Caitlin schwieg und starrte in Erinnerungen versunken in die Gischt. Fin umklammerte die Reling, versuchte ihren Worten nachzufühlen. Plötzlich wurde ihm klar, warum er vor sieben Monaten nach Alpine County gekommen war. Es waren nicht der Schnee, die Flüsse und die sonnengefluteten Berge, die er so liebte, nicht der Abstand vom verfluchten Pazifik, nicht die Wer-Tiere, die seine Freunde geworden waren – *sie* war es, sie ganz allein. Jey. Ein Traum hatte ihn damals gerufen. Und wegen eines Alptraumes hatte er sie verlassen.

Er drehte sich um und starrte in das dunkelgrüne Wasser der Stephens Passage. Mit jeder Seemeile, die sich die Fähre von Juneau entfernte, wurde sein Fühlen düsterer, seine Gedanken bitterer. Das Meer war sein Feind, der Seegang seine Strafe.

17

Vergeblich hatte sie sich das Kissen über den Kopf gelegt. Multitonales Hupen holte sie aus dem Bett und sie schloss das Fenster. Ein knallroter Buick Riviera und ein chromblitzender Cadillac mit überdimensionalen Heckflossen rollten gerade über die Victorian Avenue. Zahlreiche Zuschauer hatten sich am Straßenrand versammelt, um dem sonntäglichen Oldtimer-Corso zuzuwinken.

Adele duschte lange, riss eine Dose mit Milchkaffee auf, die J.T. mit einem Croissant auf den Tisch gestellt hatte, und spülte mit einem kräftigen Schluck aus einem Orangensaft-Karton nach. Es war bereits nach eins, sie zappte durch TV-Kanäle und vermied einen Blick auf ihr Smartphone, das sie auf lautlos gestellt hatte. Adele wollte sich keinesfalls um die Verabredung mit Mallory bringen lassen, auf die sie sich tierisch freute.

Gegen zwei schlüpfte sie in die neue schwarze Hose und das apricotfarbene Twin-Set, die sie sich gestern gekauft hatte, gelte ihre Haare in Form und legte dezentes Make-Up auf. Zufrieden drehte sie sich vor dem Spiegel, schlüpfte in Riemchen-Pumps und verließ das Motel auf der Rückseite, nachdem sie ein Taxi geordert hatte.

Auf der Fahrt scrollte sie durch die Kurznachrichten, hörte die Mailbox ab, Winnies Ton wurde von Nachricht zu Nachricht kürzer angebunden. Adele rief Peter an: »Hallo ...- Ja, Adele ...- Nein, noch nicht am Rückweg …- Das denkt J.T. auch und ich stimme ihm zu. Er repariert gerade den Jeep und dann können wir weiter …- Natürlich mache ich mir Sorgen. Du kannst dich vielleicht an Mallory Blake erinnern? …- Ja, die Tochter von Mamas Schulfreundin. Sie hat jetzt eine Sicherheitsfirma und dadurch gewisse Möglichkeiten …- Wie steht es in Alpine? …- Gut. Kannst du mit Winnie reden? Ich denke nicht, dass er im Sinn hatte, dass ich so lange weg bin, als er mich nach Gardnerville geschickt hat. Ich will ihn nicht verärgern …- Danke, Peter. Ich melde mich.«

Kurz plagte sie schlechtes Gewissen, dass sie geflunkert hatte. Im Moment machte sie sich nur wenige Gedanken darüber, ob es Winnie passte und ob es nicht vielleicht doch Urselas sehnlichster Wunsch gewesen war zu heiraten. Das Mädchen konnte normalerweise ganz gut auf sich aufpassen. Adele hatte beschlossen, die Entscheidung, ob sie weitersuchen sollte, an Mallory abzugeben, auch wenn es schon Jahre her war, dass sie gemeinsam nach der Schule in den Idlewild Park oder ins Village Shopping-Center gegangen waren. Schließlich war es inzwischen Mallorys Beruf abzuschätzen, ob ein Risiko bestand oder nicht.

Zwischen den trockenen Gärten der Reihenhausanlagen erschien der Golfplatz mit seinen sattgrünen Flächen völlig deplatziert. Das Clubhaus war auf einem künstlich aufgebauten Felsen errichtet, damit die Mitglieder den Kurs überblicken konnten. Das tiefer gelegene Restaurant wirkte schlichter und auch die Speiskarte war einfacher, als Adele erwartet hatte. Ihre Freude Mallory wiederzusehen wurde durch den Umstand getrübt, dass sie zwei andere Frauen mitbrachte, die sofort ihre Laptops aufklappten.

»Adele, Liebes, ich muss immer arbeiten«, bedauerte ihre Jugendfreundin und umarmte sie herzlich. »Das Geschäft beginnt gerade so richtig gut zu laufen, da kann ich mir fast keine Auszeiten leisten. Trotzdem ist es ganz toll, dass wir uns endlich einmal wiedersehen.«

Mallory orderte eine Flasche Sekt und Adele bestellte French Toast dazu. Dann schilderte sie, warum sie nach Reno gekommen war. »Kennst du Anthony Smythe?«

Mallory wiegte den Kopf. »Nicht persönlich, aber ich habe von ihm und seinem Rudel schon gehört. Kalifornische Wüstenwölfe. Sie leben hauptsächlich im Death Valley. Sie vermeiden Reno-Sparks, machen ihre Stadttouren lieber Richtung Vegas. Er soll ziemlich charismatisch sein, fast wie ein Sektenführer.«

»Meinst du, dass meine Freunde in Gefahr sind?«

»Schwer zu sagen, Adele, solche fanatischen Alphas können hypnotisch wirken, ziehen herum und holen schwächere Mitglieder anderer Rudel, vergrößern dadurch ihren Einfluss.«

Ursela ist aber alles andere als schwach, dachte Adele, sagte aber nur: »Kannst du herausfinden, wo genau die Wüstenwölfe ihr Lager haben?«

»Gerne. Gibt es als kostenlose Auskunft. Zur Feier unseres Wiedersehens.« Ihr Smartphone brummte und nach ein paar Worten zum Anrufer sprang Mallory auf. »Ich muss schon wieder. Liebes, was hältst du davon, dich aufzubrezeln und mit uns heute Abend eine kleine Casino-Tour zu machen? Tanzclubs und Cocktails inklusive? Treffen wir uns im Silver Legacy um acht, okay?«

Nach einem Besuch in Victoria's Beauty Salon, bei dem Adele der Besitzerin auch ein Paillettentop abkaufte, schaute sie kurz bei der Garage vorbei, sah J.T. werkeln und sich mit einem dünnen Hispano unterhalten, und bestellte ein Taxi, ohne zu ihrem Bruder zu gehen.

Mallory erwartete sie bereits und sie aßen im Pearl einige Austern und Steak, dabei erkundigte Mallory sich nach ihrer Arbeit und Adele hatte Mühe einen Karriereplan darzulegen.

»Wie geht es eigentlich deinem Bruder?«, fragte Mallory, als sie die Rechnung beglich. »Der war ein hübscher Junge, aber ein wenig zurückgeblieben, oder?«

»Ich sehe ihn kaum«, antwortete Adele unbestimmt. »Er kommt zurecht, soviel ich weiß.«

Sie wechselten zur Pool-Bar, dann verzockten sie ein paar Jetons, gegen elf kamen die beiden anderen Mädels dazu und sie zogen noch durch mehrere Hotels. Irgendwann setzte ein Taxi sie vor dem Safari Motel ab. Das Zimmer war dunkel. Adele merkte, dass J.T. noch nicht schlief, tat aber so, als wolle sie ihn nicht wecken und kroch ins Bett.

18

Die Sonne knallte bei der Scheibe herein, die Luft im Zimmer war stickig. Adele wollte zuerst das Fenster öffnen, aber ein mobiler Generator knatterte auf dem Parkplatz und warf blaugraue Abgaswolken aus, ein bulliger Mann bearbeitete unablässig den Asphalt mit einem Schremmhammer.

Mallory wollte ihr heute ihr neues Büro in der California Avenue zeigen, gleich gegenüber dem Nevada Museum of Art, und Adele beeilte sich zu dem Termin. Es störte sie, dass sie nur ihre Kuriertasche nehmen konnte, am vorigen Abend hatte das Teil wie eine Faust aufs Auge zu dem Top gepasst. Sie sah J.T. die Außentreppe heraufkommen, sperrte sich im Bad ein und drehte die Dusche auf. Ein paar Minuten rumorte er im Zimmer, dann hörte sie die Eingangstür zuschlagen. Nachdem sie ein Aspirin geschluckt und ihre Gesichtsfarbe aufgefrischt hatte, machte sie sich auf den Weg.

Mallorys Firma war in einem einstöckigen Backsteinhaus untergebracht, dessen Vorderfront ein geschwungener Treppenaufgang zierte. Ein kleiner Vorgarten links und rechts neben dem Eingang bildete einen grünen Sockel. Gleich daneben befand sich eine Café-Bar.

Die Büroräume waren modern ausgestattet, mit ein paar ausgewählten Kunstwerken als Dekoration, die gut gedämmten Fenster verschluckten jeglichen Straßenlärm.

»Ein toller Arbeitsplatz. Wie ist die Bar nebenan?« Adele setzte sich zur Empfangsdame und Daisy antwortete: »Gut und ziemlich teuer.«

»Ihr geht aber öfters hin?«

Daisy lächelte. »Unsere Chefin bezahlt großzügig, wenn man ihr Tempo mithalten kann.« Sie programmierte Adele einen Cappuccino auf der Espressomaschine und legte zusätzlich ein Schokokeks auf den Untersetzer. Als Mallory kam, waren Adeles Kopfschmerzen verflogen und sie begleitete ihre Freundin zu einem Kunden, der eine neue Überwachungsanlage für sein Elektroniklager geordert hatte. Auf der Rückfahrt drückte sie zwei Anrufe von J.T. fort.

»Hast du einen lästigen Lover?«, fragte Mallory.

»Nein, nur ein neugieriger Deputy«, flunkerte Adele.

»Sieht er gut aus?«

»Oh ja, toller Body, dichte Haare, klassische Nase«, antwortete Adele und dachte: Das hat jetzt nach Hundekauf geklungen. »Und er ist ein netter, sportlicher Typ, leider zu jung für mich.«

»Ach was, Liebes, das ist doch heute egal. Hat er Interesse. Hast du es denn schon mit ihm probiert?«

»Keine Ahnung, ob er mehr als eine Kollegin in mir sieht.«

Mallory zwinkerte ihr zu. »Dann frag ihn doch einfach nach einer heißen Nacht.«

»Und wenn er nein sagt?«

»Was kannst du schon verlieren?«

»Wir arbeiten aber zusammen.«

»Na und? Du siehst das ganz falsch. Männer machen so etwas dauernd. Sie schaffen es, eine Ablehnung als Fehler der Frau anzusehen, es kratzt kaum an ihrem Ego. Daran musst du dir ein Beispiel nehmen, du bist eine tolle Frau, das weißt du doch.«

Adele wünschte sich Mallorys Selbstbewusstsein und schwieg. Ihre Freundin hielt vor einem schicken Apartmenthaus an der Sparks Marina.

»Der Auftrag heute war ein richtig dicker Brocken. Komm, ich mache blau, wir gehen ins Outlet und dann schwimmen und sprechen von den guten, alten Zeiten. Kannst du dich noch an Kenneth erinnern? In den waren wir doch beide verknallt und er hat uns keines Blickes gewürdigt. Stell dir vor, da war kürzlich eine Elaine de Kooning-Retrospektive im Kunstmuseum und da spricht mich doch glatt ein korpulenter Mann mit Halbglatze und Untertassen-Brille an, redet und redet, bis ich draufkomme, dass das Kenneth ist. Gott, ist der hässlich geworden! Das Leben ist gerecht.« Mallory plauderte weiter und führte Adele in ihrem Apartment herum.

Noch einmal kam ein Anruf von J.T., den Adele wieder wegdrückte und dann ihr Smartphone ausschaltete.

19

Flutlicht beleuchtete den Pier. Trotz der späten Stunde hatte der Kapitän das Horn betätigt, als sie anlegten. Die Touristen auf der M/V Matanuska applaudierten und verließen gutgelaunt die Fähre, um in Prince Rupert noch eine offene Hotelbar zu erwischen. Die ganze Strecke über hatte Fin vermieden in der Kabine zu sein, war stattdessen über das Sonnendeck gewandert, hatte in der Cafeteria gelesen, die mitternächtliche Einladung einer Dame zu einem Cocktail abgelehnt und in der Lounge Filme geschaut.

Sie nahmen ein Zimmer im Crest und Fin sah fern, bis Caitlin eingeschlafen war, dann lief er durch den Ort, döste eine Weile im Memorial Park auf einer Bank und wartete morgens im Crest Café, bis seine Großmutter aufgestanden war.

Caitlin schaute ihn beim Frühstückskaffee besorgt an, sagte aber nichts. Um sieben kam ein schmächtiger Mann in brauner Latzhose und Gummistiefeln herein, ein blaues Basecap mit Totem-Logo am Kopf, und winkte ihnen zu. Fin konnte sich vage an ihn erinnern, er war ein Großneffe seiner Patin Victoria, der Schamanin des Giluts'aaw-Stammes.

Nebel lag über dem Fjord. Mit der aufsteigenden Sonne färbte er sich golden und löste sich langsam auf, als sie mit der Autofähre den Landesteg erreichten und von Bord fuhren. Der Himmel versprach einen schönen

Frühlingstag. Noch immer lehnte ein Schild mit der alten Bezeichnung PORT SIMPSON am Kai. Über eine schmale Landstraße erreichten sie in knapp zwanzig Minuten die Häuser von Lax Kw'alaams, *Ort der wilden Rosen.*

Fin war das letzte Mal vor achtzehn Jahren hier gewesen, trotzdem kam ihm alles unverändert vor, als hätte die Zeit diesen Flecken vergessen. Aber er wusste von Caitlin, dass die Menschen hier ganz und gar nicht vergaßen in welcher Zeit sie lebten.

Vor zwei Jahren war der Ältestenrat vor Gericht gezogen und hatte einen Deal mit Petronas abgelehnt, die eine Gas-Pipeline und ein Verarbeitungszentrum zur Schiffsverladung von Flüssiggas auf dem Stammesgebiet errichten wollten. Für den malaysischen Konzern unerwartet, hatte die indigene Gemeinde, angeführt von ihrem damaligen Bürgermeister Gary Reece, knapp eine Milliarde Dollar abgelehnt, um den Skeena River mit seinen reichen Lachsbeständen zu schützen und damit auch den angrenzenden Regenwald. Die Gemeinschaft der neun Stämme hatte ein vielbeachtetes Zeichen gesetzt.

Sie fuhren an der Grace-United-Church vorbei, die mit ihrem viereckigen weißen Kirchturm und dem auffälligen roten Dach noch immer das Zentrum der Ansiedlung bildete, bogen am Steindenkmal ab, das einen Totempfahl darstellte und dessen unterste Figur, ein sitzender Bär, Fin als Kind immer angezogen hatte.

Victoria Swams Haus lag auf einem kleinen Hügel mit Blick auf die Berge, die Stadt und das Meer, ein Holzsteg führte direkt zum Ufer hinunter. Die ganze Familie erwartete sie bereits.

»Mein Patenkind ist zurück. Moksgm'ol, *Geisterbär.* Ein großer und kräftiger Mann bist du geworden, ein guter Mann, wie mir Caitlin erzählt. Mein Herz weint, dass wir uns so wiedersehen.« Sie umarmte Fin, drückte ihn an sich.

Alles an Victoria war rund: das kupferfarbene Gesicht, die knollige Nase, der üppige Busen und die ausladenden Hüften. Sie trug die weißen Haare zu einem Dutt gebunden. Über dem schlichten, dunkelblauen Kleid mit roter Borte lag ein Halsschmuck aus einer Muschelkette mit einem runden Anhänger daran, der einen Schwertwal abbildete, den Schutzgeist der Gispwudwada, des Orca-Clans. Ihr einziger weiterer Schmuck war eine grünblaue Swatch mit Fischen am Uhrband und am Zifferblatt. Sie bemerkte Fins Blick darauf und sagte lächelnd: »Ein Geschenk meiner Enkelin.« Sie umarmte auch Caitlin. »Kwa'teen schläft noch immer, aber er ist stabil. Kommt, wir paddeln gleich zur Insel, mit der Ebbe ist es einfacher.«

Drei Männer begleiteten sie: Jeremiah, ihr ältester Sohn, und zwei Neffen von Victoria. Fin nahm gleichfalls eines der spitz geformten Paddel. Das große Kanu mit dem aufgemalten Orca am Bug glitt sanft durch die Wellen der Hecate Strait. Ein paar hundert Meter vor ihnen erhob sich die Insel gleich einem auftauchenden Wal. Der Wald reichte bis zum Meer, nur an ein paar Stellen gab es Buchten, die eine Anlandung an einem flachen Ufer ermöglichten.

Wie schon früher, empfand Fin bei der Fahrt in dem traditionellen Boot keine Seekrankheit. Die körperliche Anstrengung belebte ihn, die gleichmäßigen Schläge vertrieben jegliches Grübeln, versetzten ihn ganz in das Hier und Jetzt. Ein vertrautes Motorengeräusch ließ ihn den Kopf wenden. Ein Stück südlich von ihnen sahen sie ein Wasserflugzeug starten, Victoria runzelte die Stirn, blickte dem Flieger nach, sagte aber nichts.

Das Lager am Waldrand war nur für das Pow Wow aufgebaut worden. Bis auf die moosbedeckte Versammlungshütte, die auf Dauer hier errichtet war, hatten die Menschen die Materialien der Feier bereits wieder weggeschafft. Keine Rückstände des Ereignisses sollten auf der Insel bleiben. Fin wusste, dass es den Giluts'aaw besonders wichtig war, den weißen Besuchern ihren Respekt vor der Natur zu zeigen, ihnen beizubringen, dass ein Miteinander von Mensch und Mutter überlebenswichtig war.

Ein einzelnes Kanu war am Strand verankert, ein junger Orca-Mann stand daneben, beobachtete ihr Näherkommen und half ihnen bei der Landung. Fin konnte nur ein paar Worte seiner Begrüßung verstehen, Victoria nickte und sagte ihnen, Kwa'teens Zustand sei noch immer unverändert. Sie sicherten das Kanu und luden ihr Gepäck aus.

»Er sagt, er habe heute Morgen einen weißen Bären gesehen. Das ist ungewöhnlich. Sie meiden auf dem Festland jegliche menschliche Nähe und schwimmen nie zu den Inseln.« Sie sah ihn eine Weile nachdenklich an. »Sie wissen, dass ihr Bruder wieder da ist.«

Fin versuchte zu fühlen, ob sein Geburtsort etwas in ihm auslöste, aber es war für ihn nur ein Landstrich wie andere auch.

Die Orca-Männer beschlossen fischen zu gehen und zogen sich bis auf die Shorts aus. Victoria geleitete Caitlin und Fin zu der Versammlungshütte, einem viereckigen Langhaus, erreichtet aus Baumstämmen, verkleidet mit rohen Brettern und Baumrinde. In der Mitte des Daches ein Durchbruch für einen Auslass, durch den der Rauch aus der Feuerstätte darunter abziehen konnte.

Der Eingang war in die zur Küste weisenden Giebelwand eingelassen, deren Bretter mit Malereien verziert waren, die Schwertwal, Braunbär, Rabe und Wolf darstellten, die Clan-Zeichen der Großfamilien des Giluts'aaw-Stammes. Über der Tür prangte das Logo der Lax Kw'alaams Gemeinschaft der neun Stämme: Eine Maske und zwei Hände umrahmt von einem rotschwarzen Ornamentband, das den Donnervogel symbolisierte.

Das Innere der Hütte erschien dämmrig und ruhig, ein Geruch von Räucherwerk und Harz erfüllte die Luft, in der Feuergrube in der Mitte glosten Holzscheite, die erhöhte Sitzfläche rundum war mit Hirschfellen bedeckt. Die Nischen mit den Schlafstellen an den Außenwänden waren gleichfalls mit Fellen ausgestattet und in einer davon, dem Eingang gegenüberliegend, ruhte sein Großonkel.

Kwa'teen lag in seiner traditionellen Kleidung auf den Hirschfellen, in der Hand seine Bärenrassel; sein Regenumhang aus Sitka-Fasern und die bestickte Wolfhaube lagen neben seinen Elchlederstiefeln am Boden. Im krassen Gegensatz dazu glänzte ein Infusionsständer neben dem Bett, Ringer-Lösung tropfte durch einen Schlauch in einen Venenkatheter.

Victoria deutete auf den jungen Mann vor der Hütte, der auf der Insel geblieben war: »William ist Krankenpfleger, er arbeitet im Port-Simpson-Krankenhaus und kümmert sich um ihn.«

Kwa'teens runzeliges Gesicht sah seltsam zufrieden aus, fast schien es zu lächeln, und er wirkte um keinen Tag älter als bei Fins letztem Besuch.

Caitlin holte ein Medizinbündel, das sie aus Juneau mitgebracht hatte, aus ihrer Tasche, um es auf seine

Brust zu legen. Plötzlich bemerkte Fin, dass im Schatten hinter dem Lager eine Gestalt kniete, die sich aufrichtet, während sie näherkamen.

Caitlin sagte scharf: »Wer sind Sie? Was machen Sie hier?«

Fin spürte eine Last abgleiten, gleich einer alten Haut: Sie hatte den Weg hierher auch ohne ihn gefunden, so wie sie jeden Weg fand.

»Du bist da«, murmelte er, »du bist da. Maat sei Dank.« Und in diesem Moment fand er Heimat in sich.

Caitlin fasste ihn am Unterarm, sah ihn fragend an. »Du kennst sie? Wer ist das?«

»Das, Granny, das ist Jedida – meine Frau.«

20

Der Geruch von Kaffee weckte sie. Noch immer spürte sie den Rausch der letzten Nacht in den Knochen. Wie anders war es doch mit einem frauendominierten Rudel zu jagen. So sehr Adele es in Alpine vermied, das Pack in den Vollmondnächten zu begleiten, so sehr hatte sie das Laufen mit Mallory und Daisy aufgeputscht. Es war ihr vorher nicht klar gewesen, wie sehr sich die Verhältnisse in Reno-Sparks geändert hatten. Das alte Rudel existierte nicht mehr, seit Mallorys Mutter das Alpha-Männchen vertrieben hatte – der Anspruch, dass nur die männlichen Mitglieder bestimmen durften und die Vielweiberei gestattet war, hatte Ms. Blake nicht hinnehmen wollen.

Adele war zu müde gewesen, um ins Motel zu fahren, hatte kurz einen Stich gefühlt, bei dem Gedanken, dass J.T. diese Nacht würde allein verbringen müssen, dann aber tief und ruhig geschlafen.

Als sie aus dem Gästezimmer kam, wartete Mallory bereits mit einem opulenten Frühstück. Adele legte sich Räucherlachs und Eischeiben auf den Toast, naschte vom Obstsalat und genoss den Espresso.

»Hör mal, Liebes«, begann Mallory, »meine Mädels finden dich klasse und auch ich meine, du würdest großartig in unser Team passen. Ich erweitere gerade um Personenschutz und könnte gut jemanden mit Polizeierfahrung brauchen. Was meinst du, bist du an einem Job bei mir interessiert?«

Adele hörte auf zu kauen und schaute Mallory verblüfft an. So eine Chance bekomme ich nie wieder, dachte sie und spürte wie ihr heiß wurde. Sie schluckte hinunter und antwortete: »Damit habe ich jetzt nicht gerechnet und ich weiß im Moment auch nicht, was ich dazu sagen soll.«

»Ich habe auch keine konkrete Antwort erwartet. Du sollst das natürlich durchdenken, vor allem, da du ja auch nach Nevada übersiedeln müsstest. Ich habe dir hier einen Entwurf für den Arbeitsvertrag ausgedruckt, lies dir das Angebot in aller Ruhe durch.« Mallory holte ein Kuvert von ihrem Schreibtisch, legte es neben Adele auf den Tisch. Dann verschwand sie kurz und kam mit einer Handtasche in Bordeaux wieder, die Adele Luft holen ließ.

»Wow, eine YSL Duffle 6 Bag«, stieß sie hervor.

»Ein schönes Teil, nicht wahr?« Mallory drehte die Tasche, damit Adele sie von allen Seiten bewundern konnte. »Aber leider nicht meine Farbe. Sie verstaubt in meinem Kleiderschrank. Ich möchte sie dir schenken.«

»Nein, Mallory, das kann ich nicht annehmen. Die ist 2000 Dollar wert.«

»Sieh es als Zugabe für mein Angebot, als kleinen Anreiz. Wenn du zustimmst, brauchst du schicke Sachen, wenn nicht, dann ist sie eine hübsche Erinnerung an unser Wochenende. Bitte nimm sie an, ich weiß doch noch, wie du dir damals an der Auslage die Nase danach plattgedrückt hast.«

Mallory lächelte zufrieden, als Adele ehrfürchtig den Henkel nahm und schenkte ihr Kaffee nach. »Übrigens – die Auskunft, die du wolltest: Die Wüstenwölfe haben ihr Lager nahe Stovepipe Wells.«

Ihre Reisetasche stand bereits gepackt neben der Eingangstür, der Jeep auf dem Parkplatz vor dem Motel. Adele trat durch die offene Tür in das Zimmer. J.T. war aufgebracht, wie sie es noch nie bei ihm gesehen hatte.

»Es tut mir leid, ich hätte dich zu Vollmond nicht allein lassen sollen«, sagte Adele, ohne es zu meinen.

»Es geht doch nich um mich«, brüllte J.T. »Ich kann mich beherrschen. Aber mir hätten scho gestern weiterkönnen. Weißt was für 'n Wolf heißt Angst zu haben, eingesperrt sein und der Mond zerrt auch?«

»Wer sagt denn, dass sie Angst haben?«

»Ich sag das. War gestern im Atlantis, hab mit 'nem Hausmeister gequatscht, 'n Cousin vom Marico, der nebenan werkt. Der Typ hat Ursela gesehen, hat gemeint, die schöne, blonde Lady war ganz traurig, soll aber nich traurig sein, 'ne Braut, sondern juchzen. Und der Joe war auch nich dabei. Den hat er im ganzen Hotel nich gesehen. Was sagt dir das, hä?«

Adele senkte den Kopf, aber J.T. war noch nicht fertig. »Ich kann's nich glauben, was du da tust. Schickimicki spielen.« Er starrte böse die YSL-Tasche an. »Kannst ja im Urlaub machen, aber jetzt haben ma 'ne Aufgabe, verstehst? Da kannst dich nich drücken.«

Adele wollte etwas erwidern, aber J.T. schnitt ihr mit einer heftigen Geste das Wort ab. »Sei stad. Nimm dein Zeug. Ruf die Mallory an, wo denn der Tony jetzt is. Falls du das überhaupt gefragt hast.«

»Bei Stovepipe Wells«, sagte Adele leise.

»Na dann, mach ma uns am Weg. Bezahlt is scho. Ich fahr bis Fallon. Dann penn ich 'ne Weile, war 'ne unruhige Nacht.«

Nachdem sie in Fallon bei Maverik getankt und Vorräte gekauft hatten, setzte sich J.T. auf den Beifahrersitz, verschränkte die Arme und schloss die Augen.

Adele holte das Smartphone heraus und wählte. »Hallo, Mallory …- Nein, bin ich nicht mehr. Das Auto war fertig und ich muss nach Ursela sehen, ich habe es zugesagt …- Ist okay? Fein, sehe ich genauso. Ein Auftrag gehört beendet, bevor man etwas Neues anfängt …- Ja, natürlich erwäge ich dein Angebot, es ist wirklich interessant …- Gerne. Danke. Also, wir hören uns.«

Dann wählte sie Peters Nummer, überlegte es sich aber wieder und schickte ihm nur eine Kurznachricht.

Ihr weiterer Weg führte sie über den Highway 95, Veterans Memorial genannt, und so fühlte sich die Straße auch an. Bis Beatty eine Fahrt von knapp fünf Stunden, auf einem holprigen, geraden Betonband durch eine wüste Landschaft aus fernen Hügel, Staub und Schutt und kümmerlichen Sagebrush-Bewuchs. Darüber wolkenloser Himmel.

Ihr Bruder döste auf dem Beifahrersitz, Adele betrachtete die Lichtreflexe auf den braunen Locken, die sein Gesicht halb verdeckten, und dachte über ihr Gespräch nach. Warum hatte sie sich von ihm nur zu diesem wahnwitzigen Abstecher überreden lassen? Sie hätten nach Alpine zurückfahren sollen, um dort Unterstützung zu holen.

Ihre Gedanken schweiften ab. Als sie von Reno nach Kirkwood übersiedelten, hatte sie sich aus Protest ihre hüftlangen Haare ganz kurz schneiden lassen. Ihre Mutter hatte sie nur fassungslos angestarrt. Daraufhin hatte die Vermieterin in den ersten Tagen ihren Bruder als Adele angesprochen. Seine braunen Augen mit den dichten Wimpern und die schulterlangen Locken hatten sie verwirrt. Auch mit Anfang dreißig hatte er noch immer ein jungenhaftes Aussehen, die harte Handwerkerarbeit hinterließ kaum Spuren in J.T.s Gesicht, nur sein Körper war magerer als zu Teenagerzeiten. Jeder in Markleeville mochte ihn, sein einfaches, aber schlaues Gemüt, seine Art zuzuhören, seine Hilfsbereitschaft, das alles machte ihn beliebter, als es Adele je sein würde.

Außer in ihrem Job und bei ihrem Engagement im SAR-Team blieb sie lieber für sich. Ein paar Mal hatte Louise versucht, sie zu überreden im Literaturzirkel mitzumachen, aber Adeles Buchgeschmack war kaum als literarisch zu bezeichnen und sie hatte keine Lust gehabt, stundenlang über amerikanische Klassiker zu diskutieren. Das hatte ihr den Ruf eingebracht, ungesellig zu sein.

Adele seufzte und dachte an ihre Chefin. Bei Jey war das ganz anders, obwohl auch sie wenig am gesellschaftlichen Treiben teilnahm, respektierten alle Einwohner von Alpine ihren Sheriff; in Uniform oder nicht, Jey war immer im Dienst, hatte immer ein offenes Ohr, ohne sich viel einzumischen, das schätzten die Menschen. Als Russell ihr vor knapp zwei Jahren anbot, sie für die Wahl zum Sheriff zu nominieren, hatte es keinen Gegenkandidaten gegeben. Und das Werwolf-Rudel war Jey sowieso bedingungslos ergeben, auf eine Art, die nichts mit der Hackordnung zu tun hatte, die ansonsten ihre Hierarchien regelten. Sie hatte einfach ein Charisma wie ein Über-Alpha.

Adele konnte sich noch gut an den Tag erinnern, als sie zu der Scheune an der Grenze zu Douglas County gekommen waren, in der ein Kampfhund gerade seinen brutalen Trainer in mundgerechte Happen zerlegt hatte, und die Deputys aus Gardnerville überlegten, wie sie den Köter am einfachsten erledigen konnten. Den Ausdruck in den Augen des Rottweilers, als Jey zu ihm in den düsteren Schober ging und ihm den Kopf streichelte, würde Adele nie vergessen. Seitdem war Garm ein verlässliches Mitglied der Polizeieinheit von Alpine County.

Auch an Peters Worte, nachdem Fin ein paar Tage in Markleeville weilte, musste sie denken. »Endlich ein Mann, der ihr ebenbürtig sein könnte.« Adele war sich da nicht so sicher gewesen, aber der Ranger war tatsächlich beharrlich geblieben. Gleichwohl hatte es sie überrascht, dass Jey sich so rasch entschieden hatte, mit ihm das Haus zu teilen.

Manchmal wünschte sich Adele, sie wäre auch so entschlossen. Wie gerne hätte sie Leo einmal zu sich eingeladen. Aber sie bekam einfach nicht aus dem Kopf, dass er zehn Jahre jünger war als sie und fürchtete eine Zurückweisung. Wie sollte sie dann noch mit ihm zusammenarbeiten? Noch ein Grund, das Angebot von Mallory anzunehmen. Das würde sie der täglichen Versuchung entziehen, sich eine Abfuhr zu holen. Mit genug Abstand konnte sie vielleicht wieder klar denken.

Es war nicht so einfach wie bei J.T. und Anna, die der gleiche Altersunterschied trennte. Ihrem Bruder und der netten Wirtschafterin hatte nur die Gelegenheit gefehlt, zu ihren Gefühlen zu stehen. Als J.T. im letzten Winter den Job auf der Hawkes-Ranch bekommen hatte, dauerte es nur einen Tag und die beiden waren ein Paar. Adele hatte sich für ihn gefreut, gleichzeitig war sie neidisch auf sein dauernd zufriedenes Gesicht.

Sie warf einen Blick auf die Rückbank, strich in Gedanken über die Handtasche. Diese Aufgabe würde sie erledigen, als Belohnung wartete in Reno ein neues Leben auf sie.

Nach einem Tankhalt und einem frühen Abendessen im Rebel Food Mart, bogen sie in Beatty auf die Route 374 Richtung Rhyolite ein. Nach fünfzehn Minuten Fahrtzeit passierten sie die Grenze zu Kalifornien. Die öde Landschaft blieb unverändert, wurde noch karger, als sie die Anhöhe von Hells Gate erreichten, die Einfahrt in den Death Valley Nationalpark. Sie stoppten auf dem Parkplatz, blickten hinunter auf ein flirrendes Tal, flankiert von felsigen Bergen, das sich am Horizont im hellgrauen Dunst verlor. Weiße Flüsse aus Salz mäanderten am Talboden. Die Nachmittagshitze hatte gerade ihren Höhepunkt überschritten. Sie setzten sich an den Holztisch neben einer Informationstafel und teilten sich eine Bierdose.

»Nach Stovepipe Wells sind es nur noch 16 Meilen. Sollen wir weiterfahren oder über Nacht hier campieren?«, fragte sie J.T., der die Karte auf seinem Smartphone studierte.

»Ich weiß nich, is besser wir laufen dem Tony nich unerwartet über 'n Weg. Fahr ma zu dem Parkplatz bei den Sanddünen weiter. Das is kurz vor Stovepipe. Riech ma uns dort um, gibt vielleicht 'ne Spur.«

Adele scrollte über den Bildschirm. »Schau mal, westlich von Stovepipe gibt es sogar ein Flugfeld, sieht genauso aus wie bei uns in Markleeville, zwar nur eine Landebahn, aber ein Vorteil falls man rasch Dinge her- oder wegschaffen will.«

Sie nahm die leere Bierdose und warf sie in den Abfallkübel neben der Infotafel. Dabei fiel ihr eine Herrenbrieftasche auf, aus der die Ecke einer Walmart-Kundenkarte ragte. Das Lederteil reizte ihren Polizisteninstinkt und sie fischte es zwischen den Limonadenflaschen heraus. Darunter lag ein zerknülltes Foto.

Bis auf ein paar anonyme Kundenkarten und einem Rechnungsbeleg vom Walmart in Gardnerville war die Brieftasche leer, aber das Bild zeigte Gesichter, die Adele kannte: Tony und Joe.

Sie posierten darauf Arm in Arm am Ufer des Carson River, Joe hielt eine Forelle hoch und grinste, Tony wirkte gelangweilt. Adele drehte das Foto um. Die handgeschriebenen Zeilen waren trotz der Knicke noch gut zu lesen.

*Krähen kommen
und durch das veränderte Licht
eilt ein spätes Ahornblatt
nur ein wenig diesseits vom Schnee*

*Der Herbstwind stöbert
in schmelzendem Gelb
bis diesige Banner schwingen
und der Betrüger von Tag ist davon*

*Die blasse Zeit in der Dämmerung
macht mich müde
der zerbrechlichen Dinge
und der Verse eines vergessenen Barden*

*Sterne schimmern am Nichts entlang
und die Trauer ist da
führt mich durch graues Grau
Asche von Lilien, Asche von Kindern*

*Einzig deine Hände
deine leisen, behutsamen Hände
halten mich
überreden mich zu bleiben*

»Das is vom Joe«, stieß J.T. hervor. »Das is sei Klaue. Die kenne ich. Hat mir oft genug was aufgeschrieben.«

Adele strich das Bild glatt und steckte es ein. Ich bin ja kein Fan von lyrischem Zeug, dachte sie, aber der Mistkübel ist zu schade für Joes letzte Worte – und sie erschrak über diesen Gedanken.

21

»Du bist verheiratet?«, Caitlin schien ernsthaft erstaunt.

Fin fühlte Bruchstücke in sich, von einem anderen Ort, konnte sie nicht zusammensetzen, aber das wusste er auf einmal ganz sicher: »Wir haben einen spirituellen Bund geschlossen, der braucht keinen Trauschein.«

Jey musterte ihn und stemmte die Hände auf die Hüften. »Und ich werde Trauerflor tragen, wenn mich Fin noch einmal unnötig fliegen lässt. Die Landung auf dem Wasser hätte mir fast mein Frühstück gekostet.«

Ohne auf ihre zürnende Miene zu achten, lief er hin und drückte sie an sich. »Nicht jeder kann als Pilot so gut sein wie ich, Miss.«

»Eingebildet wie immer, du bist also in Ordnung.«

»Warum sollte ich nicht okay sein?«

Sie schob ihn ein Stück von sich und schaute zu ihm hoch. »Der Abschiedsbrief und das Smartphone? Ich habe zuerst gedacht, ich müsste die Küstenwache alarmieren. Schwere Depression oder so etwas. Ich konnte ja schlecht Beaver fragen. Aber dann habe ich doch gehofft, dass du zuerst deinem Oheim beistehst.« Jey sah zu Caitlin hin. »Ihr Enkel ist einfach aus unserem Hotelzimmer verschwunden und hat seine ganzen Sachen dagelassen. Er hat mir einen ziemlichen Schreck eingejagt.«

»Und mir erst«, antwortete seine Großmutter, umarmte Jey und küsste sie auf die Wangen. »Ich freue mich so, dich kennenzulernen, Jedida. Sag Caitlin zu mir. Er hat uns nie seine Mädchen vorgestellt. Wie lange kennt ihr euch?«

»Granny, bitte, überfall sie nicht so«, warf Fin ein.

»Ist schon gut. Wir kennen uns seit dem Herbst. Alle sagen übrigens Jey zu mir.«

Caitlin schnaubte entrüstet. »Ich nicht, Mädchen, ich sage auch zu meinem Jungen Finley. Fin, was ist das für ein Name? Bedeutet *Ende*. Nein, ich mag keine Kurzformen. Es gibt einen Grund, warum uns die Namen von den Eltern gegeben wurden.«

Fin flüsterte Jey zu: »Du hast gerade einen heiklen Punkt erwischt.«

»Nomen est Omen, mein weißer Krieger«, gab Jey zurück.

Er zuckte mit den Achseln. »Mein Vorname kommt von der Insel hier, der Standesbeamte in Juneau hat was falsch verstanden. Ich würde also den Sinn nicht überbewerten. Caitlin ist recht traditionell. Bei den Stämmen bekommen die Menschen ihre echten Namen aber auch erst nach der Initiation und sie werden ihnen aufgrund ihrer Taten oder bestimmter Vorkommnisse verliehen.«

Sie stupste ihn an. »Sehr interessant. Verdiene ich denn meinen Namen?«

Zuerst lag ihm eine dreiste Antwort am Gaumen, aber das hätte nicht seiner derzeitigen Stimmung entsprochen. »Du wirst immer Jedida für mich sein, Miss. Etwas Anderes kann ich mir nicht mehr vorstellen.«

»Dann bin ich versöhnt.« Sie lächelte und gab ihm einen raschen Kuss.

Caitlin steckte das zerfaserte Taschentuch in ihrer Hand in eine Hosentasche, bedachte die Handschuhe, die Jey wie immer trug, mit einem kritischen Blick, hakte sich dann aber bei ihr unter. »Komm mit, Mädchen, lassen wir Victoria mit den Kräutern hantieren. Das

Räucherwerk soll meinem Bruder helfen, den Weg zurück zu finden.«

Sie schlenderten ins Freie, hockten sich neben die Orca-Männer, die gerade ihren Fang zurichteten, und Caitlin fragte sie nach Oma-Manier aus. Zu Fins Erstaunen zog Jey ihr Messer und half geschickt die Fische zu filetieren, während sie die Fragen beantwortete, ohne zu viel preiszugeben. Die Stücke brieten bereits auf den heißen Steinen, als Victoria zu ihnen kam. Ihr Ausdruck wirkte ratlos und Fin begann sich ernste Sorgen um seinen Großonkel zu machen. Caitlin war verstummt.

Jey schob ein Fischstück zurecht. »Wie weit bist du den Traumpfad gegangen?«

Victoria schaute sie verblüfft an, doch sie antwortete: »Der Medizinmann der Poh, hat uns in ein neuerliches Kanuritual geführt. Wir sind gepaddelt und gepaddelt, konnten aber den Fluss nicht erreichen. Keiner unserer Tiergeister kam zu Hilfe. Nachdem meine Brüder und Schwestern noch mit Rasseln und Trommeln andere Heilzauber probiert haben, schwiegen sie und trauerten und gingen fort. Als letzten Weg habe ich die Atropos angerufen, aber ich bin nur durch Nebel gewandert, alles ist verhüllt.«

Der Fisch war gar und sie aßen, unterhielten sich dabei nur einsilbig, dann trugen die Orca-Männer die Kochsteine zum Wasser. Caitlin döste an einen Deckenstapel gelehnt. Jey winkte Fin und Victoria zu. »Kommt ihr bitte mit mir? Gehen wir am Ufer entlang.«

Victoria sah ihn fragend an, er nickte zustimmend. Sie folgten Jey ein Stück den Strand hinunter, sie hatte ihre Schuhe ausgezogen und die Jeans hochgekrempelt, ging ein paar Schritte ins Meer hinein und schaute über die Wellen. Ein Schaudern überlief Fin bei dem Anblick.

»Ein Mensch kann Kwa'teen nicht finden, auch nicht so ein mächtiger Medizinmann wie der Poh-Schamane. Oder wie eine Wasserfrau.« Sie drehte sich um und blickte Victoria direkt an, die zurückwich und grau im Gesicht wurde.

»Wen hast du hierhergeführt?«, flüsterte sie Fin zu.

Er legte ihr eine Hand auf die Schulter. »Hab keine Furcht, Patin. Sie kann hinter jede Maske sehen. Es ist eine ihrer Gaben.«

Victoria musterte Jey. »Was bist du?«

»Wenn dein Glaube stark ist, kann ich es dir zeigen.« Sie zog ihre Handschuhe aus, streckte ihr die Hände entgegen, aber Fin hielt Victoria zurück.

Jey sagte leise: »Ich werde sie brauchen, wenn ich deinen Oheim finden soll. Sie hat viele Seelenflüge gemacht und ihr Muster wird mir den Übergang erleichtern. Ich bin nicht geübt darin.«

»Im Silver Peak hast du es auch allein können.«

Jey berichtigte ihn. »Nicht allein. Die Kristalldruse im Berg wirkt als Katalysator und die Energiespur des Wesens, das darin hauste, hat mir die Richtung gezeigt. Hier ist es anders.«

Fin presste die Lippen zusammen, schließlich sagte er zu Victoria: »Es kann eine schlimme Erfahrung sein, ihre Aura zu fühlen.«

Victoria sah zwischen ihnen hin und her. »Aber sie ist doch deine Frau? Wie macht ihr beide das? Ich meine, ihr seid doch auch…« Sie räusperte sich. »Äh …intim?«

Fin musste laut lachen. »Das, Patin, das ist etwas ganz Anderes. Das ist…«

Er suchte nach Worten, Jey beugte sich vor und flüsterte in Victorias Ohr, die rot wurde und kicherte. »Das kann er?«

Sie wurde wieder ernst, straffte den Rücken. »Meine Weisheit ist am Ende. Ich kann Kwa'teen nicht mehr helfen. Wenn deine Frau es kann, Fin, dann gebe ich, was nötig ist.« Damit fasste sie nach Jeys Händen.

Zuerst starrte Victoria ins Leere, dann wurde ihr Gesichtsausdruck sanft, sie lächelte und Tränen liefen aus ihren Augenwinkeln. Langsam sank sie auf die Knie ohne den Griff zu lockern, blickte zu Jey hoch und raunte: »Gerne lenke ich deinen Weg, Maîtresse.«

»Danke, Wasserfrau.« Sie half Victoria hoch. »Wir können aber erst morgen früh beginnen, wenn der Vollmond hinter den Bergen verschwunden ist und der Morgenstern leuchtet.«

»So sei es. Die Schleier sind dünn, wenn Tag und Nacht einander begegnen. Ich werde meinen Schutzgeist füttern, damit er kräftig ist.« Victoria eilte zur Hütte zurück.

Jey hakte sich bei Fin unter. »Lass uns noch ein Stück gehen.« Sie zog ihn mit sich und sie spazierten eine Weile schweigend am Wellensaum entlang.

»Was hast du ihr zugeflüstert?«

»Frauengeheimnis.«

»Das ist unfair, Miss. Sie wird bei dem Thema jetzt immer zwinkern und kichern und ich weiß nicht einmal warum.«

»Genau das macht ein Frauengeheimnis aus. Wenn es dich beruhigt – es geht um den Bären, nicht um deine Männlichkeit.«

Fin seufzte. »Der Bär beruhigt mich gerade gar nicht. Ich hätte fast einen Menschen getötet, der mir helfen wollte.«

»Es ist auch meine Schuld.«

»Warum solltest du schuld sein? Du hast mich nicht auf diese verfluchte Jenseitsreise geschickt.«

»Aber ich habe schon seit einer Weile gesehen, dass deine spirituelle Hälfte unruhig ist. Ich hätte etwas zu dir sagen sollen, aber...«

»...der richtige Augenblick hat sich nicht ergeben«, vollendete Fin ihren Satz. Sie nickte.

Bei einem umgestürzten Baum, dessen Wipfel im Wasser lag, blieben sie stehen und setzten sich auf den flechtenüberzogenen Stamm.

»In manchen Momenten ist es, als würde ich entzweigerissen.« Fin erzählte ihr seinen Alptraum und sagte am Schluss: »Mein Großvater hat mir beigebracht, für alles gerade zu stehen, ein Mann zu sein. Aber im Augenblick fühle ich mich wie eine Memme.«

Sie legte die Hände an seine Wangen und sah ihm in die Augen, vertiefte sich. Ein Schatten glitt über ihr Gesicht. Fin fühlte das vertraute Prickeln über seine Haut rinnen. Wärme stieg in ihm auf, Ruhe und Lust.

»Der Bär will dir etwas bewusstmachen«, sagte sie mit samtiger Stimme. »Aber du verstehst ihn nicht. Dein Menschsein wehrt sich gegen die Botschaft. Der Bär will nicht lockerlassen. Du zerbrichst daran.«

Sie ließ die Hände sinken und atmete schwer.

»Welche Botschaft?«, fragte Fin.

»Wer bin ich?«

»Du bist Jey. Zumindest jetzt wieder.«

»Nein. Das ist die Botschaft: *Wer bin ich?*«

Fin schlug mit der Faust auf die Rinde. »Ein Rätsel ersetzt ein anderes? Er ist der Geisterbär, ich bin der Geisterbär, ich bin Finlayson.«

Jey sah zu Boden und schüttelte den Kopf. »Das ist die falsche Antwort. Wir müssen die richtige Antwort finden, sonst wird er dich mit dieser Frage in den Wahnsinn treiben.«

»Und wie?«

»Nicht wie, sondern wo. Im *Dahinter*. Dort wo seine Kraft herkommt.«

Fin sprang auf. »Ich gehe sicher nicht noch einmal dorthin. Damit hat es angefangen. Und ich kann mich nicht einmal mehr daran erinnern.«

Ohne auf eine Erwiderung von ihr zu warten, marschierte er davon, drehte sich aber nach ein paar Schritten um und streckte die Hand nach Jey aus.

Als sie zum Lager zurückkamen, hatten sich bis auf Victoria alle um ein Feuer gruppiert und sangen Traditionals. Caitlins Stimme war ihr Alter kaum anzuhören und sie wirkte frischer als in den letzten Tagen. Fin setzte sich neben sie auf den Boden und stimmte in das Lied ein. Nach einem Trommelsolo klatschte Caitlin in die Hände und fragte: »Wisst ihr noch das Lied, das Kwa'teen und Oliver immer aufführten, wenn sie auf Zechtour gingen?«

Die Männer nickten und Fin grinste. Früher hatte seine Großmutter immer das Gesicht verzogen, wenn die beiden es anstimmten. Franzosengejaule, hatte sie dann gemurmelt.

»Pass gut auf«, flüsterte er Jey zu. »Jetzt hörst du gleich eine Runde Küstenindianer ein Trinklied aus der Renaissance singen.«

Sie begannen im Takt zu klatschen, dann stimmte Caitlin *Tourdion* an und nach und nach fielen die Männer ein. Zuletzt kam auch Victoria aus der Hütte und sang mit. Am Ende lachten sie alle und erzählten sich gegenseitig Geschichten von dem Unfug, den die beiden so unterschiedlichen Männer oft gemeinsam getrieben hatten.

Schließlich war das Feuer niedergebrannt und Victoria mahnte sie Schlafen zu gehen. Jeremiah schürte in der Hütte noch einmal die Glut und die Frauen wählten zuerst eine Bettstatt. Caitlin legte sich nahe zu ihrem Bruder, teilte sich mit Victoria eine Schlafstelle.

Fin führte Jey zu einem Platz neben dem Eingang und sie rutschte unter die Felldecke. Er legte sich neben sie, verzog das Gesicht und maulte.

»Ich weiß nicht, was du hast.« Sie wackelte mit den Zehen unter der Decke, während Fins Füße in die Luft ragten.

»Sehr lustig. Ich werde die Socken anlassen. Vielleicht wäre es sowieso besser, ich laufe ein paar Kilometer und schlafe im Wald.« Er setzte sich wieder auf.

Sie stützte sich auf ihren Arm und sah ihn schweigend an, die Glut des verlöschenden Feuers färbte ihre Augen orange. Nach einer Weile flüsterte er: »Ich könnte morgen früh aufwachen und zwischen Leichen liegen. Krallen und Reißzähne – dieses Bild lässt mich nicht mehr los.«

Noch immer sagte sie nichts, aber sie hob die Decke ein Stück an und er rutschte wieder darunter. Jey streichelte seinen Kopf und begann leise zu singen, ein Lied von Sarah McLachlan: *»You are in the arms of the angel, may you find some comfort here.«*

Er zog sie an sich, barg seine Wange an ihrer Schulter, atmete ihre Körperwärme und einen Hauch von Seerosen. Fin schlief ein, während sie weiter für ihn sang, und kein Dämon zerriss ihn in dieser Nacht.

22

Unruhig wachte er auf, die vielen Menschen in der Hütte irritierten seinen Geruchsinn und er versenkte seine Nase in Jeys Haar. Sie öffnete die Augen und streichelte seine Wange: »Ausgeschlafen?«

»Halbwegs. Das Bett ist unbequem.«

»Weichei. Gehen wir raus? Gibt es wo Süßwasser zum Waschen?«

»Wieso? Das Meer ist gleich dort draußen.«

»Salz ist nicht so mein Geschmack.«

»Gleichfalls Weichei.« Er tippte ihr gegen die Nase. »Aber ich habe etwas für dich. Komm mit.«

Er zog sie unter der Felldecke hervor und beim Eingang der Hütte hinaus. Dabei schnappte er sich zwei Wolldecken vom Stapel vor dem Langhaus. Jeremiah saß mit dem Rücken zu ihnen vor dem Feuer und beachtete sie nicht, obwohl er sie sicher gehört hatte.

In Unterwäsche lief Fin mit Jey an der Hand in den Wald hinein, den Pfad fand er blind, auch wenn es achtzehn Jahre her war, dass er ihn zuletzt entlanggelaufen war. Der Weg endete bei den Zwillingen, so nannten die Gispwudwada die beiden langgestreckten Seen im Süden von Finlayson Island. Auf einer Lichtung am Ufer legte er die Decken nieder, umfasste Jey und sprang mit ihr in das Wasser. Sie kreischte von der kalten Erquickung, sie tauchten unter, schwammen eine Weile, ließen sich am Rücken treiben und betrachteten die Sterne. Den Weg zurück gingen sie langsam, setzten sich, in die

Decken gewickelt, zu Jeremiah ans Lagerfeuer. Jey lehnte sich an Fin und war wenig später wieder eingeschlafen.

Jeremiah blickte in die Flammen. »Kannst du dich noch an das letzte Mal erinnern, als wir gemeinsam hier waren?«

Fin nickte. »Oh ja. Es war dein sechzehnter Geburtstag. Wir haben drüben am Strand gefeiert. Mit deiner Gang.«

»Großartige Gang, waren alles meine Verwandten«, warf Jeremiah ein.

»Und mit diesem neuen Mädchen, das du mit den Blicken verschlungen hast, das dich aber überhaupt nicht beachtet hat. Wie hieß sie gleich – Mira?«

»Nein, Mirella.«

»Ah ja. Wir waren sturzbetrunken und du hast sie um einen Kuss angefleht. Echt erbärmlich.«

Jeremiah grinste. »Ja – und sie hat hoheitsvoll einen Zweig geschwungen und verkündet: Bring mir eine goldene Nachtrose und du bekommst einen Kuss dafür. Ich wäre dafür selbst auf den Gletscher gelaufen, da ist mir das einfach vorgekommen.«

Fin erinnerte sich weiter: »Ich wollte dich nicht allein in das pechschwarze Meer lassen, also haben wir uns um die Wette das Gewand heruntergerissen, eine Plastiktüte gepackt, sind in den Hecate Strait gesprungen und zur Insel herübergeschwommen.«

»Mann, war das Wasser kalt. Ich war sofort stocknüchtern und habe mir die ganze Zeit gedacht, was ich doch für ein Trottel bin. Aber umkehren wollte ich auch nicht.«

Fin lachte. »Zum Glück hast du den Weg zu den Zwillingen gleich gefunden. Ich hatte absolut keine Ahnung, wohin wir in dem Wald eigentlich laufen. Ich wusste nicht einmal, dass auf der Insel Seerosen wachsen.«

»Eine endemische Art sogar«, ergänzte Jeremiah, der im bürgerlichen Leben Wildbiologe war. »Und ich werde nie den Anblick vergessen, als wir mit der Blüte aus dem See wateten und der Bär am Ufer stand. Ganz ruhig hat er dich angesehen und das weiße Fell hat im Mondlicht geleuchtet. Mann, das war mehr ein Traum als Wirklichkeit. Und dann hast du ihn auch noch gestreichelt.«

Fin zuckte mit den Schultern, der Bär war freundlich gewesen, es war ihm ganz natürlich vorgekommen.

Jeremiah war plötzlich ganz ernst. »Du weißt, dass keine Kermodebären auf den Inseln leben? Das war das erste und das letzte Mal, dass ich einen hier gesehen habe. Bis heute.«

Wieder zuckte Fin mit den Schultern, sah ins Feuer und sagte nichts. Jeremiah redete weiter: »Du wirst immer mein Freund sein, egal wie lange es dauern wird, bis wir uns wiedersehen. Ich werde dir deinen Segen nie zurückgeben können und ich bin glücklich, dass du jetzt das Gleiche gefunden hast.« Er deutete auf die schlafende Jey.

Fin lächelte, fragte dann: »Welchen Segen meinst du?«

»Den Segen des Moksgm'ol. Mirella und ich sind diesen Juli siebzehn Jahre verheiratet und haben inzwischen fünf Kinder. Alle gesund und rotzfrech. Es war nicht die Seerose, wegen der mir Mirella einen ersten Kuss geschenkt hat, es waren die weißen Bärenhaare, die du mir in die Hand gedrückt hast. Die trägt sie noch immer in einem Medaillon um den Hals.«

Die Venus erstrahlte über dem Horizont und Victoria kam aus der Hütte. Fins Armbanduhr zeigte 04:45. Jey wachte von seinen Bewegungen auf und murmelte: »Gibt es etwas Warmes zu trinken?«

Victoria schickte Jeremiah schlafen, der die halbe Nacht Wache gehalten hatte. Sie stellte eine Eisenkanne in die Glut, in die sie Kakao aus einer Glasflasche füllte, gab Gewürze dazu und trug die leere Flasche zu einem Müllbeutel neben dem Langhaus.

»Du willst wirklich hinüber? Mit mir als Ballast?«, fragte Fin. »Das macht mir Angst.«

Jey blickte ihn erstaunt an: »Warum denn? Du warst doch schon dort.«

»Und kann mich kaum daran erinnern. Alle Bilder in meinem Kopf sind verschwommen, die Emotionen diffus, flüchtiger noch wie ein Traum. Nur die Nachwirkung ist scharf und schmerzlich. Uns könnte das Schicksal Kwa'teens ereilen.« Fin stocherte in der Glut. »Drogen sind ein zweischneidiger Weg.«

»Du meinst also, das war nur ein Drogenerlebnis?«

»Wir haben nie so richtig über diesen Abstecher gesprochen«, murmelte Fin.

»Ich dachte, das ist nicht nötig, aber ich habe mich geirrt.« Jey legte einen Arm um seine Schulter. »Auch für mich ist die Erinnerung nur so, als würde ich auf einen See schauen, dessen Oberfläche vom Wind verzerrt wird. Ich weiß, dass etwas darunterliegt, sehe aber nur gebrochene Spiegelungen. Aber ich habe einen Anker ins *Dahinter*, ein klares Bild: Kristina und ihr ungeborenes Kind. Mein erster Moment in der Zeit, als ich beschloss Jedida zu werden.« Sie hielt einen Atemzug inne. »Dir fehlt dieser Anker, daher fehlt dir die Gewissheit deiner anderen Realität. Aber sie existiert.«

»Wie kann das real für mich sein? Das müsste sich doch anders anfühlen.«

Jey dachte nach. »Das mag deshalb sein, weil du den Bären immer als diesseitig angesehen hast, als ein Phänomen wie die Wandlung der Wölfe, eine menschliche Emanation. Aber das ist er nicht. Deine Spiritualität kommt ursprünglich nicht aus dieser Dimension. Mir ist das auch erst gestern klargeworden.«

»Umso mehr ein Grund mein Mensch-Sein nicht aufs Spiel zu setzen.«

»Das wird nicht passieren. Vertrau mir doch.«

Fin nahm ihre Hand und drückte sie sachte. »Ich vertraue dir, ich vertraue nur mir selber nicht mehr. Können wir nicht noch einmal darüber nachdenken?«

Victoria kam zu ihnen, setzte sich neben Jey, zündete sich eine Pfeife an. Sie schenkte das Gebräu aus der Kanne in drei Becher und reichte es ihnen. Der Geruch von Kakao, Vanille und Chili kitzelte Fin in der Nase. Victoria bot ihm die Pfeife an, er schnupperte, roch die Birkenpilze darin und lehnte ab, nippte lieber an der heißen Schokolade.

Der jüngste der vier Orca-Männer trug Felle und Decken aus der Hütte, hängte sie auf, um sie auszubürsten. Victoria wies ihn zurecht gründlicher zu sein und sagte zu ihnen: »Er ist grantig, weil er mir zu Diensten sein muss, aber er wird einmal Niislgūmiik werden, ein Häuptling. Herrschen kann nur, wer zuerst zu dienen gelernt hat. Also muss ich ihn ein wenig drangsalieren.« Sie lachte gutmütig.

Eine Weile saßen sie still an der Feuerstelle, seine Patin hob den Kopf, schaute hoch. Fin trank seinen Becher leer, folgte Victorias Blick in den nächtlichen Himmel. Eine Sternschnuppe verglühte.

»Der Weiße Mann hat uns die Sterne gestohlen. Bevor er kam richteten wir uns nach den Sternen. Sie sagten uns, wann wir jagen oder fischen gehen sollen. Jeder

Stern hatte einen Namen. Dann gab der Weiße Mann uns Kalender und Uhren und Fahrpläne, und wir vergaßen die Sterne. Bei unseren Zeremonien und beim Gartenbau folgen wir jetzt nur noch dem Mond und der Sonne. Wir wissen kaum noch etwas über die Bewegung der Sterne und was sie bedeuten. Der Weiße Mann hat uns dieses Wissen gestohlen und weiß es nicht einmal.« Sie sog an der Pfeife, blies den Rauch langsam aus. »Nur Geisterbär hat die Sterne wiedergefunden.«

Sie legte die Pfeife zur Seite, griff Jeys Hand, die wiederum Fins Handgelenk eisern umklammerte. Victorias Gestalt wurde langsam und fern, Fin fühlte seine Hände und Füße wachsen, sie sahen seltsam verzerrt aus, als er sie betrachtete; die Rundhütte schrumpfte zu einem Holzhaufen, einem Scheiterhaufen. Jeys Gesicht vor seinem wurde länglich und schwarz. Dann tastete schwefelgelber Nebel nach ihm und ihm graute vor der Berührung. Er strampelte sich los, taumelte davon, fand aber den Wald nicht mehr.

23

Quietschend kam ihr Auto zum Stehen. Die Handtasche purzelte vom Beifahrersitz. Der Kadaver lag quer auf der Brücke und blockierte die Laramie Street. Louise fuhr im Schritttempo vorbei und parkte vor der Bibliothek. Eine weitere tote Kuh hatte sich im Gebüsch zum Millberry Creek hinunter verfangen. Vor dem Eingang blieb Louise stehen und begutachtete die Schäden an der Tür. Zum Glück hatte der massive Rahmen nicht nachgegeben, die Kratzspuren würden sich ausbessern lassen, ansonsten schien das Gebäude intakt.

Die Schilder und die Laterne vor der Kunstgalerie dagegen waren zertrümmert worden, auch die roten Markisen vom Wolf Creek gegenüber sahen mitgenommen aus. Marodierenden Biker waren letzte Nacht durch den Ort gezogen. Im Morgengrauen hatten die Einwohner begonnen den herumliegenden Müll in Säcke zu packen.

Das Wild und das Vieh auf einigen Weiden war schlechter weggekommen, nur die Hawkes Ranch hatte keine Verluste zu verzeichnen. Henris Flinte und Garms Zähne hatten das verhindert. Am Einfahrtstor der Hawkes-Ranch hingen an Nägeln zwei blutige Wolfsruten.

Als Louise zum Auto zurückging, hielt ein Streifenwagen, Leo ließ das Fenster herunter. »Alles okay bei dir?«

»Ja, danke. Wie sieht es sonst aus?«

»Sie haben nur bei uns gewütet. Viel Krawall, ein paar zertrümmerte Gerätschaften, aber nichts Wertvolles, keine Personenschäden. War wohl vor allem eine Machtdemonstration.«

»Wie sieht es auf den Campingplätzen aus?«

»Am Turtle Rock ist alles ruhig, den Markleeville Campground haben sie vollständig okkupiert, dort hält Burke Hof, die anderen Camper sind abgehauen. Ich muss jetzt weiter. Gib auf dich acht, Louise.«

»Danke, Leo.«

Ihre Zwei-Zimmer-Wohnung hinter der Galerie hatte Louise ganz im orientalischen Stil eingerichtet. Sie liebte Gold- und Blumenmuster, hielt sich bei ihrer Kleidung mit opulenten Formen aber zurück. Dafür durfte ihr Wohnzimmer überquellen, in ihrem Schlafzimmer glänzte Satinbettzeug und ein Seidenteppich zierte die Wand. Sie setzte sich im Badezimmer vor den barocken Spiegel, legte den Frisiermantel um, kämmte ihr honigblondes Haar mit einem feuchten Kamm. Dann zog sie einen Lockenwickler vom beheizten Ständer und wickelte eine Strähne darauf, steckte sie fest. Während Louise die Prozedur wiederholte, dachte sie über Peter nach.

Die Sorge um Ursela machte ihm zu schaffen, wenigstens hatte Adele eine Nachricht geschickt, dass sie eine Spur zu ihr hätten. Die Meldung des RPD zu der Hochzeit hatte ihn vollkommen überrascht, gleichzeitig bemerkte sie, dass er zweifelte, ob ihm Ursela nicht doch etwas verheimlicht hatte. Vor kurzem hatte er Louise von seinen Schuldgefühlen erzählt. Dass er seiner Tochter nach der High-School keine Perspektiven bieten konnte, dass sie keine Mutter mehr hatte, mit der sie all jene Themen bequatschen konnte, für die ein Dad die falsche Person war.

Louise kam Ursela alles andere als unglücklich vor. Letztens hatten sie nach dem Literaturzirkel noch ein paar Worte gewechselt. Joe versuchte gerade ihr Differentialrechnungen beizubringen und Ursela hatte gescherzt, dass sie froh war kein College besuchen zu müssen, das wäre verschwendetes Geld gewesen.

»Bist du denn im Restaurant zufrieden?«, hatte Louise sie gefragt und Ursela hatte genickt und geantwortet: »Ich liebe es zu kochen, ich unterhalte mich gerne mit den Leuten, ich kann bei der Arbeit Musik hören oder Fernsehen, mein Dad lässt mich machen, wie ich will. Wer hat schon so einen tollen Job?«

Louise vermutete, dass Peter das auch wusste und seine Schuldgefühle eine andere Ursache hatten. Nach zehn Jahren als Vater-Tochter-Gespann kam sie jetzt dazu und Peter fürchtete, dass Ursela ihm das übelnahm, obwohl sich nichts in ihrem Verhalten ihm gegenüber geändert hatte. Vielleicht argwöhnte er sogar, dass er seine Tochter aus dem Haus und in Tonys Arme getrieben hatte und wollte das nicht aussprechen.

Die Situation belastete ihre gerade entstehende Beziehung, auch wenn Peter versuchte, sich nichts anmerken zu lassen. Wie gerne hätte sie ihm doch gesagt, dass er sich irrte und Ursela keinesfalls auf Tonys schöne Fassade hereingefallen war. Und dass sich seine Tochter freute, ihren Vater wieder in einer Beziehung zu sehen. Aber das stand Louise nicht zu. Männerseelen waren empfindlich, mussten sorgsam gepflegt und durften nicht zu stark beschnitten werden.

Sie dachte an Carl zurück, ihren großartigen, wundervollen Carl. Wie gerne hätte sie manchmal ihren Stiefkindern die Flausen ausgetrieben, die auch als Erwachsene immer zu Papa gerannt kamen, wenn das Leben einmal nicht so lief, wie sie wollten, und die Hand aufgehalten hatten. Aber Carl liebte seine Kinder und Louise hatte diese Affenliebe akzeptiert, denn im Gegenzug hatte Carl jegliche Kritik seiner Kinder an seiner zweiten Frau verboten. Er hatte einen dauerhaften Waffenstillstand gefordert und bekommen. Nach Carls Tod hatte sie sich fest vorgenommen, nie wieder einen Mann in ihr Bett zu lassen. Nach einer Affäre mit einer Sängerin in Austin und einem Wochenende mit einer Immobilienmaklerin auf einer Beauty-Farm, hatte sie nach ihrer Übersiedlung nach Markleeville geglaubt in der eleganten, dunkelhäutigen Tuva eine neue Liebe gefunden zu haben. Aber es war nur ein heftiger Rausch mit einem schrecklichen Kater gewesen.

Anfang April wurde der Beginn der Angelsaison immer mit einem Barbecue begangen, als Einstimmung auf den sommerlichen Tourismusstrom und letzte Gelegenheit der drei Kommunen von Alpine County sich in lockerer Stimmung auszutauschen und abzustimmen. Dieses Jahr hatte Bear Valley das Fest ausgerichtet und sie waren alle zum Mountain Resort gepilgert.

Louise hatte die Teenager beobachtet. Sich einen kurzen Moment zurückgewünscht in diese unbeschwerte Zeit, in der das Lebensheft erst ein paar beschriebene Seiten aufwies und noch ein Roman mit epischer Tiefe werden konnte; ein Werk würdig des Pulitzer-Preises. In ihrem Alter hatten die meisten Menschen bereits feststellen müssen, dass es nur zu einem Groschenroman gereicht hatte. Im diesem Moment hatte sich ihr Leben wie eine Bücherverbrennung angefühlt: Alle anderen schienen glücklich um ihren Scheiterhaufen zu tanzen.

Diesen Gedanken nachhängend, hatte sie sich von Peter zu einem Walzer überreden lassen. Er war ein guter Tänzer und überspielte nonchalant ihre ungeschickten Versuche, seiner Führung zu folgen. Beim Feuerwerk zu Mitternacht hatte sie ihn dann verzweifelt geküsst und sich selber überrascht.

Ein paar Tage später wollte sie von Henriette wissen, ob sie nicht ihrer Schwester in die Quere kam. Doch die hatte nur die Brauen hochgezogen und geantwortet, dass ihr nichts an Peter Burkhauser läge. »Versteh mich nicht falsch, Louise«, hatte sie gesagt, »er ist ein stattlicher Mann, geradeheraus und angenehm, aber ich bin mit meiner Ranch verheiratet, das weißt du doch. Es wäre mir ein Graus, würde mir da jemand reinreden wollen. Und Männer wollen dir immer in dein Leben reinreden. Sie wollen, dass die Frau für sie da ist, egal, ob du mit ihnen verheiratet bist oder nur ab und zu das Bett mit ihnen teilst. Das ist nicht mein Ding. Ich bin lieber mein eigener Herr.«

Und so hatte sich Louise schon wieder einmal getäuscht. Ich bin eine miese Kupplerin, dachte sie, ich werde zukünftig bei meinen Büchern bleiben und mich mehr auf die Kunstförderung konzentrieren, in Liebesdingen liege ich sowas von daneben. Mama Annette würde sich zerkrümeln vor Lachen.

Nachdem sie alle Lockenwickler angeklemmt und sich eine Aloemaske aufgelegt hatte, setzte sie sich in ihrer Aufmachung, die einer Seifenoper gerecht wurde, vor den Laptop, zappte durch ein paar Online-Kanäle, suchte etwas Belangloses, das ihr die Wartezeit verkürzte, und wählte schließlich die Chelsea Talk-Show auf Netflix:

Chelsea Handler verfolgte gerade bei einem Außeneinsatz einen Mann im Anzug, versuchte ihm einen Kommentar zu entlocken, wurde aber von Bodyguards abgedrängt. In ihrem Studio hatte sie eine junge Frau als Talk-Gast, deren starke Schminke und kreischbuntes Latex-Outfit kaum erahnen ließ, wie der Mensch darunter aussah. Chelsea drehte sich vom Monitor zu ihr hin und sagte: »Ist ein wenig öffentlichkeitsscheu dein neuer

Lover, zumindest dem Boulevard gegenüber. Was kannst du uns zu ihm sagen, Mariellene?« Ihre Besucherin rollte mit den Augen und klapperte mit den künstlichen, azurblauen Wimpern. »Ach. Chelsea, Schatz, das ist halt nicht seine Art, weißt du? Lucius ist ja im Business so genial, aber so schüchtern, wenn es um ihn als Person geht, echt. Du kannst dir nicht vorstellen, wie viele Tweets ich ablassen musste, damit ich ihn zu einem Chill überreden konnte. Er ist wahnsinnig witzig und nett. Es hat gleich gefunkt, echt. Er kennt auch meine YouTube-Show. Ist sogar ein heimlicher Fan, echt. Ich habe gerade einen neuen Blog mit…«

Es war Zeit die Maske abzuwaschen und Louise schaltete auf einen Nachrichten-Stream um, hörte die Berichte vom Bad aus mit, während sie sich pflegte. Schließlich war sie zufrieden mit ihrem Aussehen, legte noch etwas Make-Up auf und schlüpfte in ein Etuikleid mit dreiviertel Ärmeln und Rosenmuster am Saum. Bei den Schuhen griff sie zuerst zu beigen Pumps, entschied sich aber dann für schwarze High-Heels mit roter Sohle.

»Du meine Güte. Habe ich etwas verpasst? Hast du heute noch etwas vor?« Peter musterte sie von oben bis unten.

»Nur für dich«, sagte sie kokett, setzte dann nach: »und alle sollen sehen, dass wir uns nicht einschüchtern lassen.«

Peter nickte und hielt ihr den Arm hin, als sie die ersten Schritte auf den unmöglich hohen Schuhen machte. Sie schlenderten zum Verwaltungssitz und Louise stellte erfreut fest, dass viele Menschen persönlich gekommen waren. Fast alle trugen Waffen. Nachdem sie die Videokonferenz eingerichtet hatte, lehnte sie sich zurück und wartete auf Erland, der wenig später den Konferenzraum betrat und ihr zuzwinkerte.

Die Versammlung verlief ohne Diskussionen und ohne die Kabbeleien, die sonst die monatlichen Treffen auszeichneten. Erland listete die Vorkommnisse der letzten Tage auf, Winnie berichtete von den Schritten, die das Sheriff Office unternommen hatte. Frederik und Matthew erläuterten die Sicherungsmaßnahmen, die in ihren Orten getroffen wurden, im speziellen von den Farmern.

»Leute«, sagte Erland am Schluss, »die Typen glauben, sie können uns mit ihrem Banden-Getue nötigen, ihnen Schutzgeld zu zahlen. Das lassen wir aber nicht mit uns machen! Sie haben sich auf dem Markleeville Campground eingenistet, aber bisher noch keine Touristen direkt belästigt und keine Straftaten begangen, die eine Verhaftung gerechtfertigen würde. Im Moment ist unsere erste Priorität der Schutz unserer Gäste, sollte einer der Mistkerle da einen Übergriff wagen, ist es aus mit lustig, dann holen wir die State Trooper zu Hilfe und räuchern sie aus. Das soll aber die letzte Option sein. Bis dahin versuchen wir selber klar zu kommen. Die Biker werden nicht endlos hier campieren, die Schürfsaison in den Rockys geht bald los und sie müssen sich um ihre Minen kümmern. Also Freunde – die Jagdsaison ist eröffnet, aber erwischt nicht die Falschen.«

Unter zustimmenden Gemurmel verließen die Menschen den Verwaltungssitz, ein paar Andersmenschen blieben zurück, gruppierten sich um Peter und Erland.

»Willst du wirklich die Trooper anfordern?«, fragte Winnie.

»Eigentlich nicht. Ich traue Burke zu, dass er die Tarnung fallen lässt und die Wölfe los hetzt. Er kommt mir ziemlich schräg vor. Und das Letzte, was wir wollen ist, dass die Staatspolizei mit so etwas konfrontiert wird.«

»Meinst du wirklich, sie ziehen in die Rockys ab?«, fragte Frederik. »Oder legen sie es auf einen Rudelkampf an?«

»Das kommt darauf an, ob sie vom Wert unserer Mine wissen«, sagte Erland. »Wir haben von unseren eigenen Leuten nur eine Handvoll eingeweiht.«

»Sie setzen ihre Prioritäten ausschließlich nach ihrem Gewinn. Kosten-Nutzen-Rechnung. Burke investiert hier gerade eine Menge Manpower, also muss er zumindest eine Ahnung haben – woher auch immer«, meinte Peter.

Ein Sessel wurde umgestoßen, sie drehten sich um. Wie auf Stichwort kam Burke grinsend näher, seine Stiefelabsätze klickten am Parkett, er spielte mit einer Schlüsselkette. »Wie recht er doch hat, mein Ex-Schwiegersohn. Ich weiß aus verlässlicher Quelle, dass sich der Einsatz lohnt.«

»Der Silver Peak hat ein Bergwerk, dass schon vor hundert Jahren nicht mehr rentabel war«, sagte Erland.

»Netter Versuch«, erwiderte Burke, »aber wisst ihr, schon eine Menge stille Typen sind zwischen den Laken redselig geworden.«

»Verflucht, von wem spricht er?« Frederik sah Erland an, der mit den Schultern zuckte.

»Joe, er spricht von Joe«, sagte Peter und stand auf, stellte sich zwischen Burke und Louise. »Tony gehört also zu deinem Rudel?«

»Ah, ich sehe, Anthony hat sich bekannt gemacht.« Burke ließ die Kette beim Sprechen über die Tischkante rattern. »Smarter Bursche, mein Neffe, kann ich euch sagen. Ganz mein Bruder, Gott hab ihn selig. Weiß immer das richtige Mittel, um zu bekommen, was er will. Findet für jeden das passende Werkzeug, um ihn zu knacken – oder sie. Hat sich ein bissiges Rudel im Süden gekrallt, der Sonnyboy. Und ein ganzes Pack fruchtbare Weibchen eingesammelt. Einen richtigen Harem, wenn ihr versteht. Ist ja heute nicht mehr so einfach eine Wölfin zu finden, die vernünftig wirft. Wir werden immer weniger, falls euch das noch nicht aufgefallen ist. Kanada, die Ostküste und die Plains – die große Leere, kein einziger mehr von uns. Und auch in Südamerika nur noch eine Handvoll Rudel. Tony hat die Zeichen erkannt, mit dem richtig gedrillten Nachwuchs gehört dir die Zukunft.«

Peter war blass geworden. »Und jetzt auch Ursela? Sie ist deine Enkelin, Burke. Wie kannst du das nur machen?«

»Hab dich nicht so, bleibt ja alles in der Familie. Einem Fremden hätte ich mein Fleisch und Blut nicht überlassen, was denkst du denn?« Burke fuhr fort: »Ihr habt drei Tage Zeit die Besitzurkunde für den Graichen-Hof und das Bergwerk unterschriftsfertig zu machen und meine Leute zu Bürgern von Alpine zu erklären. Samstag um zwölf Uhr mittags erwarte ich euch pünktlich in meinem Trailer. Dann machen wir den Sack zu und ich ziehe mit meinen Männern auf den Berg, baue meine eigene Kommune auf und die Leutchen hier können weiter Angler hofieren. Interessiert mich nicht. Euer Rudel und sein Anhang muss sich natürlich mir verpflichten.«

Erland schüttelte den Kopf. Frederik und Lloyd fletschten die Zähne.

»Knurrt wie ihr wollt, Bergwölfe, wetzt eure Krallen, aber es wird euch nichts nützen. Und wenn euer Alpha auf die Idee kommt, meine Stellung bei den Miners zu fordern, dann wird Tony nicht warten, ob ihm das

Blondchen Welpen wirft. Dann darf er Ursela unter seinen Wölfen verteilen. Capito?«

Burke grapschte Louise beim Hinausgehen in den Ausschnitt und Peter ballte die Fäuste, sank aber dann auf einem Sessel nieder. »Jetzt wissen wir, woran wir sind. Ein Zweikampf wäre die einzige Option gewesen. Aber ich kann nicht das Leben meiner Tochter riskieren. Das schaffe ich nicht. Ich sollte meine Position räumen.«

Frederik schlug mit der Hand auf den Tisch, Louise erschrak. »Nichts wirst du tun. Das löst das Problem mit Burke nicht. Auch keiner von uns wird Ursela gefährden. Bei dem, was sie ist. Geben wir uns verhandlungsbereit, damit gewinnen wir Zeit.«

Winnie stimmte zu. »Burke weiß nicht, dass Adele und J.T. auf ihrer Spur sind. Die beiden werden ihr Bestes geben, da bin ich ganz sicher.«

Louise nahm Peters Hand. Er schaute in die Runde und sagte: »Danke für euer Vertrauen. Winnie, ich denke, es ist an der Zeit unseren Sheriff zu holen.«

24

Ein Tropfen rann vom Metall und platschte in Adeles Gesicht. Im Licht der aufgehenden Sonne glänzte eine Tauschicht auf der Ladebordwand. Adele zippte den Schlafsack auf und krabbelte von der Ladefläche. Die Toiletten am Mesquite Flat Sands Dune Parking waren überraschend sauber. Trotz der frühen Stunde hielt bereits ein erstes Auto auf dem Parkplatz, ein Pärchen machte sich auf den Weg zu der vordersten Sanddüne, in der knorrige Mesquite-Stämme wie die Knochen eines Urzeittieres staken. Jeder der beiden kletterte auf eines der bleichen Holzstücke und sie fotografierten sich gegenseitig. Beim Rückweg warfen sie Adele, die sich gerade am Straßenrand die Zähne putzte, einen verwunderten Blick zu.

J.T. kam aus der Fahrerkabine des Comanche und schüttelte seine Decke aus, setzte sich auf die Ladefläche und biss in einen Apfel.

Noch einige Touristen hielten, machten ein Foto auf der ersten Düne, nur ein einziger Besucher wanderte weiter in das Dünenfeld hinein.

»Abgehakt und weiter, der Facebook-Account soll ja möglichst viele Attraktionen zeigen«, sagte Adele zu ihrem Bruder. »Ist dir bei deiner nächtlichen Runde etwas aufgefallen?«

Er schüttelte den Kopf. »Glaub auch nich, dass die Wüstenwölfe so nah von 'nem Touri-Halt was anstellen.«

Ein leichter Wind kam auf, ein Staubteufel drehte sich zwischen den Artemisia-Sträuchern über der Straße, wirbelte einen Stofffetzen auf und trug ihn über den Parkplatz. J.T. hielt die Nase in die Brise, sprang plötzlich auf und lief dem Wirbel nach. Nach ein paar Versuchen fing er den gescheckten Stoff, hinkte zu Adele zurück und hielt es ihr hin. »Das is vom Joe, hat er immer umgehabt.«

Auch Adele roch jetzt die typische Mischung von Terre de Bois und Schweiß, die Joe charakterisierte.

»Wo is das her?«, fragte J.T. atemlos und sah sich um. Adele folgte mit den Blicken dem Weg eines anderen Staubteufels und deutete nach Südosten, zum Schwemmkegel eines Canyons des Tucki Mountain. »Schau, die meisten treiben von dort herein. Da führt auch eine Straße hin.«

Sie verstauten eilig ihr Zeug und fuhren die Route 190 ein Stück zurück bis zur Abzweigung, folgten der Schotterpiste, die nach einer Meile abrupt endet. Adele hielt an und J.T. kletterte auf das Dach des Jeeps, kniff die Augen zusammen, starrte dann eine Weile denselben Punkt an.

»Siehst du etwas Auffälliges?«, fragte Adele ungeduldig. Er antwortete ihr nicht, sondern rutschte herunter und sagte: »Warte hier.«

Adele wollte widersprechen, aber er wiederholte: »Warte hier, bitte. Pass aufs Auto auf.«

Unwirsch hockte sie sich auf die Motorhaube, sah seiner kleiner werdenden Gestalt nach und fragte sich, was er bemerkt hatte. Dann erkannte sie es auch: Raben, viele Raben. Immer wieder flog einer der schwarzen Vögel auf, um kurz darauf wieder vom Himmel zu stürzen.

Eine schreckliche Schwäche ließ sie fast herunterfallen. Raben bewegten sich so, wenn sie fraßen. Viele Raben bedeuteten ein großes Stück Aas. Am Talboden des Death Valley gab es aber nur ein großes Tier – den Menschen.

Sie sah J.T. zurücktrotten, wartete starr, bis er beim Auto stand, sah die Tränenspuren in seinem staubigen Gesicht. Er brachte kein Wort heraus.

Adeles Lähmung löste sich, sie sprang von der Motorhaube und wollte zu den Vögeln, aber J.T. packte sie unerwartet hart am Arm. »Bleib fort von dort«, stieß er hervor. Adele wollte sich losmachen, aber er schlang die Arme um sie, zog sie an sich, streichelte ihren Kopf. »Mein Herz, bleib hier. Tu dir das nich an. Bitte hör auf dein Jimmy. Das dort macht nur böse Träume, die musst nich haben. Ich deck ihn zu, pack ihn ein, dann kriegt er von uns 'nen würdigen Abschied.«

Adele knickten die Beine weg, sie sank zu Boden, ihr Bruder hielt sie, bis sie im Schutt saß und lehnte sie gegen den Reifen des Pick-Up. »Trink was.« Er drückte ihr eine Wasserflasche in die Hand. »Dann gehst Holz suchen, machst dort drüben 'nen großen Haufen und stellst 'nen Benzinkanister dazu. Okay?«

Die Äste knackten und barsten von den Flammen, der Körper in der karierten Wolldecke hatte sofort zu brennen begonnen. Ein zerfasertes, neongrünes Abschleppseil hing unten heraus. Anscheinend war es um Joes Knöchel gewickelt – Adele begriff, was mit ihm gemacht worden war und ein Schluchzen würgte ihre Kehle. J.T. legte einen Arm um ihre Schultern. Das Feuer loderte hell und fast ohne Rauch.

Sie hielten am Scheiterhaufen Wache, legten ab und zu Buschwerk nach, bis der Leichnam vollständig zu

Asche geworden war. Die Mittagshitze brannte weniger als der Zorn, den Adele empfand, und die Schuld. Während sie zum Auto zurückgingen, wagte sie kaum ihren Bruder anzusehen. Er hievte sich auf den Fahrersitz in der drückend heißen Kabine, steckte den Schlüssel in das Zündschloss, startete aber nicht. »Adele«, sagte er. »Du kannst nix dafür.«

Sie schaute auf ihre verschränkten Finger und flüsterte: »Ich habe Peters Sorge nicht ernst genommen. Hätte ich gleich Meldung gemacht, wäre ich gleich losgefahren, dann…«

»Hör auf, hör sofort auf«, schimpfte J.T. »Nur die sind schuld. Das Pack. Tony. Ich bin wild. Ich will *ihm* die Gurgel wegfetzen. Du hast nix machen können, der hat das scho so geplant. Ganz echt.«

Adele fühlte Tränen auf ihre Finger tropfen. »Ich kann ihn trotzdem nicht anrufen. Peter. Wir müssen es ihm berichten.«

»Jetzt fahr ma mal raus aus dem Brutschrank.« J.T. startete, wendete den Pick-Up und fuhr nach Stovepipe Wells. Der Ort bestand aus einer Ranger Station, einem Campingplatz, einem General Store mit Tankstelle und einem weitläufigen Motel. In der Rezeption fragten sie nach einem Zimmer, der Mann hinter dem Tresen tippte auf seiner Tastatur herum und betrachtete dabei J.T. von oben bis unten. Adele trommelte auf das Holz. »Stimmt etwas mit meinem Bruder nicht oder haben Sie noch nie einen Menschen in Arbeitskleidung gesehen?«

Der Mann senkte den Blick und legte ihnen ein Anmeldeformular hin, daneben einen Schlüssel.

Über den Ziffern 207 prangte die Silhouette eines Rennkuckucks. Adele stieß die Tür auf und ein Schwall kalter Luft schwappte aus dem Zimmer.

»Blöde Verschwendung«, murmelte sie und drehte die Klimaanlage ab, ließ die Türe offenstehen. Sie warf J.T.s Rucksack und ihre Tasche auf den Boden und stellte zwei Stühle in den Schatten der Veranda.

J.T. ging vor der Häuserzeile auf und ab, telefonierte mit Peter. Adele hörte nur Wortfetzen: »… keine Chance … sicher nich … nee, das machst … mir sind dran … nah … koste es was will … nee, wird er nich … mach ma still … ja, gut …«

Nachdem er aufgelegt hatte, kam er zu ihr herüber. »Zu Hause geht's ab. Die Biker haben sich eingenistet und verlangen die Mine. Ursela lebt noch, is 'n Faustpfand. Hab Peter gesagt, er muss Stellung halten.«

Er legte das Mobiltelefon auf den Kasten der Klimaanlage, ließ sich in den Sessel fallen. Autos parkten und weitere Leute checkten ein, die warme Luft ermüdete Adele, sie schloss die Augen. Eine Hand streichelte sie. »Ich hol was, damit die Nacht nich so lang is. Morgen geht's uns besser.«

Eine halbe Stunde später kam J.T. zurück, er hatte sich das Camouflage-Halstuch umgebunden, trug einen Kübel mit Eiswürfel und eine Einkaufstasche. Er holte Bierdosen, eine große Flasche Wodka, Erdnussflips und Popcorn heraus, schenkte zwei Gläser ein, die sie in einem Zug austranken. Sofort füllte J.T. nach und murmelte: »Auf dich Joe, werde dich vermissen, Kumpel. Warst der beste, blödeste Kerl. Warst 'n echter Westerner.«

25

»Du willst immer deinen Kopf durchsetzen, nicht wahr? Was wird uns beide der Trip dieses Mal kosten?« Fin nimmt einen Kiesel, wirft ihn über die Schuttfläche, auf der er eine Weile herumgeirrt war. Der Stein fällt aber nicht zu Boden, sondern schwebt wie eine Seifenblase davon. Er starrt ihm mit offenen Maul nach.

Dann kickt er kraftvoll mit einer Tatze in einen Steinhaufen, die Brocken sind hart, es schmerzt. Die Steine schweben davon.

»Hier ist alles eine Interpretation deines Geistes. Im Moment versteht er nicht, was deine Sinne gerade erfahren. Er versucht das Beste daraus zu machen, aber dir wird einiges widersinnig vorkommen. Das gibt sich nach einer Weile. Vergiss nicht: Die Dinge hier sind nur die materiellen Abbilder eines energetischen Zustandes.« Sie landet vor ihm, schließt ihre Flügel. Wieder stockt ihm der Atem von ihrem Anblick. Schwarz und leuchtend zugleich – die Inkarnation des Sternenhimmels.

Er vergisst seinen Missmut, betrachtet seine Pranken und sein cremeweißes Fell, das stumpf und struppig aussieht, wie ein altes Ölgemälde, voller Risse und abgeplatzter Farbe. »Meine Energie hat auf alle Fälle ganz schön gelitten. Wenn das hier meine Seele darstellt, steht es nicht gut um sie.«

Fin sieht sich um. Eine trostlose, steinige Ebene, die sich in Dunst verliert, kein Anhaltspunkt lässt die Weite ermessen. »Was ist das hier?«

»Ich nenne es das Sepia, wegen des goldbraunen Nebels. Es ist ein Übergangsbereich. Weniger materiell als die Dimension, in denen die Menschenwelt existiert, aber materieller als die Daseinsebene, in der Meinesgleichen lebt. Wir sind der Nemti, *der Wanderer*.«

Fin blickt über das Schuttfeld auf einen schwarzen Fluss, der sich träge am Horizont windet, kann dahinter aber nur ein irisierendes Leuchten erkennen.

»Wie sieht es dort drüben aus?«

Jey legt den Kopf schräg und lauscht. »Manches weiß ich, anderes nicht. Ich kann fragen und es formt sich eine Antwort, ich erkenne aber nicht alles, weil ich wie du in den Menschensinnen verhaftet bin.«

Fin hüpft herum und dreht sich wieder ungewollt auf den Kopf. »Du kommst hier aber anscheinend besser zurecht.«

Sie kichert über seine Versuche zu laufen, er bewegt sich wie in Zeitlupe. »Ich konnte als Kind eine Weile üben. Bevor meine Familie mir die angeblichen Fantasiewelten ausgeredet hat. Die Reflexe waren da aber schon gefestigt. Das hat geholfen.«

»Das sind also die Traumpfade, auf denen die Propheten und Schamanen bei ihren Seelenflügen reisen?«

Jey nickt. »Hier hat der Nemti die Menschen zum ersten Mal getroffen – und auf ähnlichen Pfaden auch andere Spezies. Leben erreicht an einem bestimmten Punkt eine Komplexität, die magisches Denken möglich macht und mit der Vorstellung dazu erschafft dieses Denken den Übergang. Es ist ein Schritt des Glaubens und einer gewissen spirituellen Begabung.«

»Das trifft auch auf den Nemti zu?«

»Nein.« Sie lächelt. »Wir wurden im Anfang in neun Dimensionen als das Eine geboren, um dann vielfältig zu sein, bis alle Wege enden.«

Fin kräuselt die Schnauze. »Das verstehe ich nicht.«

»Anders kann ich es nicht sagen. Das menschliche Vorstellungsvermögen gerät hier an seine Grenzen.«

»Ist der schwarze Fluss dort wie ein Ereignishorizont? Die andere Seite von einem schwarzen Loch? Sind die Portale Wurmlöcher?«

»Ich kann dir diese Fragen nicht beantworten. Was ihr Physik nennt, betrachtet der Nemti anders. Wir kennen nur den Raum, mit all seinen Verflechtungen, und die Energie, mit all ihren Frequenzen. Die Materie und die Zeit sind für uns Illusion. Das meiste, das die Menschen messen müssen, nehmen wir mit unseren Sinnen wahr; wir existieren in Schwingungen, in Teilchenwolken, in Potentialen. Wie würdest du einem Blinden und Tauben das Nordlicht zeigen?«

»Und doch geht ihr in Materie und Zeit?«

»Es ist eine interessante Erfahrung. Diese Begrenzung zu erleben macht demütig. Wie eine Pilgerreise.«

Fin schüttelt ungläubig den Kopf. »Du auf einer Pilgerreise? Das kann ich mir jetzt echt nicht vorstellen, Miss. Ich habe noch nie einen weniger religiösen Menschen getroffen.«

»Das hat nichts mit Religion zu tun.« Sie lacht und wird plötzlich traurig. »Ich hatte einen anderen Grund, aber ich weiß ihn nicht mehr. Geboren werden, in die Zeit zu fallen, bedeutet, alle andere Erinnerung zurückzulassen. Für uns existiert keine Vergangenheit, nur Parallelitäten, eine mehrdimensionale Landkarte des Seins. Manche Wege können wir mehrmals gehen, andere nur ein einziges Mal. Das kann das menschliche Gehirn aber nicht verarbeiten, so müssen wir unsere bisherigen Erfahrungen wegsperren. Ich weiß wieder, wie mein Name war und warum ich als Mensch gewisse Gaben habe, weil es mir mein Vater gesagt hat – im

Bergwerk, als ich dich aus dem Sepia zurückgeholt habe. Aber ich weiß nicht mehr, warum ich mich für diesen Weg entschieden habe.«

»Würdest du dich an alles erinnern, wenn du dort hinübergehst?« Fin deutet auf den fernen Fluss.

»Ja. Aber dann könnte ich nicht mehr Jedida sein. Dieser Weg wäre gegangen. Ich will aber dieses Sein vollständig erleben.«

»Gut für mich, Miss. Mir ist lieber du hast übernatürliche Amnesie und bleibst noch ein wenig bei mir in der armseligen und wunderbaren Menschenwelt. Wirst runzelig und alt und kochst mir einmal Hühnersuppe und Blasentee.« Er will sie umfassen und herumwirbeln, schlägt aber nur mit leeren Armen einen Purzelbaum. »Verdammt. Ich muss ein wenig Trainieren, bevor ich hier herumwandern kann.«

Nachdem er Jey einer Weile nachahmt, die um ihn tanzt, werden auch seine Bewegungen rascher und geschmeidiger, in Kürze hat er den Trick gelernt.

»Bin auch hier besser als gut«, sagt Fin fröhlich. »Warum erscheint der Nemti als Tiermensch? Einmal mehr und einmal weniger?«

»Wir wählen das nicht. Unsere Erscheinung entspricht dem, wie der menschliche Kosmos unsere Signatur in Materie abbildet. Es ist wie eine Übersetzung aus einer Sprache in eine andere.«

»Die ersten Menschen, die auf den Traumpfaden gewandelt sind, haben Geschichten vom Falkengott mitgebracht und vom Stiergott, von Göttinnen mit Menschengesichtern und Vogelkörpern, aber auch von Erscheinungsformen wie ein goldener Regen und ein brennender Busch. Das heißt dann doch, auch bei euch gibt es unterschiedliche Familien?«

»Der Nemti hat viele Facetten«, bestätigt Jey und spannt ihre Flügel. »Manche erscheinen in diesem Kosmos als Tierwesen, andere menschlicher, wieder andere in ganz fremder Gestalt. Ganz nach ihren Aufgaben in unserer Symbiose.«

Fin sprintet ein Stück und krallt sich in den Steinboden, es gelingt ihm problemlos. Der Fluss ist plötzlich verschwunden, eine Hügelkette erhebt sich, einen Steinwurf entfernt, wenn ein Stein hier fallen würde.

»Und dein Clan?«

»Wir bewachen die Lebensströme, wir kartographieren und wir schützen unsere Sphäre, das Land der dunklen Sonne. Wir sind die Grenzwächter des Nemti.«

»Na, Miss, da ist es kein Wunder, dass es dich als Mensch zur Law Enforcement Truppe gezogen hat, wenn in deiner Familie alles Texas Ranger sind.«

Jey muss über diese Vorstellung kichern und Fin fährt fort: »Und du darfst dir gerade eine Auszeit nehmen? Dein Vater hat dich einfach so zu den dürftigen Menschen gehen lassen?«

Sie verschränkt ihre Finger und schmunzelt. »Nach meinem Beinahe-Tod ist unnötigerweise einer seiner Gardisten aufgetaucht, der ist in Alpine meistens in meiner Nähe.«

»Ein Soldat in Markleeville? Du sprichst jetzt aber nicht von Angie? Habe ich den schon gesehen?«

Jey lächelt. »Schon oft. Schulterhöhe achtzig Zentimeter, hundertneunzig Pfund schwer und ewig Speichel an den Lefzen.«

Fin schaut sie ungläubig an. »Du meinst doch nicht etwa den Rottweiler?«

Sie kichert und nickt. Fin runzelt die Stirn. »Nie wieder mache ich vor Garm rum.«

Jey presst die Lippen zusammen und Fin stupst sie an. »Du amüsierst dich königlich, nicht wahr? Hast mich als Hofnarren mitgenommen.«

Sie schüttelt den Kopf, bringt vor Lachen kein Wort mehr heraus.

26

Am frühen Nachmittag kroch Adele aus dem Bett. Der erste Versuch auf die Beine zu kommen, endete über der Klomuschel; J.T. stellte ihr kommentarlos ein Glas Wasser mit Aspirin hin. Sie trank es mit einem Zug aus.

Eine halbe Stunde später fühlte sie sich noch immer etwas wackelig, aber ihr knurrte der Magen. »So gesoffen habe ich seit Russells Begräbnis nicht mehr«, sagte sie.

J.T. wirkte deutlich frischer als Adele sich fühlte. »Unser Leber nimmt's aber nich so übel, wie die von 'nem Menschen. Essen?«

Sie nickte, zog sich rasch an und sie stapften zum Badwater Saloon. Ein Planwagenunterteil und eine verrostende Lore mit Granitblöcken zierten die Fläche neben der breiten Treppe aus Steinplatten, die zu einer grauen Holztür führte. Eisenbahnschwellen bildeten den Türrahmen. Über den Türgriffen in Hufeisenform prangte ein Schild mit der Aufschrift: TERRITORY OF CALIFORNIA REQUIRES SHOES & SHIRTS. Adele schüttelte den Kopf. Nur einem Städter konnte einfallen halbnackt in der Wüste herumzulaufen und einen Sonnenstich oder einen Schlangenbiss zu riskieren.

Sie teilten sich eine Grillplatte und eine Schüssel Pommes. Mit vollem Mund murmelte Adele: »Wenn wir die Gegend Quadrant für Quadrant absuchen, brauchen wir viel zu lang. Fragen wir einmal in der Ranger Station, wer da so aller in den umliegenden Canyons wohnt.

Die sollten ja bemerken, ob sich da draußen jemand herumdrückt. Tonys Gang kann kaum unsichtbar bleiben.«

»Nicht das ich wüsste, Ma'am«, sagte der Ranger. Er trug eine kurze Khakihose und knöchelhohe Wanderschuhe, die Sonnenbrille hochgeschoben auf die akkurat geschnittenen, rotblonden Haare. »Manchmal kampieren Leute außerhalb, um sich die Platzgebühren zu sparen, aber die Trockenheit treibt sie meist recht schnell zurück nach Stovepipe.«

Adele ließ nicht locker. »Wir suchen unsere Freundin, sie meldet sich seit ein paar Tagen nicht. Wir fürchten, dass sie sich verirrt hat. Könnte sie nicht doch wo untergekommen sein?«

Der Ranger strich sich über den Schnauzbart. »Wir patrouillieren nicht in den Canyons, Ma'am. Wir fahren nur bei Notrufen hinaus oder um Wissenschaftler zu begleiten. Jeder Besucher bekommt hier eine Broschüre über die Risiken und Verhaltensmaßnahmen. Wenn sich ihre Bekannte allein und ohne entsprechende Ausrüstung von der Touristenroute entfernt hat, dann wird sie sich auch nicht mehr melden. Meistens ist es aber nicht so dramatisch. Haben Sie schon in Independence beim County Sheriff nachgefragt?«

J.T. zupfte sie am Ärmel und Adele murmelte eine unbestimmte Antwort, aber der Ranger hatte sich schon einem anderen Touristen im Besucherzentrum zugewandt, der sich lautstark darüber beschwerte, dass es keine E-Mountainbikes zum Verleih gab.

»Was mach ma?«, fragte J.T. »Spuren habe ich bisher keine gerochen. Das Pack hält sich von die Touris fern.«

Sie setzten sich auf die Steinbank vor dem Geschenkeshop, betrachteten die kalte Feuerstelle in der Mitte des Platzes. Adeles Blick glitt über die Straße, blieb beim altertümlichen Feuerwehrwagen hängen: Stovepipe Wells Village sollte wie eine Westernstadt aussehen, eine Bergarbeitersiedlung. Aber die Gebäude waren erst 1925 als Ferienanlage erbaut worden, zumindest stand das im Prospekt des Hotels, und das war lange nach dem kalifornischen Goldrausch. Sie spielte mit einem gestreiften Stein, den sie vom Straßenrand aufgehoben hatte. »Wir dösen noch bis die größte Hitze vorbei ist, dann laufen wir eine Runde durch die Dünen, ich brauche Bewegung. Was meinst du?« J.T. nickte.

Drei Stunden später trabten sie durch den Abend, jagten ein paar Strauchkaninchen, ohne eines zu erwischen, und schnüffelten auf Nebenstraßen herum. Beim Emigrant Campground stand eine Gruppe mit Teleskopen, zwei hatten Nachtsichtgeräte mit und betrachteten statt dem Himmel die Wüste.

»Siehst die beiden Hunde?«

»Das sind doch keine Hunde.«

»Was denn, Kitfüchse?«

»Geh, dafür sind die zu groß.«

»Wölfe vielleicht?«

»Die sind in Kalifornien ausgestorben. Steht im Naturführer.«

»Na, dann sind es nur gewöhnliche Kojoten. Suchen wahrscheinlich nach ein paar Käfern oder Leguanen.«

»Schau, der eine humpelt, armes Viecherl. Sollen wir dem Ranger Bescheid geben?«

Adele trabte davon, die Stimmen verwehten. Nach zwei Stunden erfolglosen Suchens kamen sie ins Motel zurück und schwammen im beleuchteten Pool, um den allgegenwärtigen Staub aus den Gedanken zu bekommen. In einen Bademantel gewickelt lag Adele auf einer der Liegen im Freien, als die Gruppe mit den Teleskopen zurückkam. Sie nahm einen kräftigen Schluck aus der Coladose, die J.T. ihr vom Automaten mitgebracht hatte, und warf den Sterneguckern einen finsteren Blick zu.

»Kojote«, schnaubte sie, »Kojote! Man hat mich selten so beleidigt.«

Zurück im Zimmer streifte sie das schicke Set über, das sie sich für das Essen mit Mallory gekauft hatte. Dann schlenderte Adele zum Badwater Saloon hinüber, sah sich nach dem Eintreten um und betrachtete im Vorbeigehen die Filmplakate an den holzverschalten Wänden: *El Valle de Los Heroes*, *Death Valley Rangers*, *The Gunfighter* mit Gregory Peck, aber auch *Star Wars*. Dabei beobachtete sie unauffällig die Gäste an den runden Tischen: die meisten waren Familien oder kleine Freundesgruppen. Sie setzte sich neben J.T. auf einen der Barhocker und bestellte ein Bud Select. »Schon etwas aus dem Barkeeper gezogen?«

Er wiegte den Kopf. »Vielleicht. Er hat was von 'ner Geisterstadt geredet. 'N paar Meilen westlich. Alte Goldmine.«

»Wenn die so verfallen ist wie unsere...«

»Hier is trockener, da hält das Zeug besser. Kein schlechter Ort in 'ner Wüste. 'N Bergwerk hat 'ne natürliche Klimaanlage, weißt. Oft auch Wasser drin.«

»Du bist ein schlauer Bursche, J.T. Hat er gewusst, wo genau die ist?«

Er schüttelte den Kopf, wirkte niedergeschlagen. Adele legte ihre Hand auf seine. »Zumindest haben wir eine Richtung. Das ist eine gute Spur. Wir finden Ursela rechtzeitig, versprochen.« Sie griff in eine Schüssel mit Erdnüssen. »Hast du das Star Wars-Plakat gesehen?«

Er grinste und nickte: »Haben sie was hier gedreht. Tatooine, die Sanddünen.« Dann erzählte er ein paar Anekdoten zu den Dreharbeiten des ersten Teils der Star Wars-Saga, dem einzig wahren und echten Film, wie J.T. immer betonte. Ihr Bruder war aus Protest ein Fan der SF-Reihe geworden. Als eingefleischter Trekkie hatte ihr Vater seinen Sohn James Tiberius genannt und J.T. hatte in der Schule eine Menge Mobbing deswegen einstecken müssen. Alt genug geworden, um die Opposition der beiden Hardcore-Fan-Lager zu verstehen, war er Star Wars Anhänger geworden und führte seitdem einen fröhlichen Kleinkrieg gegen seinen Erzeuger.

Plötzlich wurde J.T. still und starrte zu dem Wagenrad hoch, das als Lüster von der Decke hing. Jemand setzte sich neben Adele, ihr stieg ein vertrauter und gleichzeitig fremder Geruch in die Nase.

»Die Sonne ist schon unterm Horizont. Möchtest nicht was Kräftigeres, hübsche Lady?« Der Neuankömmling deutete auf ihr Leichtbier und musterte gleichzeitig ihren Bruder, der ihn ignorierte. Der Mann hatte eine angenehme Stimme und ein gepflegtes Äußeres, wenn auch in der üblichen bodenständigen Aufmachung. »Ich bin Stray-Cat, mein Kumpel hier heißt Wombat.« Der schweigsame Typ in seinem Fahrwasser wirkte deutlich fieser.

Mann, was sind das denn für Namen, dachte Adele, sehen die sich als Bumpkin-Rapper? Sie wandte sich ihm zu und sagte: »Was hast du denn zu bieten, Cowboy?« Trotz seines süßlichen Rasierwassers konnte sie deutlich Werwolf an ihm riechen, auch wenn er keiner war.

»Dein Freund?« Stray-Cat nickte zu J.T. hin, der auf Adeles linker Seite saß. Sie blickte zu ihrem Bruder, der leicht den Kopf schüttelte und sich die Nase rieb. Adele verstand.

»Ach nee, nur so ein Typ, der eine Mitfahrgelegenheit sucht. Er ist auf dem Weg ins Central Valley. Landarbeiter, wisst ihr?«

»Na, dann hat er sicher nicht dagegen, wenn ich dich entführe? Eine kleine Spritztour zum Mosaic Canyon? Ist nicht weit. Zum Chillen und die Wüste anschauen im Mondlicht.«

»Du bist ja ein Romantiker.« Sie kicherte. »Aber allein dort rauf? Ich kenne dich doch nicht.«

»Ach, keine Sorge, auf dem Parkplatz sind immer ein paar Leute. Da fahren auch andere hin. Hat bis in den Morgen regen Zulauf, vor allem bei den Sternguckern. Bin mit einem Quad da. Wird ein Spaß.«

»Kennst du dich hier in der Gegend etwa aus?«

»Klar doch. Arbeite oft hier. Ich installiere und warte Solaranlagen.«

Adele musste zugestehen, dass sein unverschämtes Grinsen etwas hatte. Sie hörte J.T. flüstern: »Fahr mit, ich folge euch.«

Sie erwiderte das Lächeln von Stray-Cat. »Na gut, aber nur ein kurzer Ausflug, okay?«

27

Fin läuft nervös auf und ab. »Was jetzt?«

»Wir warten.«

Fin versucht im Nebel auszumachen, ob etwas passiert. Jey hat einen Wunsch erdacht, der Form annehmen soll. Er setzt sich auf einem Rundling und kritzelt im Schutt herum. »Alles ist Mathematik. Würde ein Mathematiker euch beschreiben, was wärt ihr dann?«

»Nemti ist ein Fraktal.«

»Ah ja. Seid ihr denn nur mit dieser Welt in Kontakt?«

Kurz hört Jey in sich hinein. »Oh nein. Nemti berührt unzählige Universen, folgt dem Lebensstrom, um die Vielfalt zu entdecken. Euer Kosmos ist sehr reichhaltig, aber bei weitem nicht der einzige. Wir knüpfen und wir zerschneiden Fäden.«

Fin kräuselt die Nase. »Seid ihr eine Schwarmintelligenz?«

Wieder lauscht Jey einer für Fin unhörbaren Stimme. »Eher nicht. Nemti ist mehr ein Ökosystem, wie etwa ein Wald – jeder Baum steht für sich, hat eine Funktion und Mitbewohner, ist aber mit den anderen Pflanzen über ihre Wurzeln symbiotisch verbunden.«

»Sehr poetisch, Miss, und noch immer ziemlich unverständlich. Und dein Stammbaum ist…?«

»Der Kanide.«

»Kanide? Der Hundeartige? So erscheint dein Clan? Kein Wunder, dass euer Soldat ein Rottweiler ist und die

Werwölfe dir folgen. Du siehst aber gar nicht so aus. Hat sich deine Mutter anderweitig vergnügt?«

Sie wirft ihm einen strafenden Blick zu, er grinst. »Ich weiß, Miss, ich weiß – hier ist nichts wie es aussieht, alles nur sinnbildlich.«

Sie streckt die Hand aus und ein Schmetterling mit durchscheinenden Flügeln setzt sich auf ihre Fingerspitzen. Jey lächelt. »Die Antwort. Unser Führer ist da.«

Fin blickt sich um. »Für eine Gegend heiterer Träume ist es hier ganz schön trostlos.«

»Keineswegs. Das Gewebe weiß nur nicht, was du willst, es formt sich nach deinen Wünschen. Sieh her.« Sie malt in die Luft: Der Nebel hebt sich, ein Birkenwald unter azurblauen Himmel materialisiert. Sie folgen einem gepflasterten Weg über eine Lichtung mit Hasenglöckchen und Elfenblumen. Jeys Flügel werden zu einem schimmernden Umhang, besetzt mit tausenden Kristallen. Sie geht voran, folgt dem Schmetterling und die Wiesenblumen werden zu blutroten Lilien, wo ihr Mantel entlangstreift.

Der Wald weicht einem Strand, bedeckt mit schneeweißen Kieseln, ein gebänderter Fels ragt hervor und auf einem flachen Stück sitzt eine Gestalt und angelt. Erst jetzt bemerkt Fin das Tosen. Sie stehen am Ufer des schwarzen Flusses.

Jey berührt seinen Arm. »Das dort ist kein Wasser, es ist ein Mahlstrom. Das spirituelle Leben dieser Dimension kommt von dort und geht dort wieder hin. Gib acht.«

Fin macht einen Schritt vom Rand weg. »Die kosmische Recycling-Anlage, sozusagen?«

Beim Näherkommen erkennt er die Gestalt – sie haben Kwa'teen gefunden. Der kleine Mann freut sich Fin zu sehen, seine braunen Augen funkeln, er deutet eine Verbeugung vor Jey an, bleibt aber auf dem Stein sitzen und krächzt: »Je vous salue, maîtresse d'astre.«

Fin will ihn umarmen, aber sein Oheim hält ihn mit einem Fanghaken auf Abstand und schüttelt den Kopf.

»Was hat dich hergebracht? Warum kannst du nicht zurück?« Fin scharrt ungeduldig mit den Krallen im Kies, das Ufer ist ihm nicht geheuer. »Steh auf, komm mit uns, Caitlin macht sich solche Sorgen.«

Kwa'teen schüttelt wieder den Kopf und holt die Leine ein, an der kein Schwimmer und kein Haken befestigt sind, sondern eine spratzende Wunderkerze, die er eine Weile wie ein beschränktes Kind anstarrt.

Fin blickt fragend zu Jey hin, die seinen Großonkel still beobachtet.

»Bist du einem Geistwesen begegnet? Beim Pow Wow?«, versucht Fin es noch einmal.

Kwa'teens Augen lösen sich von dem Funkenregen, er erwacht aus seiner Verwunderung, seine Finger streichen über seinen Medizinbeutel. »Vorher, schon vorher. Ist meiner Spur gefolgt. Er ist von…«

Es würgt ihn, er röchelt, fängt sich wieder, schnappt nach Luft. Er deutet auf sie beide und in eintönigem Singsang wiederholt er dreimal einen Spruch, zeichnet dazu mit der Angel in den Sand.

Häher zeigt sein Gesicht
Verdeckt von fremden Licht
Umrahmt von blondem Haar
Nehmt nicht die Abwehr wahr
Er hilft euch aus der Not
Bringt uns dabei den Tod

Fin beobachtet die Strömung, seine Nase zuckt und seine Tatzen kribbeln. »Ein Rätsel? Im Ernst? Sag doch einfach, was los ist und wen wir suchen müssen.«

Jey legt ihre Hand auf Fins Pranke. »Das kann er nicht. Etwas stimmt nicht mit ihm. Sein Schemen ist gebannt.«

Kwa'teen wirft die Angel weg, umfasst den Medizinbeutel um seinen Hals mit beiden Händen. Er presst ein paar Worte hervor: »Beim Großen Geist. *S'eek.kháa*, du musst ihn aufhalten, unbedingt, um jeden Preis.«

Ein Knacken schallt durch Kwa'teens Gestalt, als würden Eiswürfel in heißes Wasser geworfen, dann zerspringt sein Körper in abertausend bunte Splitter, pulverisiert und der Staub weht in den schwarzen Strom.

Plötzlich zerreißt die glitzernde Oberfläche und rote Kiefer schnappen nach Jey. Aus dem Fluss springt das Monster seines Alptraums. Jey fliegt hoch, das Maul streift ihren Saum. Reflexartig wirft sich Fin gegen den schuppigen Körper, die Zähne verfehlen sie knapp.

»Ammit«, schreit Jey, »lass los, weich ihr aus, rasch.«

Doch Fin lässt nicht los, er verlängert seine Klauen, krallt sich in die triefende Mähne. Die Chimäre versucht, ihn mit den Spitzen ihrer Schwimmfüße von ihrem Nacken zu reißen, der Stachelschwanz peitscht nach ihm. Mit aller Kraft verbeißt er sich in dem Monster und drückt zu. Gurgelnd wirft es sich in die schwarzen Strudel und taucht mit Fin unter.

Die Erinnerung greift ihn an wie ein Raubvogel, hackt ihren Schnabel in sein Denken. Ein Schreien kreist um ihn, bis er begreift, dass er selbst es ist, der vor Schmerz brüllt. Sefegiru, das war einmal sein Name, vor Lichtjahren, vor Parsecs. Sefegiru, *der von geheimer Gestalt*, aus dem Land der dunklen Sonne.

Zerrissen, zerstückelt, zermahlen – seine Bruchstücke hatten sich an gereinigte Seelen geheftet, an gleichfarbige Energiepotentiale, die sich über Jahrhunderte in der Menschenwelt manifestierten, über Generationen wiedergeboren zu immer größeren Stücken zusammenfanden und schließlich den Mann bildeten, der Finley getauft wurde. Nicht mehr Nemti, aber auch kein Mensch. Ein Bastard.

Splitter seines früheren Lebens stechen in seine Gedanken: Er war einmal ein Jäger, hatte Monster wie die Ammit bekämpft. War verschlungene Wege gegangen, hatte Labyrinthe durchwandert, und war der Sternenfrau begegnet, war ihr gefolgt, um sie zu werben – Neferet, *die Schöne*, seine Geliebte.

Er war aufgenommen worden in ihren Clan, aber es gab auch Missgunst und er war von einem Seth-Sohn betrogen und in eine Falle gelockt worden, der Ammit zum Fraß preisgegeben.

Doch heute hatten ihn keine Fesseln behindert, er hat der Chimäre seine Krallen in den Hals getrieben, sie so lange umklammert, bis der Körper des Untiers zu zappeln aufgehört hat und sich auflöste. Es bereitet ihm eine ungeheure Befriedigung, dieses Mal das Monster niedergerungen zu haben. Ein später Sieg. Vielleicht zu spät für seine Seele, die immer mehr zerbröckelt.

Zuerst hat Fin versucht der Strömung zu entkommen, das Ufer zu erreichen, aber der Sog ist zu stark, hält ihn in der Flussmitte gefangen. Er schwimmt mit dem Mahlstrom und hofft, dass eine ruhigere Passage ihm eine Chance bietet zu entkommen. Doch der Fluss wird immer schneller und umschließt ihn wie eine Faust. Er verliert das Bewusstsein.

28

Ihre Uhr zeigte 00:10 als sie auf dem Parkplatz hielten. Laute Musik dröhnte aus einem Autoradio. Ein paar Jugendliche warfen mit Steinen auf Dosen und filmten sich gegenseitig beim Pinkeln. Im Augenwinkel bemerkte Adele, dass Wombat auch heraufgefahren war und ein paar Meter hinter ihnen parkte. Stray-Cat holte eine Flasche Tequila aus dem Gepäckkoffer am Quad, dazu Salz, Zitrone und zwei Gläser.

Adele hob den Kopf und betrachtete den grenzenlosen Himmel: Die Milchstraße goss ihr Band in die Finsternis. Bald würde aber der Mond aufgehen und das Spektakel verblassen. Einige Leute bestaunten gleichfalls den Himmel. Adele kannte den Gesichtsausdruck, in Alpine begleitete sie manchmal Touristen auf nächtliche Beobachtungstouren. In den kalifonischen Großstädten bekamen die Einwohner durch Lichtverschmutzung und Smog kaum mehr Sterne zu Gesicht.

Adele spazierte bis zu der Informationstafel am Anfang der Parkfläche, lehnte sich daran und schaute über das monddämmrige Tal. Stray-Cat folgte ihr, drückte ihr ein Glas in die Hand und prostete ihr zu. Er leckte das Salz von seiner Hand und kippte den Tequila mit zurückgeworfenem Kopf nach hinten. Adele nützte die Gelegenheit und goss ihr Glas aus. Als er in die Zitrone biss, zeigte sie in Richtung der schemenhaften Berge im Westen. »Dort soll eine alte Goldmine sein. Hat einer im Village erzählt. Und eine Geisterstadt. Wenn du dich hier auskennst, kannst du mir die zeigen?«

Er lutschte weiter an der Zitrone, warf dann die Schale fort und sagte: »Schätzchen, Geister brauchen keine Solaranlage. Falls dort draußen sowas ist, war ich noch nicht dort. Komm, heben wir noch einen.«

Beim Rückweg zu seinem Quad kamen sie an Wombats Gefährt vorbei und Adele konnte Angst daran riechen: Blut und Schweiß – und Terre de Bois. Ein Auto verließ den Parkplatz und beleuchtete das Quad; neongrüne Fasern leuchteten an einem Stahlrohr des Gepäckträgers. Adele schauderte.

»Ist dir kalt, Schätzchen, soll ich dich wärmen?« StrayCat rückte näher und wollte ihr einen Arm um die Taille legen.

Adele machte eine kokette Drehung, lief rückwärts vor ihm her. »Immer langsam, Cowboy, gib mir lieber noch einen Drink.«

»Wie Madame befehlen.« Er deutete eine Verbeugung an.

Sie setzte sich quer auf das Quad und er fischte die Flasche aus dem Koffer, hantierte darin herum, um eine Zitronenscheibe abzuschneiden. Adele beobachtete Wombat, der zwischen den Touristen herumschlenderte, sie konnte nicht genau sehen, was er machte, aber immer mehr Besucher packten ihr Zeug und fuhren davon.

Auch das zweite Glas konnte Adele unauffällig wegkippen, als ihr Begleiter seines in einem Zug hinunterleerte. Jetzt kam Wombat zu ihnen herüber, nahm StrayCat die Flasche ab und goss sich Tequila in einen Plastikbecher.

»Alter, du bist wirklich ein Bauer. So trinkt man den doch nicht.« Stray-Cat schüttelte den Kopf, Wombat ignorierte ihn.

»Also, Schätzchen, erzähl doch was von dir.«

Adele fragte sich, wie lange die beiden noch die Komödie weiterspielten und wann sie zur Sache kamen. Sie streifte ihre Pumps ab und lockerte ihre Arme.

»Ich mach nur eine kleine Tour, bevor es mit dem Job in Reno losgeht. Du weißt doch, wenn man wo neu ist, muss man sich reinknien. Wer weiß, wann ich dann wieder Urlaub machen kann.« Sie kippte den Tequila, den ihr Stray-Cat inzwischen eingeschenkt hatte, nuckelte an der Zitrone.

Das Motorengeräusch des letzten Autos verklang. Wombat trat einen Schritt näher. »Apropos reinknien – du hast 'n guten Mund, gell?«

Jetzt ist es soweit, dachte Adele. Wombat kam noch einen Schritt näher. »Geile Lippen, können sicher gut 'nen blasen.«

Er griff an seine Jeansbund, öffnete Knopf und Zipp. Sein Partner packt Adele an den Oberarmen und versuchte sie niederzudrücken. »Mann, die Schlampe ist stark.«

Adele trat Wombat in den Schritt, der einknickte und sich am Boden krümmte. Mit einer halben Drehung, riss sie Stray-Cat herum und warf ihn auf die Knie. »Ihr habt die falsche Bitch erwischt, ihr Deppen.«

Sie trat Wombat gegen den Kopf, der bewusstlos zur Seite rollte. Stray-Cat sagte nur: »Oh, Shit.« Er versuchte hochzukommen, aber ein Arm schlang sich um seinen Hals, drückte zu und hielt ihn trotz seiner Gegenwehr unten. Schließlich erschlafften seine Bewegungen und er sank nieder.

»Du hast ganz schön lange gebraucht.«

J.T. deutete auf das Klapprad hinter sich. »Hab auf die Schnelle nix Besseres gefunden, hat keine Schaltung für bergauf.«

Sie durchsuchten die beiden Männer, holen deren Smartphones heraus und blätterten durch die Telefonate und Dateiverläufe. In Wombats Telefonbuch fanden sie Tonys Name und Stray-Cat hatte öfters den Routenplaner benützt. Sie hielt den Bildschirm J.T. hin. »Er hat sich ein paar Mal an einen Ort im Cottonwood Canyon lotsen lassen und hat bei den Geodaten *Meyers Mill* eingetragen.«

»Ich denke, das is, was ma suchen.«

Adele steckte das Smartphone ein, J.T. zerbrach das andere. »Was machen wir mit ihnen?«

»Hast du das am Quad gerochen? Ich möchte dem Typen am liebsten den Kehlkopf eintreten.«

J.T.s Augen füllten sich mit Tränen, er nickte. »Sind keine Wölfe, sind bloß Handlanger. Wäre kein fairer Kampf.«

»Schon gut, ich kenne Peters Regeln«, sagte Adele, »Aber ich mag sie nicht nur mit einem Brummschädel wegkommen lassen.«

»Hab 'ne Idee.« J.T. kramte im Koffer von Wombats Gefährt. »Hat sei Sado-Ausrüstung mit, der Arsch.«

Mit Handschellen fesselten sie die beiden Männer an die Trägerrohre ihrer Fahrzeuge, zogen ihnen die Hosen herunter und steckten ihnen die Bälle von Latexknebeln in den Mund. Dann filmten sie die beiden mit Stray-Cats Smartphone. »Das schick ma später mit YouTube rum. Kriegt sicher 'n Haufen Likes.«

Bergab ging es mit dem Klapprad schnell, Adele klammerte sich an den Gepäckträger und kiekste bei jeder Bodenwelle. Im Motel angekommen, wechselte sie eilig ihre Kleidung und sie fuhren mit dem Jeep zum

Flugfeld. J.T. parkte das Auto bei den Begrenzungsblöcken und sie liefen als Wölfe die Cottonwood Canyon Road entlang. Um abzukürzen kletterten sie vor dem Taleinschnitt die Bergflanke hoch, die glattgeschliffenen Felsen boten kaum Halt. Die mögliche Fläche für den Standort war aber größer als der Punkt auf der Karte hatte vermuten lassen. Sie trennten sich.

Bevor sie losgelaufen waren hatte J.T. gesagt: »Nur gucken und schnüffeln, Adele, hörst du? Mach nix allein.«

Eine Meile weiter roch Adele eine Spur, die nach rechts wegführte, folgte dem strengen Geruch über den Talboden. Das Laufen im nachgiebigen Schutt strengte sie an. Mehrmals verlor sie die Fährte, musste Kreise laufen, um sie wiederzufinden. Drei Wölfe waren hier unterwegs gewesen. Einer verströmte den Geruch, den sie auch an Stray-Cat wahrgenommen hatte. Dann kam eine neue Nuance dazu: eine Menschenfrau, Blut und Angst. Wieder, dachte Adele, das haftet diesem Pack an.

Plötzlich sah sie im Licht des untergehenden Mondes die drei Grauen. Adele erstarrte, ihre Nackenhaare stellten sich auf. Trotz ihrer Wolfgestalt drängte Ekel in Adele hoch. Die Wüstenwölfe hatten gejagt und fraßen. Sie fraßen einen Menschen.

Eine Brise streifte durch die Talenge, der vorderste Wolf hob die Schnauze in den Wind und drehte sich in ihre Richtung. Er hatte ihre Witterung.

Ohne auf eine weitere Reaktion zu warten, sprintete Adele los, folgte ihrer eigenen Spur zurück. Sie hörte rennende Pfoten hinter sich, erhöhte ihr Tempo, bis die Geräusche leiser wurden, rannte und rannte, versuchte über den Berggrat zu kommen. Kaum hatte sie die Felskante erreicht, gab eine lose Steinplatte nach, Adele überschlug sich und stürzte den Abhang hinunter.

29

Gekreische. Möwen, immer wieder die verdammten Möwen. Konnten die nicht endlich den Schnabel halten? Er runzelte die Stirn, eine kühle Hand strich darüber. Fin wackelte mit den Zehen und lockerte seine Finger, dann öffnete er die Lider und schaute in Caitlins besorgtes Gesicht.

Das Monster, der Fluss – Jey. Er drehte den Kopf, sie lag auf einer Bettstatt neben seiner, seufzte und schlug die Augen auf.

Fin meinte noch immer, den Mahlstrom an sich zu spüren, wie eine ölige, lebendige Haut. »Du hast mich rausgezogen?« Seine Worte kamen nur krächzend hervor.

Jey nickte, sagte aber nichts weiter, sondern setzte sich auf und trank in langen Zügen aus der Wasserflasche, die Victoria ihr gereicht hatte.

Seinem Zeitgefühl nach waren sie kaum eine Stunde im Sepia unterwegs gewesen, sein Körper fühlt sich aber an, als hätte ihn jemand mit einem Baseballschläger bearbeitet, seine Zunge klebte am Gaumen. Er räusperte sich, schluckte und fragte: »Wie lange waren wir fort?«

»Fast zwei Tage«, antwortete Victoria.

Fin stützte sich hoch und bemerkte das leere Bett mit dem Infusionsständer daneben. Caitlin folgte seinem Blick und sagte leise: »Er ist ganz still gegangen. Hat in der Nacht zum Atmen aufgehört. Wir haben ihn am Strand aufgebahrt.«

Victoria legte Jey die Hand auf die Schulter. »Was ist geschehen?«

»Kwa'teen hatte schon den Fluss berührt, er wurde aber an sein Ufer gebannt, das hat sein Vergessen verzögert, daher hat seine Hülle im Diesseits noch gelebt.«

Fin nahm Caitlins Hand. »Dein Bruder war sehr tapfer. Er ist einer Gefahr auf die Spur gekommen und hat sich geopfert, um uns eine Nachricht zu schicken. Seine Seele war stark, hat durchgehalten, um uns zu warnen. Sein Lied wird noch lange gesungen werden.« Tränen rannen über sein Gesicht. Caitlin setzte sich neben ihn, schlang die Arme um seinen Hals und weinte mit ihm.

Jeremiah kam herein, legte Fin die Hand auf den Rücken und sagte: »Du musst uns helfen, Freund, wir wollten das Kanu für Kwa'teens letzte Fahrt herrichten, aber er lässt und nicht zu ihm.«

Fin wischte sich die Tränen ab. »Wer?«

»Der Geisterbär.«

Der weiße Schwarzbär hatte sich neben den Leichnam gelegt, schlief aber nicht und ließ sich auch nicht durch Klappern und Trommeln vertreiben. Kam ihm jemand zu nahe, richtete er sich auf, riss das Maul auf und gähnte, zeigte aber sonst keine Drohgebärden. Die Männer des Orca-Clans standen ratlos am Strand.

Fin beobachtete kurz die Szene, ging dann zu dem Tier hin. Die dunklen Augen des Kermodebären folgten seinen Bewegungen, die gescheckte Nase sog Luft ein. Fin legte ihm die Hand auf den Schädel, tauchte seine Finger in das raue Fell. »Danke, Bruder, dass du auf ihn geachtet hast. Jetzt bin ich da, lass uns Abschied von ihm nehmen.« Fin wusste nicht, ob er laut gesprochen oder die Worte nur gedacht hatte.

Der Bär erhob sich bedächtig, brummte leise und trottete davon, ohne sich umzusehen. Eine Weile war seine helle Gestalt noch zu erkennen, dann verschluckten ihn Wald und Meer.

Die Männer näherten sich langsam, blickten Fin respektvoll an, nur Jeremiah grinste, klopfte ihm auf die Schulter, reichte ihm eine Wasserflasche. Fin trank in kleinen Schlucken, während die Männer das Kanu mit Zweigen und Flechten füllten, aus einem Lederbeutel eine ölige Flüssigkeit darüber gossen und Kwa'teen darauf betteten. Sie legten die Utensilien dazu, die ihn als Schamane auswiesen: Rassel, Trommel, Haube, Umhang. Zum Schluss steckten sie eine Fackel an den Bug, entzündeten sie aber nicht, und banden die Ruder quer über die Bootskante.

Die drei Frauen kamen aus der Hütte und Victoria streichelte Fins Arm. »Wir bringen ihn zur Westseite. Fühlst du dich stark genug?«

Er nickte und hob gemeinsam mit den anderen das Kanu an den Rudern hoch. Victoria ging mit einer Taschenlampe voran, hinter ihr schritten Caitlin, die sich bei Jey eingehängt hatte, und Jeremiah, der einen Speer trug, dessen vorderer Schaft mit einem Lappen umwickelt war. Wolken zogen auf, weder der Mond noch die Sterne spendeten Licht. Ab und zu stolperte einer von ihnen über einen Stein oder einen Ast.

Am anderen Ufer angelangt, zündete Victoria die Fackel im Kanu an, zwei der Orca-Männer zogen das Boot in das dunkle Wasser hinaus. Die anderen schlugen ihre Trommeln in einem raschen Rhythmus. Caitlin nahm Jeys Hand und sagte: »Ich habe dich singen gehört. Vorletzte Nacht. Du hast eine zeitlose Stimme. Bitte sing für meinen Bruder.«

Jey neigte den Kopf. »Das mache ich gerne, aber ich verstehe eure Lieder nicht.«

Caitlin antwortete: »Das macht nichts. Kennst du *Into the West*?«

Jey sah sie verblüfft an. Mit einer raschen Bewegung tupfte sich Caitlin die Tränen von den Wangen. »Du musst wissen, Jedida, er hat sie geschätzt, diese Legenden aus der Alten Welt. Kwa'teen war tief in unseren Traditionen verwurzelt, aber er hatte trotzdem einen offenen Geist. Ryan, Finleys Vater, hatte ein Buch mitgebracht, voll von Mythen und Märchen seiner Insel.«

Sie schnäuzte sich und fuhr fort: »Ryan hat uns daraus vorgelesen, er war ein geborener Geschichtenerzähler, und mein Bruder hat gemeint, diese Barden, von denen die Balladen stammen, seien Anverwandte, Schiffer des Seelenstroms, und ihre Gesänge ein Echo aus einer Zeit, als alle Menschen noch um das gleiche Feuer saßen. Er hat in diesen Geschichten unsere eigene Erzähltradition gespiegelt gesehen.«

»Welches Buch?«, fragte Fin.

Caitlin schaute kurz verwirrt, dann erinnerte sie sich. »*Mabinogion*. So heißt es.« Wieder fasste sie Jeys Hand. »Du singst für ihn dieses Lied?«

Jey nickte. Die Schwimmer kamen aus dem Meer zurück, das Kanu schaukelte auf den Wellen, trieb in die Strömung vor der Insel.

Victoria hielt das Feuerzeug an den Schaft; Jeremiah nahm Anlauf und warf den brennenden Speer. In einem Funkenbogen schoss die Lanze über das Wasser, entzündete die mit Tran getränkten Laken im Boot. Eine Flamme stob empor. Die Trommeln tönten nun langsam und in ihrem Takt sang Jey: »*The night is falling, you have come to journey's end. Sleep now and dream of the ones who came before, they are calling, from across a distant shore.*«

Caitlin drückte Fins Hand und sie sahen lange dem kleiner werdenden Feuer nach. Die Wellen wiegten das Kanu sanft, für diese Nacht war der Pazifik gnädig und Fin dankte den Nereiden.

Noch in der gleichen Stunde paddelten sie nach Lax Kw'alaams zurück. Victoria gab ihnen ein Zimmer in ihrem Haus, nur ein kleiner Raum unter dem Dach, wie sie entschuldigend anmerkte, aber Fin versicherte ihr, dass sie zurechtkämen.

Der Clan hatte sich zu einem Palaver vor dem wuchtigen Kamin im Wohnzimmer versammelt, mit Caitlin und Victoria in der Mitte, doch Fin wünschte ihnen rasch eine gute Nacht, er wollte mit Jey allein sein.

Der Bär in ihm war jetzt friedlich, seine Frage beantwortet, trotzdem fühlte Fin sich unwohl. Wie eine Gitarrensaite, die gezupft worden war und immer schneller schwang, anstelle auszuklingen und zur Ruhe zu kommen. Es war, als hätte Kwa'teens Auftrag einen unsteten Eifer in ihm ausgelöst, ein Gefühl, dass er nicht mehr viel Zeit hatte.

Sie saßen auf dem schmalen Gästebett und Jey dachte laut über Kwa'teens Botschaft nach. »Wir müssen das Rätsel zu seinem Mörder möglichst bald lösen. Morgen früh sind unsere Eindrücke verblasst, die Verbindung nur mehr ein Seidenfaden und unsere menschliche Seite wieder dominant.«

»Er hat uns mitgeteilt, wen wir suchen müssen. Auch wenn er es nicht direkt sagen konnte, hat er doch versucht mit Gesten seine Worte zu verdeutlichen. Der erste Vers – Häher zeigt sein Gesicht, verdeckt von fremden Licht – er hat über den Fluss gedeutet.«

Jey blickte zweifelnd. »Was soll ein Häher sein? Ich weiß, dass das ein Rabenvogel ist, aber was meinte er damit?«

Fin schmunzelte. »In den Legenden der nördlichen Stämme hat der Blauhäher die gleiche Funktion wie der Kojote bei den Völkern der Plains, er ist ein Trickster. Aber Kwa'teen hat über den Fluss gedeutet. Das hätte er nicht gemacht, wenn er ein Geistwesen gemeint hätte. Gibt es etwas Vergleichbares beim Nemti?«

Jey runzelte die Stirn und spitzte die Lippen. Schließlich sagte sie: »Die Seth-Söhne könnten dem entsprechen. Sie haben einen ähnlich ambivalenten Charakter. Gleichzeitig Helden und Betrüger.«

»Seth-Söhne? So wie der, dem ich meine unrühmliche Verstreuung zu verdanken habe?«

»Ja. Das würde auch den Köder erklären. Falls noch jemand mit Kwa'teens außerordentlichen Fähigkeiten ihm auf die Spur kommt und ihn entlarven will, trifft er auf deinen Oheim und tappt in die Ammit-Falle.«

»Und fremdes Licht bedeutet, dass er sich tarnt? Als Mensch verkleidet? Geht das?«

»Theoretisch ja. Aber das ist dem Nemti strikt verboten. Wenn wir in der Zeit sein wollen, dann müssen wir auch den Weg der Materie gehen, so lautet das Gesetz. Das bedeutet: Wollen wir ein Mensch sein, müssen wir als Mensch geboren werden. Mit allen Beschränkungen, die damit verbunden sind, sonst wäre unsere Macht zu groß.«

»Das ist vielleicht genau was er will: Macht. Beim zweiten Vers – umrahmt von hellem Haar, nehmt nicht die Abwehr wahr – hat Kwa'teen seinen eigenen Namen geschrieben«, sagte Fin.

»Das soll dann der Menschenname des Betrügers sein?«

»Ich denke schon. Aber blondes Haar versteckt die Abwehr?«, gab Fin zu bedenken.

»Der Name kann weder blondes Haar noch Abwehr bedeuten, das hätte er nicht aussprechen können, es müssen Synonyme sein. Aber nicht Tlingit oder Englisch. Dein Oheim hatte mich doch auf Französisch begrüßt, nicht wahr? Was sagt dein Sprachwissen dazu?«

Fin stand auf, nahm Notizblock und Bleistift vom Tisch und begann Wörter zu schreiben, Ableitungen daraus und Umstellungen. Jey kramte zwischen den Zeitschriften am Boden, nahm ein Magazin und blätterte still darin.

Fin warf den Block auf die Decke. »Ich komme nicht drauf, lösen wir einmal die letzten Zeilen – er hilft euch aus der Not, bringt uns dabei den Tod – dabei hat er einen Umriss der USA in den Sand gezogen und auf die Nordwestküste gedeutet.«

»Meint er mit *euch* die Weißen und mit *uns* die indigenen Stämme?«

»Könnte sein. Das würde zu ihm passen. Er war die letzten zwanzig Jahre sehr im Umweltschutz aktiv, besonders bei *Rivers without Borders*. Freie und saubere Flüsse für einen ungehinderten Fischzug der Lachse, der Lebensgrundlage der Taku-Kultur und Symbol des ganzen Ökosystems im Nordwesten. Die Stämme der Tlingit Nation glauben, dass das erste Gesetz der Natur lautet, das Wasser reinzuhalten. Wer Wasser zerstört, zerstört Leben.«

»Das bringt mich zu der Frage: Wer ist gerade besonders an diesem Gebiet interessiert? Eine neue Interessensgruppe, ein Konzern? Wem könnte Kwa'teen in die Quere gekommen sein?«

»Ich lebe schon zu lange nicht mehr in Alaska, ich weiß es nicht.« Fin zuckte mit den Schultern.

Jey sagte: »Aber Caitlin und Victoria. Die sind beide im Umweltschutz engagiert. Schau dir das Magazin an.« Sie zeigte auf das Cover der Zeitschrift, in der sie gerade geblättert hatte. Darauf war ein neues Firmengebäude in Juneau abgebildet, mit dem Mendenhall-Gletscher im Hintergrund, darüber ein durchgestrichener, roter Kreis.

Fin schlug mit der Hand auf das Magazin. »Aber natürlich! Abwehr, das heißt *défense*, aber das bedeutet im Französischen nicht nur Verteidigung, sondern auch Stoßzahn oder Hauer. Und im Englischen heißen die *tusk*. Er hat LT Global gemeint. Blondes Haar leuchtet im Sonnenlicht und Lucius ist eine Form von *Lucianus* – der Leuchtende. Lucius Tusk ist der Betrüger. Er baut den schönen Schein einer besseren Zukunft und dahinter verbirgt sich ein böser Plan.«

Fins Kopf pochte, er rieb sich die Schläfen. Sanft tupfte Jey ihm etwas Pfefferminzöl auf die Nasenwurzel und in den Nacken.

»Verfluchte Pilze«, schimpfte Fin. »Ich habe das Zeug früher vermieden wie einen Tripper und jetzt verfolgt es mich.«

»Du hast aber nichts davon gekriegt.«

»Ach, Miss, ich kenne die Tricks. Patin Victoria pafft ihre Pfeife und mischt mir die Drogen in den Kakao.«

Sie steckte das Fläschchen mit dem ätherischen Öl zurück in ihre Handtasche. »Du meinst, du warst wieder in einer Drogenvision? Du glaubst nicht an die Traumpfade?«

»Ich glaube schon daran, aber ich glaube nicht, dass sie ein realer Ort sind. Sie sind ein halbbewusster Zustand, ein Ritt auf den Imaginationswellen des Gehirns, ein Trip in tiefere Persönlichkeitsschichten.«

»Hm. Wie erklärst du dir dann, dass wir das Gleiche erlebt haben?« Jey streifte sich die Stiefletten von den Füßen.

»Wegen unserer spirituellen Verbindung, das führt uns in die gleiche Vision.«

Sie lachte. »Daran glaubst du, aber nicht an andere Wirklichkeiten?«

Fins Kopfschmerzen hatten sich verflüchtigt, er streckte sich auf dem Bett aus und verschränkte die Arme hinter dem Kopf. »Es kann nicht real sein. Schon jetzt werden die Bilder blass, wie ein Traum, der einem nach dem Aufwachen intensiv vorkommt und Stunden später weniger ist als eine Fata Morgana.«

Jey zog sich Jeans und Hemd aus, hängte sie über das Fußgestell, legte sich neben Fin. »Das menschliche Denken kann diese Erlebnisse nicht fassen, es deutet um, behält was es sinnvoll findet, verdrängt den Rest.«

»Was ist dann unsere Wirklichkeit für den Nemti? Auch wie ein Traum?«

»Oh nein. Nemti nimmt jede Existenz, in die er hineinreicht mit sich, es ist ein Mosaikstein, eine neue Facette, es formt seine Art.«

»Muss ich das verstehen, Miss?«

»Ich verstehe es auch nicht wirklich, aber das muss ich auch nicht. Es kommt der Tag, an dem die Zeit aufhört und das Erkennen da ist.«

Er drehte sich zu ihr hin und stützte sich auf seinen Ellbogen. »Und die Menschenseelen? Sie fallen im Mahlstrom dem Vergessen anheim?«

»Menschenseelen, Tierseelen, Pflanzenseelen. Alle spirituelle Energie in diesem Kosmos geht dort ein, fließt aber irgendwann auch in Materie zurück. Ich kenne die Zyklen nicht. Es ist nicht Nemtis Weg.«

»So werden sich also unsere Fährten einmal trennen?«

Sie blickte zur Zimmerdecke, schwieg eine Weile, sagte dann: »Ich weiß es nicht. Du bist nicht Nemti, aber der Fluss hat dich auch nicht mitgenommen.«

Jey drehte sich gleichfalls auf die Seite. Sie lagen so nah, dass er ihren Atem in seinem Gesicht spürte, als sie weitersprach: »Du weißt jetzt, wer du warst, aber du weißt noch immer nicht, wer du eigentlich bist. Du bist nicht heil, die Risse sind bereits in der Aura deiner Materie zu sehen. Am Ende hängt deine Heilung davon ab, ob du eine andere Realität annehmen kannst oder nicht.«

»Was passiert, wenn nicht?«

»Ich kann nur raten.«

»Dann mach das.«

Jey liebkoste seine Wange. »Deine Persönlichkeit könnte zerfallen, es bleibt eine lebendige, aber geistlose Hülle zurück.«

Fin schürzte die Lippen, dann nickte er. »Was soll's. Es kommt, wie es kommt. Zuerst kümmern wir uns um Kwa'teens letzten Wunsch, seinen Auftrag. Wir werden seinen Mörder aufhalten. Danach sehen wir weiter.«

»Wie geht es dir im Moment?« Sie fuhr sanft durch sein Haar.

»Gut, besonnener als in der vergangenen Woche. Aber ich fühle mich schuldig, ich habe Kwa'teen die letzten Jahre selten besucht.« Er lehnte seinen Kopf an ihre Schulter.

Ihre Stimme wurde dunkel. »Daran kannst du nichts ändern, aber du warst sein letztes Geleit, mehr kannst du einer Seele nicht schenken.«

Fin zog sie an sich, streichelte ihre Schultern, ihren Rücken. Ihre Hände glitten unter sein T-Shirt.

»Die Wände hier sind dünn«, sagte er.

»Genierst du dich vor deiner Oma?«

Fin küsste ihren Hals und flüsterte: »Wie oft war ich nachts in deinem Zimmer auf der Ranch, bevor wir ins Haus gezogen sind?«

Jeys Finger strichen über die feinen Haare unter seinem Nabel. »Tante Henri hätte zwar nichts gesagt, aber missbilligend geschnaubt. Du weißt doch, wie sie ist. Aber deine Verwandten sind nicht so puritanisch.«

»Es sind auch noch andere Besucher unten.«

»Lass mich machen«, raunte Jey ihm ins Ohr. »Wir werden leise sein.«

Fin gehorchte, verlor sich im Augenblick, überließ seinen Kummer ihrem Körper.

30

Der silberglänzende Trailer stach hervor, wie ein Blutfleck in einem Schneefeld. In der aufgehenden Sonne wurde die morgendliche Frische gnadenlos verdampft. Eine Kängururatte sah sie mit bebenden Barthaaren an, huschte dann weiter. Hinter einem der spärlichen Kreosotbüsche versteckt, sondierten Adele und J.T. das Lager. Der Wohnwagen war zwischen einer Wellblechhütte mit zerbrochenen Fenstern und einem ausgeblichenen Spritzenwagen geparkt, dessen Felgen halb im Schutt versunken rosteten. Dahinter erhob sich ein schiefer Wasserturm auf dem ein Rotschwanzbussard nach Beute Ausschau hielt. Sie konnten keine Wachposten und keine Fahrzeuge erkennen. Meyers Mill schien verlassen.

Letzte Nacht hatte sich Adele in einer Felsspalte verkrochen und gewartet, bis die Schmerzen nachließen und sie sich sicher war, dass die fremden Wölfe ihre Spur verloren hatten. Erst dann war sie Richtung Flugfeld gehumpelt. Im Gegensatz zu ihr hatte J.T. mehr Glück gehabt und die Geisterstadt schnell gefunden.

Es irritierte Adele, dass niemand zu sehen war. »Bist du dir sicher?«

J.T. nickte und hielt die Nase in die Brise. »Alles sauber.«

Bevor Adele ihn aufhalten konnte, stemmte er sich hoch und stapfte den Hang hinunter. Sie seufzte und folgte ihm. Beim Trailer hielt er an, deutete auf den

Bergwerkseingang. »Schau mich noch 'n wenig um. Geh du zuerst allein rein.«

Adele war wieder einmal überrascht, wie feinfühlig J.T. sein konnte. Mit einem kräftigen Ruck knackte sie das Schloss und kletterte die Stufen hoch. Der Innenraum war abgedunkelt und ganz still. Vorsichtig schob sie sich durch den schmalen Gang, der vom Wohnbereich in die Schlafkammer führte. Zuerst meinte sie, dass sich J.T. geirrt hatte und der Trailer leer war, dann sah sie eine regungslose Gestalt.

Ursela lag in einem schmutzigen Brautkleid auf einer Matratze, mit Dutzenden Lederriemen am Bettgestell festgeschnallt, um eine Wandlung unmöglich zu machen. Rasch zog Adele ihr die Augenbinde und den Knebel herunter, holte ein Messer und schnitt die Fesseln durch. Ursela richtete sich auf, fuhr sich über das sonnenverbrannte Gesicht und durch die verfilzten Haare.

Zuerst sah sie Adele verwirrt an, dann riss sie die Augen auf. »Du hast mich gesucht? Oh danke, danke, Adele. Ich hatte solche Angst, dass ihr glaubt, ich sei freiwillig fort.« Ursela stand taumelnd auf, umarmte sie und drückte sie fest an sich. In diesem Moment fühlte Adele gleichzeitig eine tiefe Befriedigung und schreckliche Scham. Sie hatte Ursela gerettet, aber ein anderer hatte sie bis zu diesem Punkt gebracht.

»Hast du auch Joe gefunden? Er wollte mir helfen und hat nicht lockergelassen. Tony hat ihn gefoltert und erst aufgehört, als ich der Heirat zugestimmt habe. Er will nur legale Welpen, der Wichser.« Sie schniefte. »Nach Reno habe ich Joe aber nicht wiedergesehen.«

Adele berichtete ihr stockend, was mit Joe passiert war, Ursela barg ihr Gesicht an Adeles Schulter und schluchzte. Sie schaute erst auf, als Tritte den Trailer wackeln ließen und J.T. hereinkam. Ursela fiel auch ihm in die Arme und er streichelte ihr den Kopf. »Wird scho wieder gut, Kleines.«

»Warum ist hier keiner?«, fragte Adele.

»Gestern ist ihnen eine Gefangene aus dem Bergwerk entkommen. Sie nennen das ihr Weinlager, die Mädchen für ihre Bordelle sollen dort ein wenig reifen. Ekelhaft. Heute Morgen haben sie alle weggeschafft. Dann ist aber ein Anruf gekommen, wegen irgendwelcher gefesselter Typen, die eigentlich den Transport begleiten hätten sollen, und meine Aufpasser sind ganz hektisch geworden. Sie haben mich wie eine Weihnachtsgans verpackt und dann war alles ruhig – bis ihr gekommen seid.«

»Wird nich lange so einsam bleiben, weg mit uns.« J.T. scheuchte sie Richtung Ausgang und sie beeilten sich den Hang hinauf, rannten zum Jeep, der hinter Buschwerk versteckt stand.

Adele vermied die Cottonwood Road und steuerte den Wagen südlich davon durch die Schwemmfläche, um die Route 190 nach dem Flugfeld zu erreichen und über den Towne Pass das Death Valley zu verlassen. Drei Meilen nach dem Lager zerriss ein Knall den Kühler, kochendes Wasser stäubte über die Windschutzscheibe und Adele bremste scharf. J.T. sprang vom Beifahrersitz, öffnete vorsichtig die Motorhaube, schüttelte den Kopf. Adele stieg gleichfalls aus und trat gegen den Reifen. »Verflucht noch mal, hätte die Karre nicht noch einen Tag durchhalten können?«

»Is nich so weit«, beruhigte J.T., »das laufen wir.«

Ursela beugte sich aus dem Auto und deutete auf eine Staubwolke, die sich rasch näherte. Adele hoffte, dass das der Ranger war, wurde aber enttäuscht, als sie den

Kühlergrill des anrollenden Fahrzeuges sah: Kein Ranger fuhr einen Mercedes G 65 AMG.

Grinsend hüpfte Tony aus dem wuchtigen Geländewagen. »Da ist ja mein Täubchen. Und gleich zwei weitere dazu.«

Mit ihm waren drei Männer ausgestiegen, die einen Halbkreis bildeten, die Daumen in ihre Gürtel gehakt. Wir sind denen nicht einmal Waffen wert, dachte Adele, das werden sie bereuen. Tony betrachtete sie von allen Seiten. »Deputy Sheeran, ohne Marke hätte dich fast nicht erkannt. Bist ja fast attraktiv, wenn du nicht in der unvorteilhaften Uniform steckst. Für meinen Harem leider schon zu alt, für die Arena aber fit genug. Die Mexikaner zahlen gut für so eine elegante Bestie.« Dann drehte sich Tony zu J.T. hin, strich ihm über die Locken. »So ein hübscher Bursche. Du wärst mir lieber gewesen, als dein verschwitzter Kumpel, aber es hätte zu lange gedauert, dich umzudrehen. Hinkst ein wenig, aber das macht meinen Kunden nichts, bei denen musst eh nicht herumlaufen.«

Er rieb sich die Hände. »Drei zum Preis von einer. Wird heute doch noch ein guter Tag.«

»Du willst meinen Bruder verhökern?«, knurrte Adele. »Dann kannst du deine Arena gleich hier haben, denn dafür musst über meine Leiche steigen.«

Tony zuckte mit den Schultern. »Wenn es weiter nichts ist. Aber lieber mache ich gute Geschäfte, also überleg es dir.«

Adele fuhr die Krallen aus und machte sich bereit, an der Seite von J.T. zu kämpfen, der sich inzwischen gewandelt hatte.

Ursela sprang vor sie. »Wartet. Er gehört mir. Er hat mich entführt, missbraucht und meinen Lehrer getötet. Ich will mein Recht auf den ersten Biss.«

Tony lachte fröhlich. »Das wird ja immer besser. Nun, dann zeig doch, was du kannst, Weibchen, gesell dich zu deinen kleinen Bergwölfen.«

»Du weißt gar nicht, wer ich bin. Du hast dich nie dafür interessiert. Warst nie mit mir jagen. Du hättest besser aufpassen sollen.« Ursela zerrte sich das Brautkleid vom Leib und wandelte sich in eine große, weiße Wölfin, die Adele und J.T. um zwei Handbreit überragte.

Tony riss die Augen auf. »Das ist jetzt unerwartet. Eine geborene Alpha-Wölfin! Du wirst das Goldstück meiner Sammlung sein.«

Er wandelte sich gleichfalls und versuchte eine günstige Position zu finden, um Ursela zu unterwerfen. Adele und J.T. hielten inzwischen die anderen drei Wüstenwölfe auf Abstand.

Nachher konnte Adele nur mehr sagen, dass Tonys Größenwahn seinen Untergang bedeutet hatte. In fünf Minuten war alles vorbei gewesen. Ursela hatte ihm mit einem Biss die Kehle zerfleischt.

31

Ihre Absätze klapperten am Holzboden, während sie hin und her lief. Nach mehreren Telefonaten hatte Victoria endlich eine Person am anderen Ende der Leitung, die sich mit Fin treffen wollte. Ohne Umschweife hatte er seiner Patin von Kwa'teens letzten Sätzen erzählt und sie wusste sofort, worum es ging.

»Die Leute von *Raincoast* haben vergeblich versucht, den Bau des LT Global Labors zu verhindern. Sie haben eine Menge Informationen zu der Firma und zu Tusk gesammelt. Sie können euch sicher weiterhelfen«, sagte sie. »Die Einweihung soll in drei Tagen stattfinden. Der Bürgermeister und der Universitätsrektor haben sich für den Standort am Auke Lake stark gemacht. LT Global lockt mit Arbeitsplätzen und mit Forschungsstipendien, was können wir schon dagegenhalten? Wir wissen nicht einmal, woran da geforscht werden soll. Die Medien meinen, es geht um Fischzucht, um effektivere Aquakulturen. Ich glaube das nicht, dazu ist der Standort falsch gewählt. Es wäre mir eine große Freude, wenn ihr beide ihnen in die Suppe spuckt.«

Fin schmunzelte. »Erwarte dir nicht zu viel, wir sind Ordnungshüter, unser Spielraum ist nicht allzu groß.«

»Meine Lieben, alles was die ärgert, macht mir Freude, und wenn es nur ein wenig Farbe ist, die sie mühevoll von der Fassade kratzen müssen.« Victoria grinste listig und nahm Jey an der Hand. »Komm, bevor ihr fahrt gibt es noch Tee und Sandwiches.«

Sie verschwanden nebenan in der Küche. Fin setzte sich auf die Armlehne des Fernsehstuhles in dem Caitlin mit einer Decke auf den Beinen saß und Jeremiahs Zwillingen zusah, die im Garten tollten. »Habt ihr schon über Kinder gesprochen?«, fragte sie unvermutet.

Fin zuckte zusammen und blickte rasch zu Jey hinüber, die sich mit Victoria unterhielt und Brote schmierte. Er beugte sich zu Caitlin hinunter, bevor er antwortete: »Das ist ein ganz schlechtes Thema, Granny.«

»Ach Junge, ich bin eine alte Frau und sentimental. Mein Bruder ist tot und ich hätte gerne, dass meine Familie weiterbesteht.«

»Aber du hast Nichten und Neffen, die alle schon Kinder haben.«

Caitlin seufzte. »Das ist nicht dasselbe. Möchtest du denn keine eigenen Nachkommen?«

»Ich habe nie ein Leben geführt, wo sich diese Frage gestellt hätte. Jetzt wäre das vielleicht anders, aber es ist nicht möglich. Bitte frag nicht weiter«, sagte Fin leise.

Jey kam zu ihnen, zog ihren Sweater hoch und zeigte Caitlin die zackige Narbe auf ihrem Bauch. »Ich wurde vor sechs Jahren niedergeschossen. Eine Kugel in die Brust und eine in den Unterleib. Ich wäre fast gestorben und die Ärzte mussten einiges herausschneiden und zusammenflicken, um mein Leben zu retten.«

Mit großen Augen schaute Caitlin auf Jeys versehrte Haut. »Du armes Kind, es tut mir leid, ich hätte nicht fragen sollen, es tut mir so leid.«

»Ist schon in Ordnung, ich bin darüber hinweg. In Alpine habe ich viele Kinder, auf die ich achten muss.«

Dann nahm sie Caitlins Hand und streichelte ihre Finger. Fin wollte schon eingreifen, aber seine Großmutter blickte Jey offen ins Gesicht und mit einem Mal wurde Caitlins Ausdruck weich und fern. Fin zog ihr die Decke höher.

»Sie hat keine Angst, wenn du sie berührst«, sagte er zu Jey, die lächelnd antwortete: »Weil deine Oma zu den seltenen Menschen gehört, die mit sich im Reinen sind. Sie bedauert nichts an ihrem Leben und der Übergang bereitet ihr keine Furcht.«

Victoria kam mit einem Tablett aus der Küche zurück, bemerkte die eindösende Caitlin und sagte: »Du hast sie befriedet. Das ist gut, es wird ihr helfen, den Verlust zu verkraften.«

Während sie Tee tranken und sich leise unterhielten, war seine Großmutter eingeschlafen. Victoria strich über Fins Arm. »Sie wird noch eine Weile bei mir bleiben. Wir werden Erinnerungen austauschen und ich werde darauf achten, dass sie erst zurückfährt, wenn der Schmerz nachgelassen hat.«

Jey holte ihre Tasche und sie gingen gemeinsam zur Eingangstür. »Danke«, Fin küsste seine Patin auf beide Wangen. »Danke für deine Gastfreundschaft und für deine Hilfe.«

Victoria antwortete mit einer rituellen Formel: »Der Dank gilt dir, Moksgmʻol. Du hast immer Segen über unser Dorf gebracht.«

Danach reichte sie Jey die Hände und küsste sie zum Abschied, ließ sie aber nicht los, sondern sagte: »Der Schöpfer nannte uns zwei Dinge, die kurz vor dem Ende der Welt geschehen werden: Wir werden unsere Sprache verlieren und wir werden vergessen, wie das Heilige Feuer zu entzünden ist.« Victoria umklammerte Jeys Finger und fragte: »Maîtresse, was wird kommen?«

Der Raum um die beiden Frauen beugte sich und Jey prophezeite: »Alles Magische wird weniger werden, das Andersmenschen-Erbe wird sich verlieren, es werden

Mythen bleiben, aber diese werden verklingen und durch neue Mythen ersetzt. Die Menschen wollen zu den Sternen reisen, dafür werden sie sich selber zurücklassen. Sie werden das Spirituelle abstreifen und ganz in die Materie gehen, die sie für sich erschaffen. Sie werden ihr eigener Gott sein und ihre Seelen verlieren. Dann finden sie den Traumpfad nicht mehr.«

32

Adele nagelte die YSL-Tasche an den Jeep. J.T. raufte sich die Haare. »Bist arg? Die hätten ma auf eBay versteigern können.«

»Das gebrauchte alte Ding? Ist genauso nur ein schöner Schein wie Mallorys Angebot.« Adele drehte sich zu ihrem Bruder um. »Ich hatte letzte Nacht in der Wüste eine Menge Zeit nachzudenken. Und habe festgestellt, dass ich absolut keine Lust habe, reichen Schnösel hinterher zu hecheln, die es schick finden, sich mit Bodyguards zu umgeben, nur damit jeder sieht, wie wichtig sie sind. Ich bin Polizistin geworden, um Menschen beizustehen, die wirklich Hilfe brauchen. Vielleicht habe ich das zuletzt nicht mehr so am Schirm gehabt, aber jetzt weiß ich wieder, wie sich das anfühlt.«

J.T. nickte und legte ihr die Hand auf die Schulter. »Schau ma, dass ma auf die Straße kommen. Da brauchen noch ein paar Leute unsere Hilfe.«

Inzwischen war der überlebende Wüstenwolf nähergekommen und verbeugte sich vor Ursela. Er hatte aus Tonys Jacke eine goldgravierte Smith & Wesson geholt und hielt sie ihr hin.

»Was soll ich damit?«, schnauzte sie ihn an und bevor er antworten konnte, schlug sie ihm das Teil aus der Hand. »Soll das ein Angebot sein? Das kannst du dir sparen. Ich will nichts mich euch zu tun haben. Nichts. Verstanden?« Sie knurrte und der Mann wich rasch zurück.

J.T. ging zu ihr hin und flüsterte ihr etwas ins Ohr. Ursela stampfte auf und rief dem Wüstenwolf zu: »Aber ich verlange Schmerzensgeld. Dein Alpha hat mich gegen meinen Willen in euer Rudel gebracht. Das ist nicht statthaft und erfordert Sühne. Sein Blut habe ich schon bekommen, jetzt will ich auch seinen Wagen.«

Sie zeigte auf den Mercedes, der hinter ihm parkte. Adele nickte zustimmend. Auch wenn Ursela nichts für Autos übrighatte, Peter würde so ein Geschenk ein wenig den Kummer abgelten. Schweigend öffnete der Mann das Handschuhfach und zeigte ihnen die Fahrzeugpapiere, vermied Blickkontakt.

»Was ist mit Joes Auto?« Ursela deutete auf den Jeep Comanche.

»Kühler durchgerostet, Kolbenreiber. Der hat die ewigen Jagdgründe erreicht. Darf auf immer hier ruhen«, antwortete J.T. »'N guter Ort für 'n Wrack. Wird noch lang die Gegend zieren.«

Adele packte den Mann am Arm und zischte: »Wir lassen dich am Leben, aber du sorgst dafür, dass hier unauffällig saubergemacht wird. Du verstehst?«

Er nickte heftig und machte sich davon. Sie warteten bis der Wüstenwolf verschwunden war, dann gingen sie zu dem Geländewagen.

Adele beschattete ihre Augen und schaute zu den Bergen. »Wir fahren die Route 190 nach Südwesten und dann die 395 nach Hause. In gut vier Stunden sind wir in Markleeville.«

»Bloß raus aus dem Backofen«, sagte Ursela. »Und ich schwöre euch, ich werde einen Weg finden, diese verkommenen Typen hier zu vertreiben.«

J.T. tätschelte ihr den Rücken. »Mach dich nich närrisch, Kleines, zuerst müssen ma zu Hause klarkommen.«

Adele betrachtete das Auto und schmunzelte. Der Mercedes war in Desert Camouflage lackiert und würde in Alpine auffallen wie ein rosa Elefant. J.T. öffnete die Fahrertür, der Schlüssel steckte im Zündschloss. Ursela verzog sich auf die Rückbank. Adele war wolfsmüde und überließ J.T. gerne das Steuer. Ihr Bruder band Joes Halstuch am Rückspiegel fest. Der V12 Biturbo erwachte grollend, das tonnenschwere Gefährt setzte sich kraftvoll in Bewegung.

Adele kramte ihr Telefon aus der Kuriertasche und reichte es Ursela nach hinten. »Ruf deinen Vater an und sag ihm, dass du Tony erledigt hast. Er soll das Gleiche mit Burke machen.«

33

Die zerfetzten Markisen krümmten sich im kräftigen Wind. Erste Wolken ballten sich um den Hawkins Peak. Die Fenster des Wolf Creek waren finster. Louise spähte in den Gastgarten, eilte dann auf die Rückseite und hielt Peter auf, der gerade in seinen Jeep steigen wollte. Sie fasste ihn am Arm. »Muss das sein? Wirklich?«

Er schwieg und umarmte sie, hielt sie fest.

»Ich komme mit.«

»Nein«, sagte Peter. »Das wird ein Kampf bis zum Tod, das willst du nicht sehen.«

»Und ob ich will. Ich will ihn bluten sehen«, stieß Louise hervor.

»Das klingt aber nicht nach dir.«

Sie presste die Lippen zusammen und hielt Tränen zurück. »Wegen Joe, wegen Ursela – ohne den Mistkerl wäre nichts davon passiert.«

Peter nahm ihr Gesicht zwischen seine Hände, schaute ihr in die Augen. »Na gut. Aber du hältst Abstand. Frederik kommt als mein Adjutant mit und du bleibst immer an Ilkas Seite, in Ordnung?«

Sie nickte, ging um das Auto herum und setzte sich auf den Beifahrersitz. Bei der Einfahrt zum Markleeville Campground warteten bereits Adeles Eltern. Frederik beugte sich beim Fahrerfenster herein und sagte: »Er ist zum River Resort.«

Peter wendete seinen Jeep, kehrte zum Highway zurück und sie fuhren zwei Meilen nach Süden. Vor dem

Shop hielten sie an, Nancy trug gerade eine Getränkekiste hinein, deutete mit dem Kopf zum Waldstück hinter den Hütten. Peter nickte. Sie folgten einem ausgetrockneten Bachbett, das gleich einem Pfad zwischen den Pappeln und Kiefern den Hügel hinaufführte. In der Mittagssonne begann Louise rasch zu schwitzen, nach ein paar Minuten waren Stimmen zu hören. Peter stoppte und flüsterte: »Ilka, Louise, geht die Böschung hinauf, bleibt unter den Bäumen dort vorne.«

Sie kletterten bergan, während Peter mit Frederik geradeaus weiterging. Ein paar Meter unter ihnen hatten Burke und drei seiner Männer auf einer kleinen Schuttfläche ein rothaariges Mädchen umstellt und forderten sie auf zu tanzen. Die Kleine kicherte und hüpfte herum, ab und zu strich sie Burke über den Bart, der ein Briefchen vor ihr hochhielt. Bevor das Mädchen danach greifen konnte, bemerkte Burke die Neuankömmlinge, klopfte ihr auf den Hintern und sagte: »Zisch ab.« Er winkte einem seiner Kumpanen zu. »Brick, geh mit ihr, damit sich unser Darling nicht verläuft.« Die beiden zogen ab und verschwanden Richtung Carson River. Burke drehte sich zu Peter hin. »Wieso lauerst du mir auf?«

»Von Auflauern kann keine Rede sein – du hast mich doch zu einem Plausch über alte Zeiten eingeladen. Also, hier bin ich.« Peter breitete die Arme aus.

Burke sah sich um. »Ist nicht gerade die gemütlichste Gegend für ein Klassentreffen.«

»Machen wir es kurz: Dieses miese Schauspiel, das du hier aufführst, muss ein Ende haben. Ich fordere deine Position. Hier und jetzt.«

Burke wieherte los, zerrte einem seiner Männer den Biker-Handschuh ab und warf ihn Peter vor die Füße. »Das brauchst du, mein Bester, sonst ist es nicht offiziell.« Er grölte und krähte und hieb sich auf die Schenkel. Mit einer plötzlichen Bewegung zog er ein Silbermesser und zielte auf Peters Kehle, verfehlte ihn aber knapp.

»Ein wenig Vorspiel hätte ich schon erwartet«, sagte Peter und riss sich den Sweater herunter. Burke machte keine weiteren Anstalten anzugreifen, sondern hielt sein Mobiltelefon wie ein Schild vor sich. Peter stockte. Burke wählte und hörte kurz jemandem zu. Er wich einen Schritt zurück, dann rief er seinen Jungs zu: »Macht ihn fertig.«

Die beiden zerrten sich die Lederkluft herunter, Frederik öffnete seinen Gürtel, aber Peter winkte ihn zurück. »Das ist nur meine Sache.«

Louise kannte Tierkämpfe aus Naturdokumentationen, aber keine noch so detailreiche Kameraeinstellung entsprach diesem Schauspiel: Knurren, Schnappen und Jaulen hallte den Berg hinauf, Staubfahnen wirbelten, mittendrin ein grauschwarzes Fellknäuel. Ihre Sorge um Peter war aber unbegründet. Der Dunst verzog sich, der schwarze Wolf stieg über die beiden Körper und grollte Burke an. Louise konnte nicht sagen, ob die Grauen noch lebten. Ilka tippte sie an, deutete auf eine Reihe Bikes, die vor dem River Resort anhielten, gleichzeitig schickte sie ihrem Mann eine SMS. Einige der Männer hatten Schrotflinten dabei.

Peter schaute auf das Display des Smartphones, das Frederik ihm hinhielt und zerbiss den Handschuh. Er wandelte sich, holte seine Jeans. »Dein Neffe war vielleicht ein Soziopath, aber er hatte wenigstens Mumm in den Knochen. Du bist nur ein feiger Drecksack.«

Burke spuckte ihm vor die Füße. »Was interessiert's mich, was er war? Er hat versagt. Das wird mir nicht passieren. Und glaub nicht, dass du mich noch einmal ungeschützt erwischt.«

34

Das Wasserflugzeug schaukelte auf den Wellen. Der Mann von Victorias Nichte erwartete sie an der Anlegestelle. »Kannst du noch mit der Maschine fliegen?«

»Klar – warum nicht?«

»Die vielen Jahre auf dem Black Hawk haben dich für die Husky vielleicht unbrauchbar gemacht.«

Fin begutachtete das gelbe Flugzeug. »Dieses Ding kann ein Schüler fliegen. Das ist wie Fahrradfahren.«

»Wenn du meinst. Wie ist es übrigens, jetzt nur noch einen zivilen H 135 zu haben?«

»Ist ein solides Modell mit überschaubarer Technik.«

»Dein Flugschein ist gültig?«

Fin zog seine FAA-Lizenz hervor. »Zufrieden?«

Der kleine Mann nickte, ließ Fin ein Formular unterschreiben und übergab ihm den Zündschlüssel. »Deine Begleiterin ist recht blass um die Nasenspitze. Die Kotzbeutel sind im Seitenfach, sag ihr das.«

»Ihr wird nicht schlecht. Sie fliegt in Alpine regelmäßig mit mir«, sagte Fin und ergänzte leichtfertig: »In der Höhe vermisst sie einfach ihre Flügel.«

Sein Gegenüber feixte: »Ah, sie ist wohl dein Engelchen. Na dann.«

Der Start gelang ihm glatter, als er erwartet hatte, und die Husky stieg sanft empor. Zu seiner Überraschung schaute Jey beim Fenster hinaus und betrachtete die vorbeiziehenden Fjorde. Die Nachmittagssonne tauchte den Regenwald in mildes Grün.

»Die Kermodebären – sie leben nur hier, nicht wahr?«

Er bejahte. »Sie sind eine Subspezies, tragen ein rezessives Gen.«

»Wie viele gibt es von ihnen?«, wollte Jey wissen.

»Ungefähr 400. Vielleicht auch weniger. Über Jahrzehnte haben die Schlägerungen ihr Verbreitungsgebiet ziemlich eingeschränkt. Mit der Errichtung des Great Bear Rainforest Schutzgebietes im letzten Jahr ist den Umweltschutzgruppen aber ein wichtiger Schritt zum Erhalt ihres Lebensraumes gelungen.«

»Die Person, die uns helfen will, gehört zu einer dieser Gruppen?«

»Ja. Jemand von der Raincoast Conservation Foundation. Die haben sich besonders gegen das Northern Gateway Projekt engagiert, den Bau einer Ölpipeline von Alberta zur Pazifikküste. In diesem Zusammenhang hatten sie wahrscheinlich auch mit LT Global zu tun.«

Nach der Landung nahmen sie ein Taxi zu dem Hotel, das ihnen Victoria als Treffpunkt genannt hatte. Der Rezeptionist des Grandma's Feather Bed bestätigte ihre Reservierung. »Leider ist die Buchung ziemlich spät gekommen, wir hatten nur mehr die Sunflower-Suite frei – ist das in Ordnung?«

Fin nahm den Schlüssel. »Ist nur für eine Nacht, das können wir uns leisten.«

Nachdem er aufgesperrt hatte, starrte er die rote Tapete mit den gelben Blumen an, dann das Bett mit dem weißen Gestell aus verschnörkeltem Stahlrohr, bedeckt mit einer Rüschendecke, und den breiten Kamin aus verschiedenfarbigen Ziegelsteinen. Darüber hing das Bild eines reitenden Cowgirls. »Wow, das ist ja wie in den Flitterwochen. Soll ich eine Flasche Sekt bestellen?«

Jey kicherte. »Aber nur, wenn sie auch Erdbeeren haben. Dann lassen wir ein Schaumbad ein und machen auf Pretty Woman.«

»Und wer von uns ist das Callgirl?«

»Na wer schon?« Jey grabschte ihn ans Gesäß.

Fin klopfte ihr auf die Finger. »Apropos – was hast du denen im Best Western zu der ruinierten Bettwäsche gesagt?«

»Dass dich Vampir-Rollenspiele antörnen und du im Eifer des Gefechts zu viel Kunstblut verwendet hast.«

»Im Ernst?«

Sie lachte und er wusste nicht, ob sie sich über ihn lustig machte. Ein Pochen an der Tür ließ ihn innehalten. Fin öffnete: Eine zierliche, ungeschminkte Frau in einem khakifarbenen Overall stand am Gang.

»Ihr wollt für Raincoast spenden?«, sagte sie.

»Ja, bitte komm herein. Ich bin Fin, das ist Jey. Und du bist…?«

Sie antwortete nicht, trat ein und betrachtete mit hochgezogenen Brauen die Tapete. »Seid ihr fertig?«

Jey stellte ihre Reisetasche auf den geblümten Sessel. »Wo gehen wir hin?«

»In das LT Global Gebäude am Auke Lake.«

»Warum?«

»Ihr wollt interne Informationen zu Lucius Tusk, zu seinen Plänen und seinen Terminen, stimmt's? Dafür müssen wir an einen der Firmenrechner.«

Fin schüttelte den Kopf. »Wir begehen keinen Einbruch. Wir arbeiten beide im Gesetzesvollzug.«

Die junge Frau winkte ab. »Wir brechen dort nicht ein. Ich habe eine Schlüsselkarte, ich bin dort als Systemanalytikerin beschäftigt. Die sind gerade dabei das Büro fertig einzurichten, ich arbeite oft noch spät. Und ein Besuch von Freunden auf der Arbeit ist nichts

Strafbares. Höchstens ein wenig unpassend. In zwei Tagen ist die Eröffnung.«

Sie zeigte ihnen eine Karte aus Büttenpapier: *Andre Masters, CEO LT Canada lädt Sie herzlich zur Einweihung der neuen Forschungsstätte von LT Global ein. Die Gala findet am 15. Mai 2017 um 19:00 statt. Nach einer Führung durch die Anlage erwartet Sie entspannte Musik und spannende Produkte aus der Region. Die Schirmherrschaft übernimmt Rektor Alan Monroe von der University of Alaska Southeast. Wir freuen uns auf Ihr Kommen.*

Sie schnaubte. »Bis dahin muss meine Arbeit erledigt sein. Das haben übrigens alle Bürger von Rang und Namen erhalten. In einem Kuvert mit diversen Gutscheinen. Nett, nicht wahr?«

Ihre Begleiterin bog von der Mendenhall Loop Road rechts ab, der Zufahrtsweg endete bei einem dreistöckigen Gebäude mit Glasfassade und sie parkte den Leihwagen auf einem Besucherstellplatz. Die letzten Sonnenstrahlen färbten die Schneefelder am Mount McGinnis, der See und der Wald verschwammen bereits in graugrünen Schatten.

Die junge Frau zog ihre Schlüsselkarte durch den Türöffner, drückte die Glastür auf und steuerte direkt die beiden Aufzugstüren an, die hinter dem Empfangstresen stählern glänzten. Sie fuhr mit ihrer Karte über ein Nummerndisplay, gab einen Code ein und betätigte den Knopf für die Aufzugskabine.

Während sie warteten, zeigte sie zur Glasfront gegenüber dem Eingang, deren Fenster zum See hin ausgerichtet waren. »Dort ist ein Privatzugang für Herrn Tusk, mit einem Landesteg für Wasserflugzeuge und ein Weg, der am Ufer entlang zu seiner Villa nebenan führt.«

Fin blickte sich um. Das Erdgeschoß war erleuchtet, aber kein Portier, kein Nachtwächter und keine anderen Angestellten waren zu bemerken. Die Kontrollleuchten der Überwachungskameras waren dunkel. Das Gebäude war ungewöhnlich still. Alles hier war seltsam.

35

Vier Biker traten die Bürotür ein, stürzten sich auf Erland, zwangen ihn zu Boden. Sie flößten ihm eine Flüssigkeit ein und er wurde bewusstlos. Louise wollte zum Telefon greifen, aber einer der Männer stieß sie zurück, sie stürzte auf die Knie, er drückte sie mit dem Stiefelabsatz nach unten.

Mit einem Panzerband verpackten sie den Bürgermeister und zogen ihm einen Jutesack über den Kopf. Ein fünfter Mann kam herein, zupfte an seinem Ziegenbart, während er näherkam.

»Mit freundlichen Grüßen von Burke.« Er warf ihr ein Kuvert vors Gesicht.

»Wie es sich euer Alpha gewünscht hat, klären wir die Sache jetzt Mann gegen Mann. Und wenn er dafür euch Weiber braucht, dann soll es uns auch recht sein.« Er spuckte auf den Boden und trat gegen den Sack. »Ihn nehmen wir mit, damit ihr morgen ausreichend motiviert seid.«

Zitternd lief Louise aus dem Verwaltungssitz, blieb kurz an der Kreuzung stehen, sah unentschlossen nach links und rechts. Wusste nicht, ob sie zuerst zum Sheriff Office sollte, entschied sich aber dann für das Wolf Creek. Sie erntete verwunderte Blicke von den Gästen, als sie durch die Tür taumelte. Peter kam sofort hinter der Theke hervor und nahm sie am Arm. Stockend berichtete sie von der Entführung, er lotste sie in seine

Wohnung über dem Restaurant, rief Winnie an, dann die Leute aus seinem Rudel. Er setzte einen Teekessel auf, aber Louise sagte leise: »Hast du etwas Stärkeres?«

Peter öffnete das Kuvert und zog ein buntes Plakat heraus. Unter einem stahlbeschlagenen Wolfskopf stand geschrieben:

Wo wirst du sein, wenn Geschichte geschrieben wird?
Motorhead Miners versus Alpine Fuckers
Grover Hot Springs Schlachtfeld
Sonntag, 12 Uhr mittags – High Noon
Keine Feuerwaffen!
Im Anschluss Hackfleisch und Freibier

Adele las mit, zog die Brauen hoch und sagte: »Geschichte? Schlachtfeld? Hat der Typ zu oft *Game of Thrones* geschaut?«

Winnie sagte: »Wie Erland vermutet hat – Burke ist total schräg drauf.«

»High Noon? Er verwechselt uns mit Bodie. Wir sind ein Angler-Resort und keine Westernstadt.« Frederik runzelte die Stirn.

Angie sah Peter an. »Was hat er gegen Kanonen?«

»Wahrscheinlich haben sie keine Silbermunition vorrätig und fürchten, dass unsere Magazine voll damit sind«, antwortete Leo.

J.T. warf ein: »Wenn ma uns nich dran halten?«

Louise stöhnte auf: »Dann tötet er Erland.«

»Wenn wir ein paar versteckte Schützen platzieren?«, fragte Frederik.

Adele schüttelte den Kopf. »Das wird kaum gehen, das Feld ist zu offen. Außer Angie bringt keiner so eine Distanz hin.«

Peter beendete die Diskussion und sagte: »Wir stellen uns ihnen. Wir haben gerade noch Zeit, um Markleeville zu evakuieren. Ich will keinesfalls, dass menschliche Einwohner oder Touristen hineingezogen werden.«

Winnie widersprach: »Wir werden uns nicht raushalten. Nicht die Deputys und nicht die Washoe. Also, er will, dass wir ohne Feuerwaffen kommen, aber Pfeile, Messer und Speere sind keine Feuerwaffen. Und wir haben eine Menge davon mit Silber versehen.«

Peter seufzte: »Gut, aber ihr bleibt immer hinter uns und verzieht euch schleunigst, wenn wir scheitern.«

Winnie stimmte zu, sah in die Runde und fragte: »Hat schon jemand etwas von Jey und Fin gehört?«

»Nein. Jeys Mailbox ist inzwischen voll und bei Fins Nummer ist dauerhaft kein Anschluss.«

Alle schwiegen und schauten einander betreten an. Schließlich fragte Adele, was alle dachten: »Könnte ihnen etwas zugestoßen sein?«

36

Mit einem Gong hielt die Kabine im dritten Stock. Die Türen glitten auf. Der Aufzugssteuerung nach war das Gebäude deutlich größer, als man von außen vermutete, das Tastenfeld endete bei minus zehn. Die junge Taku führte sie zu den Büros der Firmenleitung, der Empfangsbereich davor glich einer Galerie.

Ein mannshohes Gemälde beherrschte die Lobby. Der ganze Raum war finster, nur die Ölmalerei leuchtete wie eine Werbetafel. Fin blieb stehen und betrachtete das Bild, las den Titel: *Frau bei der Toilette mit weißen und roten Lilien.*

»Jeden Tag komm ich an dem Schinken vorbei. Auf so was steht der Chef«, sagte die junge Frau, »das hat er sich extra von einem Maler kopieren lassen.« Sie trat näher an das Bild heran und las vor: »San-Francisco-Museum of Modern Art. Max Beckmann, 1938: *Worauf es mir in meiner Arbeit vor allem ankommt, ist die Idealität, die sich hinter der scheinbaren Realität befindet. Ich suche aus der gegebenen Gegenwart die Brücke zum Unsichtbaren.* Krasses Zeug, nicht wahr?«

Sie öffnete eine unversperrte Tür und führte sie in ein geräumiges Büro mit Ledersitzecke, Bar und angrenzendem Badezimmer. Ein repräsentativer Schreibtisch dominierte den Raum, zwei schlichtere Arbeitstische mit PC-Bildschirmen standen Front an Front vor bodentiefen Glasfenstern, durch die man bei Tageslicht den Auke Lake und die Berge sehen konnte, jetzt aber nur

Schwärze, durchzogen von ein paar fernen Lichterketten beleuchteter Straßenzüge.

Die junge Frau schaltete die beiden Computer an, tippte jeweils ein Passwort und setzte sich an einen der Arbeitsplätze. Sie begann die Tastatur zu malträtieren. »Ich mache ein paar System-Updates und ihr könnt euch einstweilen am Firmenserver umsehen, ich habe euch Tusks Oberfläche geladen.«

Fin rollte mit dem Stuhl an den gegenüberliegenden Schreibtisch, er klickte durch diverse Verzeichnisse; Jey blickte mit ihm auf den Bildschirm. Sie zeigte auf ein Icon, das wie ein Voronoi-Gitter aussah. »Öffne das.«

Auf dem Bildschirm baute sich zuerst ein zweidimensionales Netz auf, das sich dann um eine dritte Dimension erweiterte. Mit der Maus konnte Fin das Gebilde drehen und wenden. Die Schnittstellen waren als Kugeln dargestellt, wenn man diese vergrößerte, dann erschienen im Inneren die Details zu Personen oder Organisationen. Manche Verbindungslinien waren durchgehend, andere strichliert, manche hatten einen Pfeil in nur eine Richtung, bei anderen war der Zusammenhang beidseitig.

»Wie ein Bild von Mark Lombardi, nur viel komplexer«, sagte Fin.

»Und genauso wie bei Lombardi stellt es reale Verknüpfungen dar. Politische und wirtschaftliche Verflechtungen. Hier – diese Linie: Petronas, Exxon, ConocoPhillips, Vattenfall in Verbindung mit Goldman Sachs, von dort zu Mario Draghi von der EZB, weiter zu Mark Carney im Financial Stability Board, die das globale Finanzsystem überwachen, und weiter zu Robert Rubin im US-Finanzministerium. Und dort...« Jey zeigte auf ein Oktagon in der Mitte, »dort sitzt LT und spielt auf allen Fäden.«

Fin klickte auf das Symbol und raunte ihr zu. »Schau, das ist nicht alles. Er will hier ein genetisches Zuchtprogramm einrichten. Er sammelt schon Proben. Andersmenschliche Proben genauer gesagt. Er will sich eine persönliche Belegschaft mit besonderen Eigenschaften zulegen.«

»Was ist sein Ziel? Die Weltherrschaft? Sind wir in einem James-Bond-Film?«, murmelte Jey.

»Ehrgeiz ist wohl nicht auf Menschen beschränkt.«

Jey erwiderte: »So ist der Nemti nicht. Wir erforschen, aber wir erobern nicht.«

Fin zuckte die Schultern. »Jede Sippe hat ihre schwarzen Schafe.«

»Jetzt sehen wir uns aber seinen Kalender an.«

Fin nickte und öffnete das Programm. »Heute Abend ist er in Vancouver, Govenors Banquet, morgen nachmittags hat er einen Pressetermin im Pan Pacific. Das Hotel ist ein öffentlicher Bereich, dort könnten wir ihn abfangen.«

Auch die Taku schien fertig zu sein, sie band ihr schwarzes Haar zu einem Zopf, packte ihr Zeug ein, stand auf – und richtete eine Desert Eagle auf Fin und Jey.

»Wisst ihr«, sagte sie ruhig, »das Biotechnologie-Geschäft ist nur seine Basis. Lukrativ, ja, aber er will vor allem Einfluss auf die energiesüchtigen Massen. Strom ist Macht. Und mit der Firmengründung in Juneau hat er jetzt sein erstes Standbein im US-Markt.«

Sie deutete mit dem Lauf auf Fin, der aufstand und Jey hinter sich schob. »Wisst ihr, was er macht? Er kauft sich überall ein, kein Geschäft ist ihm zu schmutzig, er schafft sich ein Netzwerk aus Korruption, wo Bestechung nicht zieht, arbeitet er mit moralischer Erpressung. Er kennt keine Grenzen. Er ist ein Geld-Terrorist der schlimmsten Art. Ich spreche nicht von illegalen Geschäften, oh nein, er ist doch kein Krimineller. Energie ist sein zukünftiges Geschäftsfeld: Uran, Ölsand, Fracking, Lithium, Staudämme, Kohle, Holz. Er bekommt den Schlund nicht voll. Zuletzt hat er es geschafft, eine Schlägerungsbewilligung in dem Gebiet zu bekommen, das an den Waterton-Glacier-Friedenspark anschließt. Und die Pläne für ein Kraftwerk am Flathead River gehen auch in die zweite Genehmigungsphase. Der letzte frei fließende Kiesbettfluss ist gefährdet. Auch die Pipeline nach Kitmani ist plötzlich wieder im Gespräch und das Dekret zum Verbot von Öltankern an der nördlichen Pazifikküste wackelt. Jahrzehntelange Umweltarbeit wird in ein paar Wochen vernichtet. Alles sein Einfluss.«

Kurz ließ sie die Pistole sinken. »Ich habe es anders versucht, wollte legale Mittel gegen ihn einsetzen, habe monatelang Unterlagen an die Staatsanwaltschaft geliefert. Aber alles gleitet an Tusk ab. Er sitzt wie eine Spinne in seinem Netz, schneidest du einen Faden weg, entstehen zwei neue. Wir sind so wenige, die Widerstand leisten, selbst die Führer meines eigenen Volkes lassen sich bestechen. Reden sich auf Verarmung aus. Die indigene Gemeinschaft muss doch auch profitieren. Ich sehe nur noch einen Weg meine Heimat zu schützen.«

»Uns zu töten?«, warf Fin ein.

»Ach was, ihr seid nur Kollateralschaden. Zwei Weiße, die Industriespionage versuchen und dabei von Lucius ertappt werden. Schießerei und alle tot. Ein kleines Geschenk von euch an die First Nations.«

Fin schüttelte den Kopf. »Lass das. Du weißt nicht, was du da machst. Er wird nichts mehr anrichten. Wir regeln das auf unsere Weise, versprochen.«

»Das Versprechen eines *Dleit.kháa*, was ist das schon wert?«, gab sie zurück.

»Daakhw aa naaxh sá isitee?«, fragte Fin und der Bär wappnete sich.

»Was interessiert dich das? Du gehörst nicht zu meinem Clan. Nur weil du Tlingit sprichst, meinst du, dass ich meinen Plan ändere? Irrtum. Ich weiß, was du Karim angetan hast. Sieh es als ausgleichende Gerechtigkeit.« Sie drückte den Abzug.

Die Kugeln prallten von Fins Brust ab, er taumelte nur einen Schritt zur Seite. Grenzenloses Erstaunen breitete sich auf ihrem Gesicht aus, dann presste sie die Lippen zusammen und zielte auf Jey. Bevor Fin reagieren konnte, zischte ein Messer an ihm vorbei und nagelte die Hand der Frau an die Wand hinter ihr. Die Taku ließ schreiend die Desert Eagle fallen.

»Guter Wurf«, sagte Fin und trat die Waffe weg.

Nachdem er das Messer herausgezogen hatte, wickelte er ein Handtuch, das Jey aus dem angrenzend Bad geholt hatte, um die Hand der Frau, die zusammengesunken an der Wand lehnte und frustriert weinte.

»Gibt es dort drin auch Verbandzeug?«, fragte er Jey.

Sie durchsuchte die Schränke und zog einen grünen Kasten mit Kreuz am Deckel hervor.

Fin untersuchte und desinfizierte die Wunde. »Du hast Glück. Genau zwischen die Mittelhandknochen. Wird problemlos heilen.« Er legte einen Druckverband an, sie betrachtete die Einschusslöcher in seinem Polo-Shirt und wurde noch blasser.

Jey hielt ihr ein Schmerzmittel mit einem Glas Wasser hin. »Fahren Sie gleich ins Spital. Sie werden verstehen, dass wir Sie nicht begleiten.«

Die Frau schaute an ihnen vorbei, Fin folgte ihrem Blick: Ein Schatten glitt die Milchglasscheibe entlang und die Bürotür schwang auf.

»Auf die Geschichte bin ich jetzt neugierig«, sagte Lucius Tusk.

Die junge Frau hatte sich hochgestemmt und rief: »Lucius, gut, dass du da bist, ich habe die beiden hier überrascht. Dort vorn liegt meine Waffe. Aber pass auf, er hat irgendwas untergezogen, eine Art durchsichtige Kevlar-Weste.«

Tusk schaute sich um, machte aber keine Anstalten, nach der Desert Eagle zu greifen. »Herzchen, du hast mich angerufen und hergebeten. Gleichzeitig kommen Einbrecher? Seltsamer Zufall. Und was wollen sie hier stehlen?«

Sie hatte Tränen in den Augen. »Ich habe sie am Rechner ertappt, schau doch nach, du wirst schon sehen, was sie alles aufgerufen haben. Vielleicht wollen sie auch Sabotage verüben.«

Weder Fin noch Jey hatten bisher einen Ton von sich gegeben. Tusk schien ihre Anwesenheit nicht zu beunruhigen, er konzentrierte sich ganz auf die Taku-Frau.

»Hör zu«, sagte er freundlich, »ich weiß schon eine Weile, wer du bist. Ich habe dich einfach werkeln lassen, weil ich wissen wollte, wer noch in deiner Gruppe tätig ist. Ihr seid lästig und ich will das mit einem Schlag beenden. Ein Kammerjäger wartet auch, bis er das Wespennest findet, nicht wahr?«

Ihre Gesichtsfarbe wirkte grau und sie taumelte. »Was wirst du jetzt machen? Die Polizei holen?«

Tusk lachte. »Was brauche ich das JPD? Ich habe meine eigenen Leute. Die räumen gerade auf.«

»Dann bist du doch ein Krimineller.« Sie sprach nur mehr ganz leise.

»Kriminell? Das sagt die Frau, die mich in eine tödliche Falle locken wollte? Oder meinst du ich erkenne nicht, was das hier hätte werden sollen? Herzchen, du hast doch nicht wirklich geglaubt, dass du damit durchkommst?«

»Ich bin vielleicht gescheitert, aber andere werden es weiter versuchen.« Sie wedelte mit den Armen.

»Welche anderen? Glaubst du etwa ich war nicht gründlich? Da ist keiner mehr übrig. Wird einen Ausreißer geben in der Unfallstatistik und das war's.«

Die junge Frau wollte auf ihn losgehen, aber er stieß sie zurück und sie stürzte zu Boden, rappelte sich sofort wieder auf. Fin trat einen Schritt vor, aber Jey hielt ihn am Unterarm fest. Tusk nahm zum ersten Mal richtig Notiz von ihnen und zwinkerte Fin zu. »Ist sie nicht putzig?« Er hob die Hände, bewegte sie, als würde er Figuren eines Fadenspiels zwischen den Fingern formen, tippte die zierliche Frau fast zärtlich an und anstelle der Taku flatterte eine Seemöwe im Raum.

»Sch. Sch.«, zischte Tusk und jagte sie aus dem Fenster. »So, jetzt wären wir unter uns.« Er hob die Pistole auf und legte sie in eine Schublade.

Ohne Jey weiter zu beachten, die sich in die Ecke neben der Eingangstür zurückgezogen hatte, kam Tusk auf Fin zu und klopfte ihm jovial auf den Oberarm. »Du bist mit magischen Dingen vertraut, wie mir scheint. Und du bist ein Gestaltwandler, nicht wahr?« Er steckte den Finger in das Loch in Fins Shirt. »Ein kugelfester noch dazu. Wie interessant.«

»Wieso hast du den Schamanen getötet?«

Einen Moment wirkte Tusk verwirrt, er runzelte die Stirn. »Der alte Mann? Deshalb bist du hier? Er hat mir nachgeschnüffelt. Noch so ein Öko-Terrorist.« Seine Gesichtszüge glätteten sich. »Ah, du bist der *s'eek.kháa*, der Bären-Mann. Der Indianer hat an dich gedacht, als ich ihn an den Fluss gefesselt habe. Er hat dich hergeschickt? Dann hatte er mehr drauf, als ich dachte. Eigentlich wollte ich mit ihm andere seines Schlages zum Fluss locken. Sie können erkennen, dass ich fremdartig bin, das kann ich nicht brauchen.«

Fin wäre ihm am liebsten an die Gurgel gesprungen, trotzdem beherrschte er sich, ein Angriff würde nur die Verkleidung beschädigen, aber nicht den Trickster vertreiben. »Du bist ein mächtiger Zauberer. Du brauchst doch keinen zu fürchten?«

»Einen Einzelnen nicht, aber es gibt noch eine Handvoll magisch Begabte in dieser Welt, wenn die aufmerksam werden und sich zusammentun – na, ich werde sie schon nach und nach finden.« Tusk tippte Fin auf die Brust. »Ein Wer-Grizzly also. Da haben wir auch welche gemacht? Kann mich gar nicht mehr entsinnen. Zeig mal, wie du aussiehst.«

Fin reagierte nicht, er schielte zu Jey hin, die den Kopf schüttelte.

»Na komm schon«, sagte Tusk. »Wölfe und Robben habe ich schon zuhauf gesammelt, dazu ein paar Waldmenschen, gerüchteweise soll es auch noch vereinzelt andere Wesen geben. Und siehe da – eines steht hier. Ungleich viele unserer Experimente sind schon wieder ausgestorben, übrig sind nur die Langweiler, die Angsthasen, die sich vor den Menschen verbergen. Glaub mir, die meisten brauchen dringend mehr Biss. Du bist eine angenehme Abwechslung, du wirkst deutlich aggressiver.«

Wieder ging Tusk an Jey vorbei, ohne sie zu beachten. »Ich möchte dich als meinen Partner. Du könntest mein Sicherheitschef werden, bekommst eine ganze Truppe unterstellt. Was meinst du?«

Beethovens Neunte schallte aus seiner Hosentasche. Tusk holte das Telefon heraus und warf einen Blick auf das Display. »Da muss ich ran. Ich habe mich von der Party des Gouverneurs geschlichen und will nicht mehr zurückfliegen. Diese Woche hatte ich genug Politikergeschwätz.«

Er fläzte sich auf den Chefsessel hinter dem eleganten Schreibtisch, schaukelte und legte dann die Füße auf die Tischplatte, tauschte Höflichkeiten mit dem Anrufer.

Fin beugte sich zu Jey hin und flüsterte: »Kannst du ihn von hier wegschaffen? Und ich meine richtig weit weg.«

Sie wiegte den Kopf und überlegte. »Ich kann nicht einfach an jedem Ort einen Übergang schaffen. Dazu bin ich zu sehr Mensch, zu sehr in der Materie.« Sie zog ihre Handschuhe aus und spreizte die Finger. »Aber er trägt nur eine Menschenmaske, er hat in die Struktur gegriffen. Diese Spur kann ich nützen, ich brauche aber eine Weile.«

»Wie viel Weile?«

»Soviel du mir geben kannst. Ich werde den Nebel in die Tür weben. Wenn ich es sage, dann musst du Tusk dazu bringen durchzugehen.« Sie lehnte sich gegen die Wand, legte ihre Handfläche auf das Türblatt und schloss die Augen.

Fin schlenderte zum Schreibtisch hin, steckte die Hände in die Hosensäcke. Tusk beendete das Gespräch, schaukelte weiter in seinem Stuhl.

»Das Angebot klingt gut, aber nicht gut genug«, sagte Fin.

»Du willst verhandeln? Viel Spielraum hast du aber nicht. Im Moment habe ich die bessere Position.«

»Das kommt darauf an, wie man es sieht.« Fin schaute auf ihn hinunter. »Außerdem – ich stehe nicht so auf ein Spiel mit gezinkten Karten.«

»Sagt der Mann, der einem anderen mit einem Hieb das Genick brechen kann.«

»Ich bin kein Aggressor und ich kämpfe weder aus Spaß noch um des Geldes willen. Was wäre das auch für eine Herausforderung?«

Tusk tippte auf seinem Mobiltelefon herum. »Du stehst also auf Fair-Play? Wie langweilig. Ob wir da zusammenkommen? Ich glaube eher nicht. Na gut, Schluss damit. Ich habe noch Termine.« Er sprang auf, kam um den Schreibtisch herum. »Ich werde dich einfrieren, dein Material kann ich noch brauchen, und aus deiner angststarrten Freundin dort mache ich ein Grauhörnchen, das ist niedlich.«

Fin wich ein paar Schritte zurück, hoffte, dass ihm der Trickster folgen würde. Tusk fasste in die Luft und formte etwas Unsichtbares, warf es auf Fin. Der Zauber verpuffte, ohne Wirkung zu zeigen.

»Das ist überraschend. Was bist du?«

»Sag du es mir.«

Tusk ging um ihn herum, musterte ihn von oben bis unten, fühlte mit den Fingerspitzen in den leeren Raum knapp vor Fins Körper. »Keine der Kreaturen, die wir geschaffen haben, kein Mensch, aber auch nicht wie ich. Ja, was bist du bloß?«

»Ich will dir helfen. Man hat mich einmal Sefegiru genannt.«

Tusk schnappte nach Luft. »Das ist nicht möglich. Nichts und niemand übersteht den Kiefer einer Ammit. Deshalb muss mein Vater am Bug der Barke wachen.«

»Du wolltest mich zu einem Schicksal schlimmer als das Vergessen verurteilen. Zu einer zerstückelten Existenz, Leben ohne Sein.« Er packte Tusk an den Oberarmen, der sich zu befreien versuchte, aber nicht gegen Fins Kraft ankam. »Blöd, so eine materielle Hülle, du hättest dir eine stärkere Physis zulegen sollen.«

»Jetzt«, rief Jey.

Fin zerrte den strampelnden Mann zur Bürotür und drückte ihn gegen das Milchglas, das verfloss und sie ins Sepia sog.

37

»Netter Trick. Wusste gar nicht, dass du das draufhast.« Lucius Tusk richtet sein Sakko. »Da wären wir also wieder. Ich habe echt geglaubt, der Fluss ist eine endgültige Lösung. Na, ganz hat er dich eh nicht mehr zurückgegeben. Du bist ein anderer. Früher warst du – wie soll ich sagen – brillanter. Sieh dich an, du bist nur noch eine rostende Seele. Vintage. Du wirst es nicht mehr lange machen.« Er klingt amüsiert. »Heute wäre Neferet nicht mehr so beeindruckt von dir.«

Bevor Fin etwas erwidern kann, sagt Jey. »Wie wenig du mich kennst. Noch immer ist er um Lichtjahre strahlender, als du es je sein wirst.«

Lucius dreht sich langsam um. »Du bist es? Du? Das ist unvorstellbar. Du bist ein Mensch geworden? Um ihn wiederzufinden?«

Ihre Stimme lässt die Steine knistern. »Ich bin Nebet-Wawet, *die Herrin der Wege*. Ich entdecke Universen, ich erforsche Galaxien, ich finde Welten. Und ich finde Seelen.« Rauschend öffnen sich ihre Flügel, tausend Sterne erstrahlen. Sie packt ihn, zieht ihm das Lucius-Kostüm ab und wirft Wedja, einen von Seths Söhnen, weit hinein in die sienafarbenen Nebel.

»Das war es jetzt?« Fin schaut zum Fluss hin.

Jey verneint. »Jetzt warten wir. ER muss entscheiden, denn sein Gesetz wurde gebrochen.«

»Wen meinst du?«

»Meinen Vater. Neb-ta-djeser haben ihn die Menschen einmal genannt.«

»Neb-ta-djeser, *Herr des Heiligen Landes*?« Fin denkt nach, diesen Titel hat er schon einmal gelesen, vor langer Zeit, im ägyptischen Museum in Kairo. Er runzelt die Stirn und versucht sich an die Skulptur zu erinnern: Es war die Abbildung eines schwarzen Hundes gewesen, nein, eines Schakals. Obwohl im alten Ägypten nicht zwischen Hund, Wolf und Schakal unterschieden wurde, hatten die europäischen Ägyptologen das so bestimmt. Es fällt ihm wieder ein: Anput, *Kronprinz*, von den Griechen Anubis genannt, der Richter über die Seelen. In späteren Papyrus-Texten von Osiris als Herrscher des Totenreiches verdrängt und nur mehr als Gebieter der Balsamierer dargestellt.

»Der Schakal-Gott ist dein Vater?«, fragt er Jey.

»Ja. Fürst der Wächter, Anführer des Kaniden-Clans, soweit sich unser Begriff dafür in Menschensprache übertragen lässt.«

Anubis. Ein mächtiges Wesen, denkt Fin, das in der menschlichen Mythologie einen unrühmlichen Abstieg genommen hat – zuerst noch Lailaps, der unsterbliche Begleithund der antiken Götter, wurde er zu Cusith, dem Hund der Anderswelt; zu Kerberos, dem dreiköpfigen Schließhund der Unterwelt; schließlich dämonisiert zum Höllenhund der Wilden Jagd, zum Hund von Baskerville und zu Fenris, dem Weltenverschlinger – so erniedrigten die Menschen ihre Götter.

Der Raum wird gekrümmt von seinem Schritt. Ein Naturgesetz materialisiert zu einer Gestalt. In diesem Moment verbrennen Fins Zweifel zu Asche: ER kommt, der Fürst, dem Sefegiru einmal Treue geschworen hatte. War Neferet das Firmament, war ihr Vater das Universum – unergründlich und überwältigend. Und absolut real.

Der Schakal-Mann trägt einen Speer, der sein Zepter ist, seine dunklen Augen glänzen und bronzene Lichter huschen über sein schwarzes Fell. Seine Faust umschließt einen Knöchel, er zerrt Wedja hinter sich her und drückt ihn vor sich in den Sand. Der schreit schrill. »Mein Vater wird Wegzoll für mich fordern.«

»Dann wird Krieg sein«, donnert der Schakal-Mann. »Wer bin ich, dass du meinen Langmut ausnützt? Wer bin ich, dass du meine Herrschaft anzweifelst? Wer bin ich, dass du mein Gesetz brichst?«

Wedja duckt sich vor ihm, versucht, sich seinem Griff zu entwinden, doch Anubis verbannt ihn ins Nichts.

»Hast du ihn getötet?«, fragt Fin verblüfft.

Der Schakal-Mann knurrt: »Nein, wir sind unsterblich und untrennbar. Aber dort gibt es keine Orientierung. Wedja wird herumirren und jede Grenze wird ihn wieder in die Mitte bringen. Für ihn sind alle Wege zu Ende.«

Mit einer Geste formt er eine neue Umgebung: ein hölzernes Tor, beschlagen mit bronzenen Platten, eine Granitmauer, ein viereckiger Turm mit unzähligen Stufen, die zu einer Plattform führen, auf der ein Thron steht. Feuerschalen beleuchten die Steinblöcke. Ein unvorstellbarer Himmel wölbt sich über ihnen: Leuchtende, vielfarbige Stellarnebel vor schwarzer Ewigkeit.

Eine weitere Gestalt materialisiert, ein Tier-Mann, der die Finsternis um sich ballt, wie einen chaotisch fließenden Umhang, sein Speer ist ein gefrorener Lichtstrahl. Er stellt sich Anubis in den Weg.

»Gib meinen Sohn frei, Fürst der Kaniden, du magst Richter sein, aber Scherge zu sein von Meinesgleichen steht dir nicht zu.«

»Du willst mein Recht anzweifeln zu vollstrecken? Bei dem, was dein Sohn tut? Hat es nicht gereicht, dass er diese Welt als Spielplatz missbraucht hat? Er hat Wesen geschaffen, die der natürliche Lauf des Lebens nicht vorgesehen hat, nur um mit ihnen Kämpfe auszutragen und die Menschen zu fordern. Wir haben seine Schande geglättet und an diesem Ort habe ich Nachsicht geübt. Wie dankt er meine Milde? Er baut Fallen und will sein Werk fortsetzen.« Anubis setzt sich auf seinen Thron. »Mein Befehl ist keine Willkür. Leben muss geschützt werden. Es muss Möglichkeiten haben. Evolution.«

»Machen *sie* das? Sie haben doch auch keinen Respekt davor«, ruft Seth.

»Es ist ihre Welt. Es steht Nemti nicht zu, ihnen Regeln aufzuzwingen. Ihr eigener Weg wird die Menschen in Schranken weisen.«

»Ich bin nicht gewillt dein Urteil hinzunehmen«, brüllt das Chaos-Tier und hebt den Speer.

Jey breitet die Flügel über ihren Vater und Fin springt vor ihn, schützt den Fürsten mit seinem Körper.

Anubis richtet sich auf, pocht mit seinem Zepter auf den Stein und grollt: »Wer steht mit dir, Bruder? Deine Frau? Deine Söhne? Ich sehe niemanden.«

Seth schüttelt seinen Speer. »Ich bin allein mächtig.«

»Deshalb ist dein Platz auf der Barke, du bist der Bugwächter, eine ehrenvolle Aufgabe für einen mächtigen Krieger. Das ist dir nicht genug? Aber was willst du mit meinem Zepter? Wer steht mit dir, wenn einer unserer Wege in Untiefen führt? Dort kannst du nicht allein bestehen.«

Auf einen Wink von Anubis hin erscheinen hunderte Soldaten auf der Mauerkrone und um den Turm, schlagen mit ihren Schwertern auf ihre Schilde. Anubis und sein Bruder führen ein Duell der Blicke; Seth neigt das

Haupt, beugt langsam das Knie vor seinem Gebieter, senkt den Körper, bis seine Stirn den Boden berührt.

Der Schakal-Mann befiehlt seine Soldaten fort und Fin kniet sich gleichfalls hin. Anubis umarmt seine Tochter und deutet auf ihn. »Bären-Mann, komm näher.«

Fin gehorcht. Anubis hebt das Was-Zepter und stößt es in den Stein. »Dein Name ist Nedjitef – *der Mann, der seinen Vater schützt*. Mein Sohn. So ist es in den Stein geschrieben. So ist es in den Leib geschrieben.«

Die Hände des Schakal-Mannes tanzen und zwischen ihnen verfestigt sich Licht zu einem Henkelkreuz. Er drückt es Fin auf die Brust, kurz leuchtet das Anch, dann verschwindet es in ihm und sein stumpfes Fell wird glatt und seidig, schimmert golden, die Risse verheilen.

»Der Herr des Westens spricht: *Du bist Nemti*.«

Anubis setzt sich auf seinen Thron. »Ich fühle, dass ihr noch das andere Sein fortleben wollt. Geht nur zurück, es sei euch gewährt. Ich werde an der Kreuzung stehen, wenn Neferet und Nedjitef den in sich gebogenen Pfad erreichen. Mein Herz wird voller Freude sein.«

Jey nimmt Fins Hand, sie verneigen sich vor dem Schakal-Gott und tauchen ein in den bronzenen Dunst, der die Welten trennt und verbindet.

38

Mit einem Platschen schlug die Laptop-Tasche auf das dunkle Wasser und versank sofort. Ein kühler Wind brachte vom Meer den Geruch von Salz und Algen. Sie gingen den Uferweg entlang, über einen Holzsteg und weiter an der unbeleuchteten Villa vorbei zur Mendenhall Loop Road. Fin legte Jey den Arm über die Schulter und flüsterte ihr ins Ohr: »Bevor die Erinnerung wieder verblasst, beantworte mir eine Frage: Wenn ich jetzt sein Sohn bin, bist du meine Schwester. Darf ich dann überhaupt noch zu dir ins Bett?«

»Du bist fixiert.«

»Das sagst du immer. Also, was ist jetzt, Schwester?«

»Vater ist mit seiner Tante verbunden. Wir sind ein Kollektiv, wir sind alle miteinander verwandt. Nemti war Eins, ist jetzt Viele und wenn alle Wege gegangen sind, wird er wieder Eins sein. Okay?«

»Dann bin ich beruhigt. Und jetzt will ich nach Hause. Ich will endlich wieder in unserem eigenen Bett liegen, ein Eishockey-Match sehen und ein kaltes Bier dazu trinken.«

Jey legte den Arm um seine Taille und lehnte sich an ihn. »Die einfachen Dinge halt.«

»Oh ja, Miss, oh ja.«

Als sie an der Rezeption des Grandma's nach ihrem Schlüssel verlangten, rasten mehrere Feuerwehrautos mit eingeschaltetem Einsatzlicht vorbei. Nachdem das

Heulen leiser geworden war, sagte der Nachtportier: »Unfall am Auke Lake, kam gerade in den Lokalnachrichten.«

Jey gähnte. »Ein Brand?«

»Nein, im Gegenteil – anscheinend ein Wassereinbruch in die Kellerräume dieses Glasblocks – wie heißt die Firma gleich? – ah ja, LT. Kann mir aber nicht vorstellen, was die Feuerwehr da viel tun soll. Können ja nicht den See leerpumpen.« Der Mann schmunzelte und gab ihnen den Zimmerschlüssel.

Fin stand im Bad vor dem Spiegel. Er fühlte sich anders, versuchte nachzuspüren, wie ihn die neuerliche Jenseitsreise verändert hatte. Eins, kam ihm in den Sinn. Eins-Sein. Die innere Teilung, die er immer empfunden hatte – fort. Er *war* der Bär. Der Bär war seine geheime Gestalt, keine körperliche Wandlung, wie bei den Wölfen war nötig, nur eine kleine Anpassung des Energiepotentials.

Jey holte ihren Kosmetikbeutel aus der Reisetasche, suchte etwas zwischen ihrem Gewand.

»Schau, Miss«, Fin zeigte ihr seine Faust. »Das nächste Mal wenn die DEA-Typen aus Sacramento auftauchen, sehen sie das.« Er streckte den Mittelfinger aus und ließ weißes Fell nur auf der Außenseite wachsen.

Jey lachte und kramte in ihrem Mantel.

»Das geht auch mit anderen Körperteilen.« Fin streckte die Zunge heraus, sie wurde schmal und lang. Er leckte sich damit über die Nase. »Nie wieder Taschentücher nötig.«

»Igitt. Mach das bloß nicht unbewusst vor ein paar Touristen.« Jey kicherte.

Fin zupfte am Gürtel ihrer Jeans. »Und mir fallen noch ein paar andere Dinge für so eine Zunge ein.«

Sie stupfte ihn in die Rippen. »Du denkst sicher gerade an Annas Cremeschnitten.«

Er grinste. Jey hatte das Smartphone in ihrer Manteltasche gefunden und drückte den Einschaltkopf. »Wird das Verschwinden von Tusk nicht Wellen schlagen? Jemand wird eine Verbindung zu dem Unfall und der Taku-Frau herstellen. Man hat uns vielleicht mit ihr gesehen.«

Fin dachte nach. »Ich denke, sie hat den Zwischenfall programmiert. Irgendwie die Gebäudetechnik manipuliert. Die Ermittler werden das als Öko-Terrorismus einstufen und annehmen, dass sie untergetaucht ist.« Er runzelte die Stirn. »Wegen eines Sachschadens wird das JPD nicht allzu viel Mühe in die Ermittlungen stecken. Und dass Tusk dort sein Datenzentrum hatte und besondere Pläne für die unterirdischen Labors, wussten wahrscheinlich nicht einmal engere Mitarbeiter. Aber du hast recht, wenn aufkommt, dass er hier vor Ort verschwunden ist, wird das Ermittlungen der Bundespolizei nach sich ziehen.«

»Was können wir machen?«

»Alternative Fakten schaffen – das ist inzwischen ziemlich einfach geworden. Zumindest für Leute wie Ned. Wird uns dein Deputy helfen, ohne Fragen zu stellen?«

Jey nickte. »Woran denkst du?«

»Ich habe da einen guten Freund, er war Kampfpilot in der Army. Er arbeitet jetzt als Testpilot für verschiedene Flugzeugentwickler in Nevada. Er hat einen ziemlichen Grant auf die Typen, die autonome Drohnen auch für große Fluggeräte testen, weil er meint, kein noch so gutes System kann die Erfahrung eines Piloten ersetzen. Ich denke, er kann uns Videomaterial schicken. Ein wenig mit Nachrichtenmaterial zusammengeschnitten und Tusk twittert einen Testflug in den Süden.«

»Wird dein Freund nicht misstrauisch werden?«

»Nein, er ist immer für einen Schabernack zu haben und interessiert sich kaum fürs Tagesgeschehen oder soziale Medien. Ich schicke ihm gleich eine Nachricht.« Er griff in die Innentasche seiner Lederjacke, suchte, bis ihm einfiel, dass er das Gerät geschrottet hatte. »Gib mir bitte deines.«

Jey schaute auf das Smartphone in ihrer Hand. »Kein Wunder, dass das Ding seit Tagen so still ist – leerer Akku.« Sie steckte das Ladegerät an, wartete bis das Display erwachte und tippte den PIN-Code ein.

Das Piepsen der eingehenden Nachrichten schien kein Ende zu nehmen, Fin starrte verwundert auf das Telefon. »Was ist denn da los? Wirst du gerade gespamt?«

Jey wischte verdutzt über den Bildschirm. »Nein, das sind alles Nachrichten auf der Mailbox.«

Damit Fin mithören konnte, schaltete sie den Lautsprecher ein. Sie benötigten mehrere Durchläufe, um aus den unterschiedlichen Mitteilungen von Peter, Winnie, Henri, Erland und Adele ein Bild über die Situation in Alpine zusammenzusetzen.

Noch nie hatte er Jey so aufgelöst gesehen. Sie tippte und wischte über den Display, versuchte hektisch einen Flug zu finden und war den Tränen nahe, als sich auch mit Umwegen keine Verbindung finden ließ, die sie vor Sonntagabend nach Hause bringen konnte.

Fin nahm ihr das Smartphone ab. »Atme durch, Miss. Lass mich machen.«

Er wählte über das Haustelefon die Rezeption an und ließ sich die Nummer des Büros der State Troopers in Juneau geben, tippte sie ins Smartphone. »Guten Abend, Finley McLochlainn hier, können Sie mich bitte mit Captain Booker verbinden? ...- Nein, ein Kollege kann mir nicht helfen, es ist ein persönlicher Notfall ...- Gut, er kann mich zurückrufen, sagen sie dem Captain meinen Namen ...- Ja, danke.«

Jey tigerte im Raum auf und ab, blieb stehen und sah ihn fragend an.

»Der Officer des Juneau Police Department, der mich damals vom Strand auf der Halbinsel geholt hat – er hat sich auch weiter gekümmert. Ich weiß nicht warum, ich habe ihm wohl leidgetan, und wir sind später in losem Kontakt geblieben. Auch, weil er sich mit Oliver angefreundet hatte. Er ist jetzt Commander bei den State Troopers und die haben zwei King Air 200. Vielleicht kann er...« Das Mobiltelefon läutete und Fin hob ab. »Hi Ben, danke für den Rückruf. Wie geht es? ...- Schön zu hören ...- Es wird schon, sie ist noch in Lax Kw'aalams ...- Ich hätte dich nicht so spät gestört, aber ich habe ein Transportproblem ...- Ja. Ich bin mit dem County Sheriff von Alpine in Juneau und wir benötigen dringend einen Flug nach Kalifornien. Eine Motorrad-Gang macht dort Krawall und will morgen die Kirchgänger ärgern, die Deputys brauchen ihren Sheriff vor Ort ...- Amtshilfe, genau. Bringst du das hin? ...- Als kleine Gegenleistung wird sie euch im Sommer unterstützen ...- Ja, *sie*, eine Frau, und sie war Juniorenstaatsmeisterin in Biathlon, du verstehst? ...- Genau. Dann bekommt ihr Amtshilfe von uns ...- Ja, wir sind pünktlich. Danke.«

Fin legte auf. »Abflug um sechs Uhr.«

Jey versuchte erfolglos zuerst Winnie und dann Peter zu erreichen, wählte dann Henris Nummer. Fin nahm ihr das Telefon ab. »Mach dich nicht irre, Miss. Es ist nach Mitternacht, du wirst keinen erreichen. Schlafen wir lieber noch ein paar Stunden.«

Sie nickte und legte sich komplett angezogen aufs Bett. »Was hast du ihm als Gegenleistung zugesagt?«

»Unterstützung beim Schießwettbewerb. Im Spätsommer findet der immer zwischen den Alaska State Troopers und der Royal Canadian Mounted Police statt. Das ist Tradition seit 1959 und die Troopers sind leicht im Rückstand. Captain Booker lädt dich im Zuge eines Austauschprogrammes ein und du hilfst ihnen, dieses Jahr die Sache für Alaska zu entscheiden.«

Fin legte sich neben Jey und verschränkte seine Finger in ihren. Sie schloss die Augen, er hörte sie tief einatmen, dann sagte sie: »Garm ist ruhig, aber aufmerksam. Er wartet auf ein Gefecht. Sobald die Schatten in Hot Springs am kürzesten sind.«

Fin nahm sie in die Arme. »Es wird knapp, aber der Turboprop schafft die Strecke ohne Zwischenstopp und die Landebahn in Alpine genügt für die King. Wir werden rechtzeitig da sein. Versprochen.«

Nach ein paar Minuten war Jey eingeschlafen, Fin lag noch eine Weile wach und betrachtete die Zimmerdecke, kalkulierte die Flugstrecke und hoffte, dass er nicht zu viel versprochen hatte. Bei schlechten Windverhältnissen würden sie erst in Alpine landen, wenn die Schlacht bereits geschlagen war.

39

Motoren röhrten durch das Tal. Fehlzündungen ließen Weißwedel-Hirsche panisch flüchten. Der Frieden im Wiesengrund zwischen Hawkins und Thornburg Peak war jäh vorbei.

Nachdem der letzte Miner sein Bike geparkt hatte, schickte Winnie einen Funkspruch an Ned, der die Straße zum State Park sperrte. Schon in der Früh war er mit den Deputys von Haus zu Haus gegangen und hatte Einwohner und Touristen aufgefordert den Ort zu verlassen und für einen Tag nach Kirkwood auszusiedeln. Das SAR-Team hatte die Organisation übernommen und den Menschen erklärt, dass eine ungewöhnliche Geruchsentwicklung über dem vulkanischen Boden im Park festgestellt worden war und ein wissenschaftliches Team erst durch Gasmessungen feststellen musste, ob eine Gesundheitsgefährdung bestand oder nicht.

Ms. Lindstroem war im Ort zurückgeblieben, um den Einsatz im Sheriff Office zu koordinieren; und Henri hielt mit Anna und drei Farmarbeitern auf der Hawkes-Ranch Stellung.

Adele hüpfte von der Ladefläche von Winnies Truck und blickte sich um. An so einem schönen Tag wären jetzt normalerweise Wanderer unterwegs, Sonntagsausflügler mit Picknickkörben, spielende Kinder und im warmen Wasser des Pools Badende. J.T. legte ihr den Arm über die Schulter. »Alles klar?«

»Oh ja«, knurrte sie. »Es wird Zeit den Typen den Arsch zu versohlen. Ich bin sowas von heiß drauf.«

Er wollte Richtung Talboden losgehen, aber sie hielt ihn zurück. »Hast du die Uhr noch?«

Er sah sie fragend an, Adele ergänzte: »Dieses rostige Ding, die Zahnradkugel.«

J.T. griff in die Innentasche seiner Cargo-Weste und zog die Metallkonstruktion heraus. Adele nahm sie ihm aus der Hand, steckte sie in ihre Kuriertasche und küsste ihn auf die Wange. »Danke, kleiner Bruder.«

Die Miners hatten sich bereits am Parkplatz das Gewand abgezogen und wälzten sich im Schlamm einer Thermalquelle. Peters Rudel folgte ihrem Anführer zu einem flachen Felsen neben ein paar Douglasien. Sie entkleideten sich gleichfalls, für sie ungewohnt in der Mittagssonne. Kurz genierte sich Adele und schalt sich dann eine Närrin. Erstaunt beobachtete sie, wie Winnie eine Dose aus seinem Rucksack holte und die nackten Oberkörper und Beine seiner Washoe-Krieger einstrich. Bald glänzten die Männer wie Außerirdische in einem Trash-SF-Film. Er bemerkte ihren Blick, grinste und sagte: »Nanosilber in Büffelfett. Da werden sie sich die Mäuler verbrennen.«

Sie nickte anerkennend, bemerkte dann eine Bewegung am Waldrand: Eine Gruppe wilder Männer mit Keulen und drei Frauen, geschürzt mit Flechten und Blasrohre in der Hand, stießen zu ihnen.

Schließlich schrillte ein Pfiff herüber, die Miners hatten Aufstellung genommen, Burke blies in eine Trillerpfeife, wie ein Schiedsrichter bei einem Eishockeymatch.

Mit Peter an der Spitze stellten sie sich den Eindringlingen und maßen sich mit Blicken. Adele zählte an die neunzig Männer, die ihrem nicht einmal halb so großen Haufen gegenüberstanden. Sie kniff die Augen zusammen: Einer Trophäe gleich hatten die Miners hinter ihren Reihen Erland an ein schweres Bike gefesselt.

Sie spürte Leo neben sich. »Das soll uns wohl antreiben nicht die Richtung zu wechseln.« Er drückte leicht ihre Hand.

Adele sagte: »Ist schon gut, Partner, geh nur zu ihr.« Sie deutete mit dem Kopf zu Ursela, die neben ihrem Vater stand. Doch Leo blieb an seinem Platz, ließ ihre Hand nicht los. Adele suchte seinen Blick.

»Ich stehe genau dort, wo ich hingehöre«, sagte er und wandelte sich in einen Puma, rieb seinen Kopf kurz an ihrer Hüfte. Auch Adele wechselte die Gestalt. Ein Kreischen ließ sie hochsehen. Der Umriss eines kalifornischen Kondors glitt über sie, Angie war gekommen.

Auf ein Zeichen von Burke hin brüllten die schmutzig-nackten Motorhead Miners im Chor ihr Kampflied: *»Born to raise hell, born to raise hell, we know how to do it and we do it real well.«*

Das Aufeinandertreffen war hart und schnell gewesen. Ein erster Durchgang, um die Entschlossenheit und das Geschick des Gegners zu testen.

Die Wölfe leckten ihre Wunden, die Washoe sammelten Pfeile ein. Nur Garm zerrte noch immer einen schreienden Miners durch die Büsche.

Adele blickte Leo an, sie wussten beide, dass sie verlieren würden. Aber sie wollten wenigstens einen blutigen Kampf liefern, die Motorhead Miners sollten so viele Mitglieder einbüßen, dass die übrigen Einwohner von Alpine County eine Chance hatten, doch noch mit ihnen fertig zu werden.

Peter heulte, sie schlossen ihre Reihen und stemmten die Pfoten ins Gras. Burkes Pack setzte sich in Bewegung. Ein Schuss ließ die Erde zwischen ihnen aufspritzen. Alle hielten inne. In einer Staubwolke galoppierten bewaffnete Reiter näher. Adele wandelte sie sich in Menschengestalt zurück, ein paar wenige folgten ihrem Beispiel.

»Jetzt sind wir endgültig in einem Western gelandet«, sagte Adele zu Leo, »die Kavallerie ist eingetroffen.«

40

»Kein einziges Auto im Ort. Wo habt ihr denn alle hingeschickt?« Jey repetierte die Winchester und marschierte mitten durch das Rudel, gefolgt von Fin, der sich auszuziehen begann. Henri und Anna waren bei den Pferden geblieben.

»Mesa Vista und Kirkwood. Evakuierungsplan«, antwortete Winnie und Jey nickte. Ein paar Schritte vor Burke blieb sie stehen, das Gewehr locker auf den Unterarm gelegt.

»Himmel, bin ich froh, dass ihr da seid«, murmelte Peter ihnen zu. Inzwischen hatte sich Fin entkleidet und verwandelt. Burke starrte den Geisterbären mit einer Mischung aus Faszination und Entsetzen an.

»Mister Burke«, sagte Jey, »ich habe festgestellt, dass in meiner Abwesenheit ein paar Dinge aus dem Ruder gelaufen sind. Nun, ich bin zurück, jetzt können wir das gemeinsam richtigstellen.«

Der Biker-Boss kniff die Augen zusammen, taxierte Jey. »Du bist also der Sheriff? Habe schon von dir gehört, hast einen gewissen Ruf. Aber ich weiß, dass das nur Fassade ist, gell? Bist doch die Kleine von der rothaarigen Schlampe. Wie hieß sie noch? Ach ja, Kristina. War ja ein Zuckermäuschen, als sie zu uns kam, aber leider auch schnell abgeschleckt. Schau dir die ergrauten Typen hinter mir an, könnt einer dein Pa sein. Aber welcher bloß?«

Heulen brandete durch die Reihen und Burke hieb sich auf die Schenkel. Jey drehte sich zu den Werwölfen des Alpine Rudels um und befahl: »Wenn ich die Hand hebe, beherrscht euch, zeigt ihnen, dass ihr standhafter seid als ihr Pack.« Zu Fin gewandt, flüsterte sie: »Und du musst mir helfen ins Sepia zu fassen.«

Sie legte die Winchester nieder, trat einen Schritt vor, zog sich dabei die Handschuhe aus und sagte zu Burke: »Ich bin hier, damit es zu keinem Unglück kommt. Wir wollen keine Vergeltungsaktionen, keine Blutrache. Ich denke, wir können uns auch kampflos einigen.«

Burke feixte. »Wenn uns euer Bürgermeister die exklusiven Schürfrechte für den Silver Peak gibt, mit Vertrag und Stempel versteht sich, dann sind wir im Geschäft. Wir brauchen dort natürlich auch ein Lager. Was ihr euch schon geholt habt, könnt ihr euch behalten. Wir sind ja keine Gangster.«

»Friedliche Koexistenz, ihr Wort darauf?«, fragte Jey und hielt ihm die offene Hand hin.

Der Alte strich über seinen Bart, dann grinste er und griff nach ihren Fingern. Fin zog die Lefzen hoch – Burke war ihr in die Falle gegangen. Er spannte sich an, falls die Bodyguards eingreifen wollten.

Zuerst wurde dem Alten sein Grinsen vom Gesicht gezogen, dann vereiste sein Antlitz und sein Blick verlor sich im Jenseits. Seine Beine knickten ein, er stürzte zu Boden und rollte sich zusammen, so wie ein Gürteltier, das sich vor Adlerkrallen schützen wollte. Fin musste ihm zugestehen, dass Burke nicht zum Schreien angefangen hatte. Seine Mitstreiter waren zu verblüfft, um zu reagieren.

Fin legte seine Pranke sanft auf Jeys Schulter, auf die nackte Haut neben ihrem Hals, fühlte das inzwischen vertraute Prickeln aus dem *Dahinter*. Sie hob ihre Hand und ihre Stimme schallte mit dunkler Macht über die Motorhead Miners: »Ich kenne meinen Vater. Mein Vater ist ein Gott. Ich bin eure Königin und neben mir steht mein Marschall.« Ihr Schatten wurde größer, als er hätte sein dürfen, breitete seine Flügel über die Gang aus. »*Ihr seid mein Gefolge. Gehorcht.*«

Zuerst verharrten sie, dann sanken, einer Welle gleich, von vorn nach hinten alle Werwölfe zu Boden und heulten ihre Unterwerfung. Gleichzeitig erhoben in den Hügeln die Kojoten und die Füchse ihre Stimmen und von Ferne bellten Hunde: Ein urtümliches Konzert, das ein Schaudern bei den Menschen hervorrief, die es hörten. Fin spürte das vielstimmige Jaulen über seine Haut kriechen. Schließlich senkte Jey die Hand und dichte Stille erfüllte das Tal.

Nach ein paar Atemzügen verlautete sie: »Alpine hat ein Gesetz. Ein Geschriebenes, mit Statuten, die einem Bezirk in Kalifornien gerecht werden. Ein Ungeschriebenes, mit Regeln, die unserer Gemeinschaft gerecht werden. Und wir«, sie deutete auf Fin, Garm und ihre Deputys, »wir sind die Hüter des Gesetzes. Niemand verstößt dagegen, dafür stehe ich mit dem siebenzackigen Stern.«

Mit der Stiefelspitze schubste sie den Alten zu den kauernden Werwölfen hin. »Das könnt ihr allen Rudeln im Westen ausrichten, die glauben, hierher kommen zu können und Ansprüche zu stellen. Jetzt verschwindet von hier – ruhig und gesittet. Und vergesst den Müll nicht.«

Fin beugte sich vor und brummte: »Gute Ansprache. Können wir jetzt endlich etwas essen gehen?«

Die Motorhead Miners waren noch am gleichen Tag ruhig und gesittet abgezogen und die Einwohner von

Markleeville hatten darauf geachtet, dass sie alles Kaputte mitnahmen: Das eine oder andere Motorrad hatte außer Müllsäcken auch noch Schrott, geknickte Stehlampen oder verschlissene Stühle auf den Sozius geschnallt, als sie die Grenze zu Nevada passierten. Das gab den Leuten im benachbarten Douglas County noch tagelang Stoff für abendliches Amüsement.

Peter ließ das Wolf Creek geschlossen und die Hawkes-Familie traf sich mit ihren Freunden im Stonefly zum Abendessen. Carl hatte extra aufgesperrt, zusätzliche Tische besorgt und Susan kochte ein wunderbares Menü.

Während des Essens tauschten sie Storys über die Einzelaktionen aus, die in den anderen Orten von Alpine dazu geführt hatten, dass auch die letzten Miners fluchtartig ihre Verstecke verlassen hatten. Besonders die liebestolle Hexe von Peaceful Pines hatte dazu beigetragen, dass sich so schnell keiner der Männer mehr in die Wälder von Alpine wagen würde, Wolf oder nicht. Und auch Garms Knurren würde so manchen Biker in seine Alpträume verfolgen. Im Moment lag der Rottweiler ausgestreckt neben Jey am Boden und verdaute ein T-Bone-Steak.

Fin beugte sich zu ihm hinunter, sah Garm an, der ein Auge öffnete, deutete zwischen sich und dem Hund hin und her. »Wir beide, mein Freund, wir beide haben noch ein ernstes Wort zu wechseln.«

Garm richtete sich auf, hechelte und schleckte ihm übers Gesicht. Jey lachte. »Du weißt schon, dass er dir nicht antworten kann? Im Grunde genommen ist er nur ein Hund.«

Carl holte eine Flasche Rotwein zum Hawkes-Käse, den Henri mitgebracht hatte. Erland stand auf und brachte einen Toast aus. Alle stießen an. Während sie tranken, hörten sie eine Meldung aus dem Radio in der Küche: »Wieder hat das Nevada-Dreieck ein prominentes Opfer gefordert. Der Biotechnologie-Milliardär Lucius Tusk ist bei einem Jungfernflug über der Sierra Nevada verschwunden. In Kooperation mit Blue Origin hatte LT Global in einem gemeinsamen Projekt vor kurzem den Prototyp eines Quadrocopters zum autonomen Personentransport vorgestellt, der nach erfolgreicher Testphase nun dem Markt angeboten werden sollte. Suchmannschaften haben bisher erfolglos das Gebiet zwischen Mineral Mountain und Mammoth Lakes durchkämmt.«

Sie kamen spät nach Hause und mit fahrigen Handgriffen schälten sie sich aus ihrer Kleidung.

»Ausgiebig Duschen und tausend Nächte Schlaf«, seufzte Jey und warf ihre Sachen über einen Stuhl.

»Wassersparen und gemeinsam duschen?«, wollte Fin wissen.

»Was denn sonst?«, erwiderte Jey und grinste ihn an.

Schlagartig war Fin gar nicht mehr müde.

Epilog

An einem Abend, an dem ein Wintersturm um das Haus fegt, sitzt sie vor dem Kamin und beobachtet still das Feuer. Noch nie hat er sie so versonnen gesehen.

Nach einer Weile sagt sie: »Nur wir beide sind übrig. Wird unsere Spur verwehen, wie Sand im Wind?«

Er setzt sich zu ihr, legt seine Arme um sie, wiegt sie, wie man ein Kind besänftigt. »Wäre das so schlimm?«

»Wenn wir aufwachen, dann werden sich die Welten trennen. Wir sind der einzige Faden, der die Naht noch hält. Der schwarze Fluss wird seinen Lauf ändern, der Traumpfad entrücken. Die Menschen werden einen anderen Weg gehen.«

Er hält sie sachte an sich gedrückt und das Morgen kümmert ihn nicht.

»So ist es eben und so soll es sein.«

*Die Letzte bist du –
Königin der Nacht.
Bin ich als Ritter dir genug?*

*Geliebt als Kind schon,
liebtest du mich wieder
und liebst mich noch.*

*Hältst rote Lilien in der Hand.
Und weißes Nichts fällt
aus des Himmels Feuerbränden.*

*Die dunkle Sonne kommt:
Gebietet uns
Heimzukehren.*

Anmerkung

Alpine County, der Death Valley Nationalpark und der gemäßigte Regenwald des Tongass National Forest sind real existierende, außergewöhnliche Landstriche in Nordamerika, die mich inspiriert haben, eine Fantasy-Geschichte dort handeln zu lassen. Für den Roman wurden Geographie und Demographie verwendet, alle Vorkommnisse, handelnde Figuren und einige Orte sind aber fiktional, sie agieren in einer Parallelwelt.

Wer mehr zu den weißen Schwarzbären wissen will:
https://en.wikipedia.org/wiki/Kermode_bear

Bereits bei BoD verfügbar

Eine Art Mensch – Utopische Erzählungen
Wolf Creek – Urban Fantasy

https://traumpfad.jimdo.com

Nachtrag

Als freischaffende Autorin kann ich mir leider für eigene Veröffentlichungen kein bezahltes Korrektorat leisten, daher bitte ich, alle Textfehler und Auslassungen nachzusehen. MS Word und ich haben uns redlich bemüht, alle Fehler zu finden, aber wir sind halt auch nur ein Mensch und ein Algorithmus ☺.